HISPANIC TEXTS

general editor
Professor Catherine D.
Department of Hispan
University of Nottingh;

series previously edited by
Professor Peter Beardsell, University of Hull
Emeritus Professor Herbert Ramsden

series advisers
Spanish literature: Professor Jeremy Lawrance
Department of Spanish and Portuguese Studies, University of Manchester
US adviser: Professor Geoffrey Ribbans, Brown University, USA

Hispanic Texts provide important and attractive material in editions with an introduction, notes and vocabulary, and are suitable both for advanced study in schools,
colleges and higher education and for use by the general reader. Continuing the tradi-
tion established by the previous *Spanish Texts*, the series combines a high standard of
scholarship with practical linguistic assistance for English speakers. It aims to respond
to recent changes in the kind of text selected for study, or chosen as background reading
to support the acquisition of foreign languages, and places an emphasis on modern texts
which not only deserve attention in their own right but contribute to a fuller understanding of the societies in which they were written. While many of these works are
regarded as modern classics, others are included for their suitability as useful and enjoy-
able reading material, and may contain colloquial and journalistic as well as literary
Spanish. The series will also give fuller representation to the increasing literary, political
and economic importance of Latin America.

El camino

Manchester University Press

HISPANIC TEXTS

Miguel Delibes

El camino

edited with an introduction, critical analysis, notes and vocabulary by
Jeremy Squires

Manchester University Press
Manchester and New York
distributed exclusively in the USA by Palgrave Macmillan

The right of Jeremy Squires to be identified as the author of this work has been asserted
by him in accordance with the Copyright, Designs and Patents Act 1988.

Published by Manchester University Press
Oxford Road, Manchester M13 9NR, UK
and Room 400, 175 Fifth Avenue, New York, NY 10010, USA
http://www.manchesteruniversitypress.co.uk

Distributed exclusively in the USA by
Palgrave Macmillan, 175 Fifth Avenue, New York, NY 10010, USA

Distributed exclusively in Canada by
UBC Press, University of British Columbia, 2029 West Mall,
Vancouver, BC, Canada V6T 1Z2

British Library Cataloguing-in-Publication Data
A catalogue record for this book is available from the British Library

Library of Congress Cataloging-in-Publication Data applied for

ISBN 978 0 7190 8056 2 *paperback*

First published 2010

The publisher has no responsibility for the persistence or accuracy of URLs for any
external or third-party internet websites referred to in this book, and does not guarantee
that any content on such websites is, or will remain, accurate or appropriate.

Typeset in Adobe Garamond Pro
by Koinonia, Manchester
Printed in Great Britain
by Bell & Bain Ltd, Glasgow

Contents

Acknowledgements

This edition, aimed primarily at sixth-formers and university undergraduates, follows the Destinolibro reedition of Miguel Delibes's novel which, apart from minor spelling changes, is identical to the first edition of December 1950. It is the third English-language edition of *El camino*; those by J. Amor y Vázquez and R. H. Kossoff, New York, 1960 and P. Polack, London, 1963 have been of great assistance in the compilation of the present volume.

I should like to express my indebtedness to the following for their advice, support, encouragement and critical insight: Don Cruickshank, Richard Collins Moore, Brian Cooper, Martin Cunningham, Milica Djurdjevic, Danny Fitzgerald, Derek Flitter, Derek Gagen, Jaime Gea Ortigas, Philip Johnston, Carme Mangirón Hevia, María Ana Rodríguez, Jorge Urdiales Yuste, Ross Woods, and the staff and students of the School of Languages & Literatures, University College Dublin. I should also like to register my gratitude to the editors of Manchester University Press for their guidance and patience.

Introduction

Miguel Delibes: Spain's green writer

First published in 1950, *El camino* comprises the tragicomic reminis-
cences of an eleven-year-old boy who is about to bid farewell to his rustic
existence amid the cocooning Cantabrian mountains of northern Spain
in order to fulfil a parental dream: Salvador, Daniel's cheese-making
father, is determined that his son should be educated in the city and
make progress. More than half a century later, it remains Miguel Delibes's
most popular novel.[1] *El camino* was composed effortlessly and readers
warmed to it immediately.[2] According to Delibes, the novel was devised
and dispatched at the rate of a chapter per day over a three-week period,
with all the creative zest of a writer who had finally stumbled upon his
magic 'fórmula': '*El camino* es mi camino', he asserted in a radio interview
in 1993.[3]

In spite of the seemingly anti-progressive credo at its core, *El camino*
is an innovative text, in its own right, as well as in terms of the author's
development. Apparently shapeless, it is narrated with a mischievous
sense of irony and is quite distinct from Delibes's conventionally written
first two novels. Critics have emphasized its loose, episodic construction,
the predominance of character over plot, the subtle ambiguity of the
narrative voice, the flexible use of time.[4] Furthermore, the novel marked

---

1 According to R. García Domínguez, *El quiosco de los helados: Miguel Delibes de
   cerca*, Barcelona, 2005, p. 168, the novel had sold over 1,850,000 copies by June
   2002. In 1985 Delibes stated that *El camino* was the most widely translated and
   republished of his novels: see J. Goñi, *Cinco horas con Miguel Delibes*, Madrid, 1985,
   p. 38.
2 Delibes's editor, Josep Vergés, was instantly impressed. That *El camino* was an immediate critical and commercial success can be gathered from: Miguel Delibes and
   Josep Vergés, *Correspondencia, 1948–1986*, Barcelona, 2002, especially pp. 75–102.
   Nevertheless, Delibes considers the novel to be one of his middle-ranking works
   since it lacks social denunciation.
3 Quoted in García Domínguez, p. 161.
4 See M. Delibes, *El camino*, ed. M. Sotelo Vázquez, Barcelona, 1995; B. Antonio

1

the emergence of rural life as a major theme in the author's work. Delibes has an abiding passion for small-game hunting, but he combines it with an equally strong commitment to nature and environmentalism, and has written extensively on these topics throughout his life. Most recently, in 2005 he co-authored with his son, himself a noted ecologist, a book entitled *La tierra herida: ¿Qué mundo heredarán nuestros hijos?*.[5] Delibes has always had a radical streak and although *El camino* may seem frankly conservative, one might equally regard it as a novel that is as progressive in its social and moral discourse as it is innovative in its artistry.

Rootedness and relatedness versus letting go and moving on

At the end of *El camino*, shortly before catching an express train, symbolic perhaps of modernity's relentless speed and power, Daniel stands at a watershed in his life. To better his prospects, he is obliged to sacrifice his anchored existence in a village that is strewn with memories and relationships and sally forth into a blank future. Outwardly, therefore, the novel would appear to be a traditionalist parable about how, in the name of progress – a word that Daniel uses disparagingly no fewer than four times in the second paragraph of the novel – modernity ruptures traditional social systems, inflicting alienation upon a scattered community. Nevertheless, remarks made by some critics to the effect that he had written a novel defending rural backwardness so stung Delibes that he chose to open his inaugural address to the Spanish Royal Academy in 1975 by aligning *El camino* with the values of the then nascent green movement. The new ecological contention that true progress lay in the creation of a more participative society able to exist in harmony with nature was, he felt, a vindication of the revolutionary stance ('auténticamente revolucionario') he had adopted some twenty-five years previously.[6] While distancing himself from some of their more utopian pronouncements, he drew freely

González, *Parábolas de identidad: realidad interior y estrategia narrativa en tres novelistas de posguerra*, Potomac, 1985, pp. 95–145; R. C. Spires, 'El perspectivismo dinámico de *El camino*', in *La novela española de posguerra: creación artística y experiencia personal*, Madrid, 1978, pp. 78–93; D. Villanueva, *Estructura y tiempo reducido en la novela*, Valencia, 1977, pp. 238–47; A. Rey, *La originalidad novelística de Delibes*, Santiago, 1975, pp. 67–84; J. Díaz, *Miguel Delibes*, New York, 1971; R. Buckley, *Problemas formales en la novela española contemporánea*, Barcelona, 1968.

5 M. Delibes, M. Delibes de Castro, *La tierra herida: ¿Qué mundo heredarán nuestros hijos?*, Barcelona, 2005.

6 M. Delibes, *La naturaleza amenazada*, Barcelona, 1996 [1976], p. 20.

on the Club of Rome's *The Limits to Growth*,[7] a seminal text warning that human rapacity was laying waste the earth's resources, creating the kind of dehumanized society which, Delibes argued, Daniel had wished to shun. He also related his work to Edward Goldsmith's best-seller *Blueprint for Survival*,[8] which called for the creation of a more humane society based on the quasi-anarchist dream of small, self-governing communities:

> Esto es, quizá, lo que yo intuía vagamente al escribir mi novela *El camino* en 1949, cuando Daniel, mi pequeño héroe, se resistía a integrarse a una sociedad despersonalizada, pretendidamente progresista, pero, en el fondo, de una mezquindad irrisoria.[9]

In his anthology, *Los niños*, Delibes made similar claims for the green credentials of *El camino*. Here he declared that the novel trod a middle path between material advancement and respect for nature:

> Estos niños que corretean y hacen travesuras a lo largo de las páginas de mis libros pueden ser niños burgueses o de gente de bien, o niños olvidados, pobres y desatendidos, pero hay uno, el Mochuelo, en la ya mencionada novela *El camino*, que no es ni uno ni lo otro, que viene a resumir el sentido de mi obra ante el progreso y, en consecuencia, uno de los pilares en que aquélla se asienta: la defensa de la naturaleza. Esto equivale a decir que cuando yo empecé a garrapatear papeles, esto es, hace casi medio siglo, ya cifraba el progreso en una armonía entre técnica y naturaleza y no en la imposición de aquélla sobre ésta. Ya me animaba entonces un sentimiento ecologista, o *verde*, como ha dado en llamarse hoy.[10]

At first sight, such claims about *El camino* might seem exorbitant, since the villagers' stewardship of nature features far less prominently than the portrayal of their social habitat. However, Delibes is justified in characterizing *El camino* as a prescient green text in that it portrays Daniel thriving in a context of rootedness and relatedness; and the need to recover a sense of locality and community is a cornerstone of ecological thinking. *El camino* presents the reader with a band of well-adjusted eccentrics: their antics and foibles are systematically lampooned, though always in a spirit of inclusiveness, and in such an environment Daniel's

---

7 D. H. Meadows, D. L. Meadows, J. Randers and W. Behrens, *The Limits to Growth: A Report for the Club of Rome's Project on the Predicament of Mankind*, New York, 1972.

8 E. Goldsmith, R. Allen, *et al*, *Blueprint for Survival*, Harmondsworth, 1972 [first published in *The Ecologist*, 2 (1972), whole issue].

9 Delibes, *La naturaleza amenazada*, p. 20.

10 M. Delibes, *Los niños*, Barcelona, 1994, p. 8.

moral growth – his true progress, as it were – proceeds apace. Daniel's eviction from such a world at the end of the novel appears cruel and untimely, a truncation of life, learning and, indeed, love. While physically delimited, Daniel's village is conceptualized as a zone of liberty, vitality and drama. Paradoxically, within such a tight communal environment, a staunchly anti-progressive protagonist makes swift personal progress and undergoes profound changes in outlook and understanding. Hence, although he has been described on occasion as a reactionary writer, in *El camino* Delibes fashions a dynamic social environment in which an only child transcends domestic and collective constraints and is psychologically exteriorized.[11] Precociously, by the time of his departure, Daniel has learnt a great deal about life by venturing into fresh social arenas within the village which are as alluring as they are risky: first the comically virile gang, led by its daunting taskmaster, Roque; then the still more precarious mental territories governed by Mica and Uca-uca, which herald the approach of adolescence. Having been ruggedized by the gang, he is then feminized. In short, Daniel, who is rooted yet far from parochial in spirit, is outwardly oriented, and *El camino* succeeds in conveying the tension within him between competing centripetal and centrifugal urges with remarkable subtlety and humour.[12]

Yet *El camino* explores conflicts that render it more complex, thematically speaking, than Delibes's standard green reading of his own novel might imply. That Daniel should be expelled from his beloved valley in order to gratify his father's social ambitions is surely meant as a tragic error. However, counterbalancing this critique of modernity is another kind of expulsion, one that, though painful, is both universal and 'profoundly necessary';[13] namely, the expulsion from childhood itself. In *The Country and the City* Raymond Williams noted that childhood had become a form of modern pastoral:

11 See for example M. García Viñó, *Novela española actual (segunda edición aumentada)*, Madrid, 1975, 'Reacción ante el progreso', pp. 31–5; M. García Viñó, *La novela española desde 1939: historia de una impostura*, Madrid, 1994, pp. 62–8.

12 Such complexity is eloquently conveyed by Y. B. Agawu-Kakraba, *Encyclopedia of Contemporary Spanish Culture*, ed. E. Rodgers, London, 2002, 'Miguel Delibes': 'Two contending points of view, the young boy's and that of the narrator, explore, on the one hand, a vision of the present and the past, and, on the other, a realization that the past must be abandoned for a future of progress. What Delibes questions is the kind of progress that the young boy's education is supposed to engender' (p. 139).

13 R. Williams, *The Country and the City*, St Albans, 1975, p. 357.

> We have seen how often an idea of the country is an idea of childhood: not only the local memories, or the ideally shared communal memory, but the feel of childhood: of delighted absorption in our own world, from which, eventually, in the course of growing up, we are distanced and separated, so that it and the world become things we observe.[14]

But regression to what may be thought of as the less alienated world of childhood is impossible, even if childhood memory can steer us away from 'modes of using and consuming rather than accepting and enjoying people and things'.[15] This ambiguity is fundamental to the novel, and is responsible for its bittersweet quality. On the one hand, Daniel is a sacrificial victim on the altar of progress; on the other, the author persistently ironizes his protagonist's immaturity, showing the reader that Daniel must let go of certain false notions and attachments if he is to grow. The novel's dénouement is catastrophic, yet, prior to this moment, Delibes presents the reader with a character for whom a dynamic of exteriorization – moving beyond the confines of his family by joining the gang before, in turn, transcending the sexual insularities of the gang by encountering Mica and Uca-uca – is already well established. Daniel's awareness expands as he crosses thresholds within his community. Given such a dynamic, the reader might even be tempted to wonder, momentarily, if being wrenched from his community will prove as painfully beneficial to Daniel as having to renounce his callow infatuation with Mica. Rather than an advertisement for anarcho-primitivism, therefore, *El camino* is an exploration of the perplexing ambiguity of growing up itself; of laying down roots within a society while simultaneously transcending parochial perspectives. In this sense, it is curious that the novel singled out by Delibes as encapsulating his 'obsesión antiprogreso' should convey so much moral development in its central character.[16] A paradoxical mode permeates the entire novel. Thus, for instance, the reader is probably aware that Daniel's father is not simply trying to achieve status vicariously through his son: he also genuinely wishes to liberate him from the impending tedium of the family cheese business. Similarly, while Daniel idolizes the village blacksmith, he fails to realize that Paco finds his work exhausting. Every Sunday Paco drinks himself senseless in order to 'olvidarse de los últimos seis días de trabajo y de la inminencia de otros seis en los que tampoco descansaría' (p. 44). Daniel's vision is too constricted to spot the drudgery that awaits

14 Ibid.
15 Ibid.
16 Delibes, *La naturaleza amenazada*, p. 76.

any young man lacking a city education; too imperfect to appreciate Salvador's mixed motives. In a similar vein, the womb-like *valle* is described in Chapter III as being served by 'un doble cordón umbilical ... que le vitalizaba al mismo tiempo que le maleaba: la vía férrea y la carretera' (p. 46). Here, idyllic isolation and self-sufficiency are set against the idea that the outside world is a vital source of nourishment. Such incongruity – the interplay between rootedness and relatedness; between autonomy and exteriorization – lends the work an air of existential intrigue that is never finally resolved. Instead, it lingers on in the reader's mind as a tragic constant of the human condition.

In sum, Daniel is keen to mature and the expulsion from childhood is a necessary and universal process. Such strongly forward momentum prevents the novel from descending into simplistic pastoralism. Nevertheless, Delibes plainly does not regard the departure that ends the novel as a beneficial kind of exodus. This impending rupture seems different in kind, not just in degree, to other relinquishments made by Daniel in earlier parts of the text. In ending the novel with Daniel on the verge of being disconnected from his communal life-support system, Delibes implies that this character's ability to flourish is now in jeopardy. Perhaps the author's overall contention is that, while maturation must entail a degree of letting go, it may abruptly halt if the continuum of experience is destroyed. In 'Mi obra y el sentido del progreso', Delibes discusses the fragile relationship between a community and its environment in comparable terms.[17] Humanity interlocks with its surroundings but, when this interdependency is broken, the land loses its voice, and a deadly cultural hush descends upon it. Delibes compares the relationship to that of interwoven wheat fields in the paintings of Van Gogh or to the way in which the inner surfaces of our homes are suffused with personal memories. Indeed, he wrote *Viejas historias de Castilla la Vieja*, his favourite book, to illustrate the fragile symbiosis of language, place and identity.[18] Mindful of the extent to which Spanish village life has been harmed by rural depopulation, Delibes views such cultural desertification as a form of linguistic and spiritual amputation which, once it has occurred, is irreversible. Similarly, in *El libro de la caza menor*, he laments that the Mapuche Indian of South America, wrenched from his environment, 'no ha podido arraigar en el asfalto'.[19] The ominous ending of *El camino*

17 Ibid., pp. 74–86.
18 M. Delibes, *Viejas historias de Castilla la Vieja*, Barcelona, 1964 [1960].
19 M. Delibes, *El libro de la caza menor*, Barcelona, 2000 [1964], p. 17.

might be construed as just such an amputation in the making. In this sense, Daniel's departure can be read as a metaphor for the irreversible demise of Spanish rural culture itself and, more generally, for modernity's impatient dismissal of its own cultural roots. Like the extinction of an endangered species, a slowly evolving culture, once it has been allowed to wither, cannot be resuscitated. The reader fears that Daniel, similarly deracinated, is facing into a moribund future.

Franco and the peasantry

Critical misgivings about the political agenda of *El camino* probably stemmed from a concern that its seeming idealization of country life uncomfortably resembled propaganda spread by the Franco regime itself. However, this coincidence is more apparent than real, for the novel is driven by preoccupations that transcend the national context, even if its ending can be read as a condemnation of Franco's exploitation, and impending betrayal, of the peasantry. In subsequent years, Delibes moved leftward and became a vocal critic of a regime that simultaneously mythologized and sidelined those who worked on the land, but *El camino* deals with more broadly Western issues of modernity and rurality.

In the 1930s, in common with the leaders of other European fascist parties, José Antonio Primo de Rivera regarded the peasantry as the soul of the nation, an untarnished reservoir of national values, and thus a bulwark against decadence, urban alienation and class conflict. Stanley Payne asserts that 'The Falange chief was particularly well informed on agrarian problems, and his suggestions were commended even by acknowledged experts'.[20] A cursory examination of Spain under the long regime of General Francisco Franco, whose *Movimiento* took control of the Spanish fascist party and was imbued with several of its main ideas, might lead one to think that the interests of the peasantry, a dwindling segment of the populace during the lifespan of the regime as a whole (1936–1975), were similarly dear to the dictator's heart. In some parts of Spain, notably Old Castile (the setting of many a novel by Delibes), such esteem was often reciprocated, the peasantry in this region largely supporting the military uprising of 1936.

In reality, however, the regime displayed a notably strategic and fickle attitude towards this sector. Eduardo Sevilla-Guzmán has described the

---

20 S. G. Payne, *Falange: A History of Spanish Fascism*, California, 1961, p. 79. José Antonio Primo de Rivera was executed by a republican firing squad in November 1936.

first third of the dictatorship as defined by a rhetoric of *peasant sovereignty*, a notion first aired by Mussolini.[21] Raymond Carr observes, too, that Spain underwent a period of reruralization in the immediate aftermath of the war. The regime established the Italian-inspired Instituto Nacional de Colonización with the professed aims of increasing the number of family-owned farms and of resettling peasants on irrigated land, even though, in practice, this organization tended to further the interests of powerful landowners. But with the onset of industrialization in the 1950s, Franco's ministers began to shift their ground until, in the 1960s, new explicitly anti-peasant policies were being formulated. Whereas before, peasants had been dissuaded from quitting the land, and schemes of internal colonization were drawn up in order to keep them there, now they were encouraged to migrate to the cities to take jobs in manufacturing, or even to leave Spain entirely. In the countryside, meanwhile, agri-business was beginning to turn nature into a branch of industry. Thus the great rural exodus of the 1960s was hastened by the regime itself which, in pursuit of economic growth, exchanged its fascist-inspired romanticization of the countryside for the more modernizing tendency that regards rural life as an obstacle to progress. Indeed, Sevilla-Guzmán speaks of a 'virtual assault' on the peasantry by the regime in the final third of its existence.[22] However, despite this apparent reversal, Franco's policies were consistent in denying the true interests of this class.

Based on considerable first-hand experience, Delibes's portrayal of Old Castile is generally unromantic, realist and non-ideological. The novelist Francisco Umbral once remarked that, by avoiding the rosy fictions of Spanishness that major writers of the Generation of 1898 had woven around this region and its residents, and instead depicting country life from the unglamorous perspective of the peasants themselves, Delibes had 'desnoventaiochizado' Castile.[23] Furthermore, in his writing Delibes exposed the regime's changing stance towards the peasantry over time: in *Las ratas*, for example, the Falangist-inspired peasant sovereignty of the 1940s and 1950s is ironized with the inclusion of a gang of state-employed *extremeños*, whose efforts at reafforestation are comically ill-suited to the stark realities of the local geography. On the other hand,

21 E. Sevilla-Guzmán, 'The Peasantry and the Franco Regime', in *Spain in Crisis: The Evolution and Decline of the Franco Regime*, ed. P. Preston, New York, 1976, pp. 101–24 (p. 105). See note 12, p. 298.

22 Sevilla-Guzmán, p. 114.

23 F. Umbral, *Miguel Delibes*, Madrid, 1970, p. 54.

the new discourse of depeasantization, symbolized by the authorities' plan to evict the ecologically light-footed water-vole catcher and his son from their cave, is revealed as a sham whose primary aim is not to help country dwellers but to render their way of life obsolete while sprucing up the regime's international image.[24]

And yet, because in general it can be hard to distinguish conservation from conservatism, Delibes's political radicalism has not always been readily apparent, the author having felt compelled on occasion to defend himself against charges of reactionaryism. A sense of critical puzzlement has sometimes hovered around his work. Writing some forty years ago, for example, Ramón Buckley noted Delibes's 'inactualidad ideológica'.[25] As a combative journalist and newspaper editor during the late 1950s and early 1960s, Delibes bravely opposed Franco's regime, yet it is not always possible to interpret his early writing along these exact lines. Instead, one might say that it belongs to Randolph Pope's catalogue of invisible novels which 'do not fit the grand narrative that criticism has established for those years'.[26] Generously, Yaw Agawu-Kakraba has tried to reclaim *El camino* for such a narrative by construing it as a rebuttal of the regime's adoption of a captalist creed of all-out progress at a time when, having jettisoned the Falangist principle of economic autarky, it was attempting to integrate Spain into the Western block.[27] However, this novel was published in 1950 and is set just five years after the Civil War (p. 91), during a period, in other words, when the regime remained wedded to an ideology of peasant sovereignty. Seen in this light, *El camino* might even appear to pander to an official Francoist discourse of 'bucolic idealization'.[28] Not until the early 1950s, when the pace of industrialization quickened, did the regime begin to modify its attitude towards the peasantry. A novel such as *Las ratas* (1962) explicitly attacked the regime's rural policies, but one must be wary of fitting the more self-consciously committed writer of later years onto the Delibes of 1950. For, as Michael

24 M. Delibes, *Las ratas*, Barcelona, 1962.

25 Buckley, p. 85.

26 R. Pope, 'Narrative in Culture, 1936–1975', in *The Cambridge Companion to Modern Spanish Culture*, ed. D. T. Gies, Cambridge, 1999, pp. 134–46 (p. 145).

27 Y. B. Agawu-Kakraba, *Demythification in the Fiction of Miguel Delibes*, New York, 1996, pp. 69–80. Similarly well-intentioned is E. Pauk's assertion that in *El camino* the boys' antics in the railway tunnel are a critique of bullfighting (E. Pauk, 'Humor e ironía', in *Miguel Delibes: desarrollo de un escritor (1947–1974)*, Madrid, 1975, pp. 280–307, p. 285)!

28 Sevilla-Guzmán, p. 112.

Ugarte notes, 'It would be reductive ... to subsume all the literature of that period [1939–1975] ... into an all-encompassing category of a committed open resistance to the government's impositions'.[29]

To write a proto-green text in an authoritarian land of peasant sovereignty is perhaps no less problematic than being a Christian (as indeed is Delibes) in a land of right-wing National Catholicism. In one sense, therefore, a novel such as *El camino* appears to bolster an official ideology that sought to keep peasants in the countryside lest they escaped to the city and succumbed to alienation or Marxism. The work's more penetrating critique of the deterritorializing effect of modernity and progress was in danger of passing unnoticed. Perhaps it is only in recent, more environmentally aware, times that the radical bent of Delibes's writings can be fully appreciated. For example, while it is a commonplace to regard Delibes's novels as *menosprecio de corte y alabanza de aldea*,[30] his novels tend to query the entire basis for such a dichotomy. In *Las ratas*, materialism, life-long education, fastidious time-keeping, a near-scientific scrutiny and cataloguing of the environment, are all signs of rurality, whereas the representatives of civilization abuse language, lack solidarity, are often comically ignorant of their surroundings, scorn animals and place their spiritual or ideological values over and above everything in the physical world. Hence, the old opposition between town and country finds itself dissolving into a more contemporary green synthesis. And, in spite of the seeming apoliticism of *El camino*, the novel is very much in keeping with Delibes's abiding conviction that grass-roots democracy and a vibrant sense of community are needed, not only for human happiness, but for the well-being of the environment. In 1976 he wrote that the modern state enervates humanity from above, 'despojándole del deseo de participar en la organización de la comunidad'.[31] Whereas light-green conservationists tend to be environmental lobbyists rather than political activists, social reform has consistently figured at the head of Delibes's dark-green agenda. A disconcertingly large proportion of *La naturaleza amenazada* is taken up with analyses of social ills and democratic deficits. For Delibes nature and culture do not fall into two halves; typically, his writing addresses both topics simultaneously.

29 M. Ugarte, 'The Literature of Franco Spain, 1939–1975', in *The Cambridge History of Spanish Literature*, ed. D. T. Gies, Cambridge, 2004, pp. 611–19 (p. 611).
30 *Contempt for the court and praise for the village*. A Spanish saying, and the title of a bestseller by A. de Guevara, 1539.
31 Delibes, *La naturaleza amenazada*, p. 36.

Oddly, therefore, *El camino* is more anti-authoritarian – anti-Western, even – than it is anti-Franco. Its themes are less culturally specific than those of *Las ratas*; instead, one might regard it as a green novel that articulates a model of human identity based on reciprocity and co-dependency rather than on rapacity and self-directedness. It places emphasis on the idea of achieving emancipation through place-attachment and reinhabitation – of embracing a bounded, non-Promethean way of life.[32] The equivalence one perceives in all of Delibes's work between a sensitivity to the non-human realm and an egalitarian social perspective lies, too, at the heart of eco-critical thinking, which is why dark-green projects typically involve the creation of so-called intentional communities, the assumption being that a non-exploitative attitude towards the non-human world entails a style of interpersonal behaviour which is correspondingly solicitous – in short, a changed society.[33]

A comedy of trials and errors

Notwithstanding its adoption of fresh narrative techniques, *El camino*'s main innovation in terms of the author's development is that it is the first of his works to display a fully fledged mastery of the comic genre.[34] This aspect resonates with the novel's green emphasis on communal life since, according to Joseph Meeker, comedy is the ecological genre *par excellence*. It is the opposite of that tragic creed of transcendent individualism espoused by Daniel's father:

> [Comedy] grants us our animal being, relishes the materiality of the everyday world, concerns itself with the business of living and reproducing.[35]

32 E. A. Johnson, 'Miguel Delibes, *El camino*: A Way of Life', *Hispania*, 45 (1963), 748–52, aptly describes Daniel's father as 'a Promethean figure' (p. 750). For a discussion of such topics as place-attachment and reinhabitation, see L. Buell, *The Future of Environmental Criticism: Environmental Crisis and Literary Imagination*, Malden MA, 2005, pp. 62–96.

33 See for example http://www.thevillage.ie [accessed 3 August 2009].

34 M. Delibes, *Aún es de día*, Barcelona, 1949, nevertheless contains some memorable comic moments, most of them involving Sebastián's infatuation with Irene, who is an earlier version of Mica. For a general analysis of humour in Delibes, see V. Durante, *Brillos de heroísmo cotidiano: Miguel Delibes y 'Cinco horas con Mario'*, Farsano, 2000. She notes the author's explicit indebtedness to the humour of Italian neo-realism, and to the culture of *socarronería* in the Castilian countryside (pp. 127–55), argues that *El camino* is a novel 'llena de humor' (Pauk, p. 283), but that it lacks ironic bite.

35 J. Bate, *The Song of the Earth*, London, 2000, p. 180. Bate is glossing J. Meeker, *The Comedy of Survival: Studies in Literary Ecology*, New York, 1974.

It is worth recalling that when Delibes first joined the staff of the newspaper *El Norte de Castilla* in 1940 it was as a caricaturist. In effect, *El camino* signals a return to the author's roots as a humorist.[36] As Henri Bergson once noted: 'There exist caricatures that are more life-like than portraits';[37] and with its vividly Dickensian methods of characterization – focusing upon quirks in manner, speech and appearance, and attributing *apodos*, or nicknames, which set personality traits – *El camino* can be seen as a transmutation into literary form of Delibes's pictorial talents.[38] However, Delibes goes beyond the burlesque mode, just as he does the Bergsonian model of comedy.[39] Indeed, in spite of its tragic ending, one can regard *El camino* as a fully orchestrated romantic comedy. Delibes uses this hybrid genre to give structure and direction to a text which, initially, appears to be little more than a shapeless assemblage of amusing vignettes.[40]

36 Delibes has stated that, had he received better tuition at school, he might well have become an artist instead of a writer. See his *Obra Completa*, 5 vols, Barcelona, 1964, I: 'nadie me hizo caso, tuve malos maestros y apenas si llegué a cultivar intuitivamente con alguna gracia la caricatura personal' (p. 10).

37 H. Bergson, *Le Rire: essai sur la signification du comique,* Paris, 1969: 'Il y a des caricatures plus ressemblantes que des portraits' (p. 20).

38 Delibes is a character-driven novelist: 'El personaje', he writes, 'es para mí el eje de la narración': in M. Delibes, *España 1936–1950: muerte y resurrección de la novela*, Barcelona, 2004, p. 126. G. Urrero Peña, 'Delibes y la caricatura', http://cvc.cervantes.es/actcult/delibes/acerca/urrero02.htm [accessed 3 August 2009], includes a selection of the novelist's caricatures. J. Francisco Sánchez, *Miguel Delibes, periodista*, Barcelona, 1989, notes that Delibes continued to contribute caricatures to *El Norte de Castilla* in the early 1950s (p. 85). Buckley argues that Delibes's use of caricature gives his characters a simultaneous air of autonomy and isolation (p. 87). Díaz defends Delibes from the charge that his caricaturization is simplistic and scornful (p. 55).

39 Caricature is a hallmark of Delibes's mature fiction, and it often rises to a tragic resonance. At such moments his characters reveal unsuspected depth, and caricature recedes from view. Thus, in M. Delibes, *Cinco horas con Mario*, Barcelona, 1966, Carmen Sotillo has that robotic rigidity of mind which Henri Bergson deemed essential to comic character. Her tragedy, visible when she breaks down at the end of her long monologue, is that caricature is a form of identity which she is striving to impose on herself. A perusal of criticism inspired by this novel would never lead one to suppose that it is a text which, like *El camino*, causes the reader to laugh out loud.

40 For a consideration of romantic comedy, and the shortcomings of the Bergsonian model of humour with regard to Shakespeare, the following study is enlightening: W. Sypher, 'The Meanings of Comedy', in *Comedy: 'An Essay on Comedy' by George Meredith; Henri Bergson, 'Laughter'*, ed., with Introduction and Appendix, by W. Sypher, Baltimore and London, 1980, pp. 191–255. The translations of Bergson used in the present article are taken from this book. Sypher notes that 'comedy may, in fact, not bring laughter at all' (p. 205).

Traditionally, humour has been regarded as a corrective and conservative force; in the interests of common sense the comedian makes us laugh disparagingly at folly. *El camino*, however, is slightly different: when Daniel and his friends are made the butt of the author's jokes the reader laughs mainly at their naiveté, which is a temporary effect of childhood through which all must pass, including the novel's by and large adult readership. *El camino* is chiefly about transience and growth – the education of the heart – and, among the many stock characters of comedy, the child is probably the least reprehensible for the very reason that the foolishness of childhood is so naturally short-lived. Hence, the reader laughs at the child characters in *El camino* less in a spirit of self-congratulatory superiority than of generous, perhaps even cringing, self-recognition. The whole novel is liable to be received in this self-ironical frame of mind. According to Simon Critchley, this is a style of humour that shrinks the ego and recalls us to the 'modesty and limitedness of the human condition'.[41] 'In adopting a humorous attitude towards myself ...', he notes, 'I treat myself as a child from an adult perspective.'[42] The writer and reader of *El camino* are involved in just such a process.

But if they are often laughable, in important respects the children are also admirable. In *El camino*, the child figure possesses comic virtue: its emotional candidness, comradeship, social alertness and openness to experience help redeem its many lapses of propriety. In finally acknowledging Uca-uca's affection for him – a girl who displays these virtues in abundance – Daniel seems to accept the child-like part of his own nature, even as he matures by so doing. On the other hand, the folly of adults who have grown deaf to the voice of their inner child is frequently derided.[43] Their tics and puritanical manias make a want of sociability plain to all. Significantly, some grown-ups in the novel discover a new way forward, their very own *camino*, as it were, by learning to approach life afresh in a more childlike way, thereby rejoining the human family. The effect is to incite laughter more likely to be magnanimous than condescending.

41 S. Critchley, *On Humour*, London and New York, 2002, p. 102.
42 Critchley, p. 95.
43 Johnson notes that the novel mocks 'the pretension of grown-ups that they are wiser than children' (p. 751).

The folly of adults

While *El camino* emphasizes commonsensicality as a cure for folly, it also mocks the moral and behavioural codes of certain right-thinking grown-ups who are regarded as the village's social regulators. Thus, in an oddly compelling way, the novel manages to be corrective and subversive simultaneously. Traditionally, the comic buffoon is a faulty figure who cannot, or will not, adopt the common-sense values of his or her peers. He suffers from some private fixation – some Bergsonian inflexibility – that isolates and stunts, placing him at odds with convention. In a morally cohesive society it is far easier for an audience to agree about who is socially eccentric and therefore risible, and who is not. However, in *El camino*, humour at the expense of adults is often morally double-edged, and must inevitably have redounded upon the contemporary reader. In particular it is used to mock sexual puritanism – a norm of National Catholicism and firmly endorsed by Franco's censors. In his novels, Delibes typically adopts a relaxed view of sexuality. In *El camino*, the author wittily debunks the notion that Franco's Spain represented a return to a lost age of moral rectitude, and he thereby occasions laughter liable to make his target audience squirm. Right-thinking Francoist readers would doubtless have reacted to the antics of Sara and Lola Guindilla in a mood less of ethical superiority than of cultural embarrassment. The moral obsessions of these women reflect back upon readers of the day a facet of their own cultural identity. They might discover themselves (perhaps against their better judgement) laughing at their own shortcomings, manias and anxieties, not just those of other people. Comedy typically generates an atmosphere of community and conviviality in its audience. The chorusing effect of laughter reassuringly confirms our system of values, and we enjoy a rekindled sense of belonging and well-being. Contemporary readers of *El camino* were free to enjoy this kind of therapeutic bonding, but only if they admitted to themselves that the women's puritanism – an orthodoxy of Francoist Spain – was strangely offensive to public morality. Thus, Delibes exonerates neither the character nor the reader, while refraining from writing either party off. This, in short, is the comedy of the wry smile (rather than of the derisive snort), the kind often preferred by theorists on humour, because it incites self-reflection rather than scorn.

Sara, for example, finds moral redemption only when her puritanism lapses. She attempts to discipline her wayward younger brother, Roque, by locking him in the hayloft and declaiming passages of scripture which threaten him with eternal damnation. To rid himself of his twin tormentors (Sara and El Peón, the schoolmaster), Roque hatches the ingenious plan of marrying them off to one another; Daniel helpfully suggests forging a letter from Sara:

> Don Moisés, si usted necesita una mujer, yo necesito un hombre. Le espero a las siete en la puerta de mi casa. No me hable jamás de esta carta y quémela. De otro modo me moriría de vergüenza y no volvería a mirarle a usted a la cara. Tropiécese conmigo como por casualidad. Sara. (p. 125)

The schoolmaster had been in the habit of remarking that he needs a wife (*una mujer*); what the boys do not appreciate, therefore, is that the forged letter reads as an open sexual invitation. Even though the ensuing assignation is highly farcical, the boys' ruse works flawlessly. Tongue-tied, Sara recycles her favourite hell-fire imagery as love talk, and this misapplication of religious rhetoric works far better than one might have presumed.[44] 'Le querré, don Moisés', she declares, 'hasta que, perdido el uso de los sentidos, el mundo todo desaparezca de mi vista y gima yo entre las angustias de la última agonía y los afanes de la muerte' (p. 129). If the language of mysticism is sublimated sensuality, as many a psychoanalyst has maintained, then here it is fully reclaimed by the body and given a powerful erotic twist into the bargain. Sara is transformed into a tempestuous romantic heroine, and the effect is both funny and poignant. She produces the language mechanically, in Bergsonian mode, but it flexes magically into new life. Thus Sara discovers happiness and mellows. Indeed, even when she learns the truth about the letter, she does not seem to mind.

The National Catholicism of the dictatorship is thoroughly lampooned in the guise of the Christian youth organization inaugurated by Lola Guindilla in Chapter XVI. In order to rid the village of a comical plague of courting couples, she establishes a venue for the showing of morally uplifting films. However, having purchased a projector, unforeseen difficulties soon arise, since it transpires that there are only two weeks' worth of films in existence which fully comply with Catholic dogma. Worse still, couples begin to avail of the darkened auditorium to canoodle more comfortably than they could among the fields. Soon the commission resorts to censoring its screenings, but Trino, the sacristan, develops a keen interest in the shapely legs of the actresses. Eventually, Lola and her co-religionaries resort to what seems like the only morally sound course of action still

44 Bergson notes that 'A comic effect is always obtainable by transposing the natural expression of an idea to another key' ('On obtiendra un effet comique en transposant l'expression naturelle d'une idée dans un autre ton' (p. 94)).

available to them by burning the projector in a miniature *auto-da-fé*.[45] Delibes's social critique is patent: censorship can be a titillating force for corruption; and authoritarian moral crusades are leading Spain back to the dark days of the *Leyenda Negra*.[46]

Finally, however, even Lola stumbles upon her true path in life. Undeterred by so many setbacks, she persists single-handedly in her campaign against the *al fresco* couples, seeking them out with her lantern in order to rebuke them: 'Estáis en pecado mortal' (p. 136).[47] Eventually, she is chased by a mob of *mozos*, annoyed at her continual voyeurism, and rescued by the one-armed Quino, who waves his stump at them in admonishment. Lola impulsively kisses the stump in gratitude and giggles girlishly before hurtling off 'como una loca' (p. 136). With this, as it were, symbolic de-castration of Quino and reunification with her own strictly-policed libido, Lola sheds some of her austerity. Her psycho-sexual development thus mirrors that of Sara: in each case, a lonely and repressed woman finds a new way forward by renouncing the very path she had selected for herself. Lola's sudden skittishness in the presence of her future husband exemplifies a paradox which is central to the novel as a whole: the reader often has occasion to laugh at the inexperience of children as they inch their way towards more mature forms of social and sexual awareness; but while the children are maturing, certain adult characters mellow by growing more childlike. It is a notable irony that, in a novel entitled *El camino*, the resolute plans of adults should so often (and so entertainingly) go awry.

In this way, behaviour of the most rigidly mechanical and Bergsonian kind may unexpectedly blossom forth into new life, freeing characters from neurotic habits of mind. Indeed, with Sara and Lola, persevering in alienated forms of speech and behaviour proves to be the very means of their deliverance. Delibes is at times a forensically-minded caricaturist, seeking out attributes which hem in a personality or, as Bergson would have it, deny the flexibility which is life's proper due, yet typically in his work such automatism is superficial. As in *Cinco horas con Mario*, beneath a wooden exterior there lurks a fuller humanity. In Delibes's novels, Bergsonian automatism may even rest alongside more admirable traits. In a spirit of equality, the author seldom places his characters beyond either

45 That is, the burning of a heretic by the Spanish inquisition.
46 The so-called Black Legend, which depicted the history of Spain as one of religious intolerance and cruelty.
47 The censor removed 29 lines from this chapter (Chapter XVI): Lola comes across a married couple who are spicing things up by making love in the woods. See Note D.

redemption or ridicule. Thus, in Chapter XVII, Don José's pivotal homily on the otherness of the *camino* is liberally sprinkled with his inadvertent catchphrase: *en realidad*. So familiar are his parishioners with this verbal tic that they place bets on whether he will repeat it an odd or even number of times in the course of his sermons.

Exceptionally, however, Daniel's obsessional father is resistant to the kind of comic redemption undergone by Lola and Sara. Daniel learns from experience that 'la voluntad del hombre no lo es todo en la vida' (p. 110), but the ironically-named Salvador seeks to impose himself on life, his wife and his son, by ignoring natural impulses and chance events whenever these arise. As already mentioned, his motives may be cynical, but they are not entirely selfish, for he knows that, in the real world, education grants status. Delibes further implies that in wishing to give his son a good education Salvador is, to some extent, challenging social inequality ('un orden de cosas ... irritante y desigual' (p. 37)). Yet, at bottom, his scheme is made to appear life-denying – a travesty of the happy path-finding experiences of Sara and Lola – not least because he is using his son as an instrument of his own will.

The tussle over the naming of Daniel (known exclusively to his friends as El Mochuelo) exemplifies the tension in the novel between willed and serendipitous approaches to life; between imposed and inner identity. The nickname, or *apodo*, grows out of the characteristics of the bearer, is descriptive and organic, emerging communally over time. The *apodo* is therefore fully in keeping with the idea of the *camino*: it is an attribute of it, a sign that it is under way. And, like any individual identity, it is neither self-invented nor constructed by others. That Salvador 'pensó un nombre antes de tener un hijo' (p. 52) reveals how antithetical his way of thinking is to the spirit of the *apodo*. His comic rigidity of mind neglects the truth about his son's personality almost as if it were not there. Chapter IV describes how Salvador called his son after the Biblical Daniel of the lions' den, someone who 'vencía sólo con los ojos' (p. 53).[48] But Daniel's nickname, his authentic name beyond the home and within the confines of the village, is created by a close friend, Germán, and means *The Owl*. Germán so names him owing to the intense, if rather flighty and nervous, way he has of peering around him: 'Lo mira todo como si le asustase'

48 In A. Muñoz Molina, *El viento de la luna*, Barcelona, 2006, set in 1960s Spain, the narrator observes that, unlike 'Pedro, Manuel, Luis, Juan, Francisco, Antonio, José, Lorenzo, Vicente, Baltasar' (pp. 209–10), 'Daniel' (p. 210) is a name he associates with the rich and famous, not with someone raised on the land.

(p. 55). *Daniel, el Mochuelo*, as the narrator constantly refers to him, is thus a comic oxymoron, the first part expressing Salvador's overweening ambition, the second his son's true temperament. Yet the later baptism is described as a force of nature, as unstoppable as a river in spate (p. 55). Since, as noted above, sociality in Delibes's *obra* is co-ordinate with environmental awareness, a metaphor of this kind is more literal than it might seem.

Nevertheless, unlike Sara and Lola, whose comic inflexibility eventually relaxes into an acceptance of life, so enabling them to reconnect with life as more rounded individuals, Salvador's obduracy makes him the novel's unfunny clown. Chapter XII, for instance, is obviously a parable about his egoistic stance towards his son. By using El Gran Duque ('un enorme mochuelo' (p. 105), no less) as a lure, he aims to shoot red kites and collect a bounty from the Junta contra Animales Dañinos (p. 109). Similarly, Delibes implies that Salvador is using Daniel (himself held mental captive) as a form of social bait, placing him in a predicament as life-threatening (figuratively speaking) as that of El Gran Duque. So intent is Salvador upon his goal that it renders him clumsy, inattentive and insensitive to the needs of others: indeed, he very nearly blows his son's head off, is stricken with momentary terror until, realizing that Daniel has suffered nothing more than a grazed cheek, he breezily dismisses the incident from his mind. In a comic universe, a distracted father nigh on decapitating his son ought to be the stuff of hilarity, but not here. Instead, the reader is left with a sense of a failed and alienated father-son relationship, of an opportunity for anagnorisis and reconciliation gone a-begging. A moment of comic crisis in which Delibean caricature ripens into humanity fails to emerge, and the undeviating Salvador remains doggedly unrenewed. Oddly, therefore, he is a comically inflexible character who incites disgruntlement rather than mirth. His philosophy of life is not only antithetical to comedy; the novel implies that it is also anti-social. Daniel must enter his father's brave new world shorn of any community, but laughter, in the words of Critchley, '[presupposes] a world that is shared'.[49] The careerist view of education seems to betoken a life of cheerless isolation, whereas the heterogeneous tutoring Daniel receives in the village entails sociability and fun.[50] Moreover, the rapid personal develop-

49 Critchley, p. 4.
50 Delibes is not decrying education in the name of life. In *Mi idolatrado hijo, Sisí*, Barcelona, 1953, for instance, formal education broadens Sisí's character by allowing him to transcend the stultifying confines of his immediate family. At

ment the boy experiences there is not leading towards any fixed destination. Notwithstanding the patterning effects of private bents and foibles, the path trodden by Daniel in the story is not one that beams towards him from afar. In this sense, the *camino* of the novel's title is an ironic misnomer, since a linear plot is conspicuous by its absence.[51] The implication is that, like the polycentric structure of this text itself – an agglomeration of mishaps, insights, epiphanies, blind-alleys and wrong-turnings – the authentic life is not willed, but has a pronounced tendency to stray. But this is a far cry from stasis, self-obfuscation, fatalism or mere randomness. After all, Germán's ornithological calling is an obvious pathway into a possible future – the best advertisement in the novel for the idea of the *camino*. But it is a vocation that emerges of its own accord. The *camino*, therefore, consists less of straining self-directedly after a specific goal, as the novel's foolish adults are prone to do, than of meeting life halfway in a spirit of personal curiosity and intelligent improvization. As implied by the work's forcefully dissonant first sentence, the *camino* is an open road: 'Las cosas podían haber sucedido de cualquier otra manera y, sin embargo, sucedieron así' (p. 33). Yet this is a remarkably blunt negation of the expectations aroused by the novel's title.

The folly of children?

While meting out the full comic treatment to the village elders, Delibes also generates a lot of humour by portraying the child's charming ignorance of social decorum, girls and sex. Daniel and his friends' crash course in civilized values produces moments of slapstick and farce, such as the singeing of Lola's cat with a magnifying glass, or the trouserless parade through the village when Roque's defecatory daredevilry in the railway tunnel goes awry. This is comedy at its most elementary: the delineation of stock characters of restricted social awareness whose behaviour constantly

---

school this character becomes less spoilt and egocentric. In *El camino*, this contention is reversed, but in each novel individual growth springs from a releasing sense of personal smallness within a wider social context. Seen in this light, an apparently conservative suspicion of mobility in *El camino* turns out to be something quite different: a shrinking of the ego through sociability, and a concomitant rejection of self-fashioning. Furthermore, during his period as editor of *El Norte de Castilla* (1958–1963), Delibes campaigned for a 'program of free and obligatory education' (Díaz, p. 30); see also Sánchez, p. 85, n. 39 above.

51 The *camino* is at stark variance with the *projet* of Existentialism. Delibes, *Obra completa*, I, implies as much by noting that his novel is a departure from the 'literatura angustiada' of the day (p. 19).

falls short of accepted norms. Clearly, the child-figure shows few signs of comic virtue in these sequences, even though Daniel, inwardly chafing against his punishment, attempts to see himself as the victim of a universal injustice: the oppression of children by adults. 'La gente en seguida arremete contra los niños' (p. 117), he complains. 'Era la caprichosa, ilógica y desigual justicia de los hombres' (p. 119). Of course, this self-deluding exordium is itself classically comical.

Yet even when Daniel is trying to wriggle out of his father's straitjacketing version of progress, Delibes remains ironic at his expense. The author shares Daniel's misgivings, but for slightly different reasons. Although Daniel is not speaking, the narrative voice is closely aligned with his vision and understanding of the world. Had Delibes chosen to collapse narrator and character into a single entity, the novel's humour would have been flattened and much of its thematic subtlety lost. When, for example, Daniel is baulking at the prospect of leaving home to study in the city, he adopts some dubious rhetorical strategies in order to denigrate education in its entirety, and the reader is aware that the narrator is registering, rather than fully endorsing, the boy's opinions. Thus, in the opening chapter, mention of the prissily effete law student Ramón draws an immediate equivalence between education, snobbery and effeminacy. When Ramón visits the village during the holidays, 'venía empingorotado como un pavo real' (p. 33). The image implies that education is cosmetic: a gaudy and unnatural accoutrement. A contrast is then established between the effeminacy of Ramón and the Hephaestus-like Paco. Daniel shows huge admiration for this blacksmith, a man who furthermore does not insist upon his own son Roque progressing. The reader is momentarily tempted to think that progress is being opposed in the name of ignorance and *machismo*; of brawn over brainpower. Implicitly, this is true, but the reader is also aware that these are the prejudices of an 11-year-old child, not those of the author. The novel cannot therefore be taken as a Luddite charter. Delibes is tacitly proposing an alternative view of education, exemplified by Daniel, yet never consciously formulated by him – one based on community, curiosity and proclivity. Daniel is right, but for some amusingly wrongheaded reasons.

The protagonist's idolatry of Paco is similarly right and wrong. When the novel begins, the reader learns that until fairly recently (the disquieting discovery of romantic love and the climbing of the greasy pole signal an end to this phase), Daniel has been putting his fledgling virility to the test within the fiercely sexist confines of the gang. Not surprisingly, therefore, he has come to revere Paco for his heroic strength, as well as his prowess in drinking and fighting. Daniel's Paco is indeed a man's man, emotionally self-sufficient and defiant of the village matriarchy of Guindillas and Lepóridas – right-thinking do-gooders who malign his brave feats. However, in Chapter II, Daniel concludes his reminiscence of the blacksmith by recalling the occasion on which he offered to carry single-handedly the icon of the Virgin – to the amazement of the priest, since it weighed over 200 kilos. Paco humbly explains: 'Podría llevar encima cien kilos más, señor cura. No sería la primera vez' (p. 45). This poignant and oblique reference to concealed suffering (his wife died in childbirth) comes as a surprise to the reader. We register it, whereas Daniel does not, even though he is the narrative focalizer. Accordingly, this rather cartoon-like character suddenly acquires depth and complexity. Paco's heroism, it appears, is of a different kind altogether to that imagined by Daniel – it is less a question of self-contained *machismo* and flashy 'hegemonía física' (p. 44) than of quiet stoicism. The author espies in Paco not superhuman strength, but moving frailty. It is Daniel's understanding that is cartoon-ish, therefore, not Paco himself.[52] A great deal of intricate comedy arises in this way from the narrative's double aspect. In addition, it is artistically fitting that Delibes should pay particular attention to Paco in the opening chapters, for the variance between the twin versions of Paco maps out in advance the emotional distance travelled by Daniel in the course of the novel: from girl-spurning, laddish bravado to a state of quiet emotional dependency.

As we have seen, with its converging cast of childishly inflexible adults and wisely naive children the novel comprises classic, Bergsonian, subversive, and even self-subversive comic modes. This is not the whole story, however, for *El camino* is also a romantic comedy, a genre which achieves its effect not by deriding rigidity of character but, on the contrary, by portraying in a wry and moving way individuals who, almost in spite of themselves, progress towards maturity and self-awareness. While Daniel may be loath to better himself in accordance with criteria laid down by his railroading father, in terms of his emotional progress he has taken a seven-league stride by the end of the novel. Typically, in romantic comedy there are scenes of recognition, reconciliation and regeneration. At times, these can be so poignant that humour becomes wedded to a sense of wonder,

---

52 Spires notes that Delibes forces the reader to 'compart[ir] dos perspectivas' with respect to Paco: that of Daniel and that of the adult narrator (p. 82).

as for example in Shakespearean comedy when a character undergoes deep change or is reunited with a loved one. Similarly, one can analyse the episode in which Daniel climbs the *cucaña* as a moment of transcendent comedy conjoining pathos and laughter.

Love's increase: Mica versus Uca-uca

Daniel may scorn his father's insistence upon education as a means of social advancement, but, prior to the *cucaña* episode, education as a means of sexual self-advancement is an altogether more attractive proposition. A city education, he fantasizes, might one day be able to lift him onto the same social plane as the ethereal Mica, who is eleven years his senior: 'ante el sonriente y atractivo rostro de la Mica ... se dio cuenta de que le agradaba la idea de marchar al colegio y progresar' (p. 116). However, Daniel is soon disabused of this Faustian fantasy. In the best traditions of romantic comedy, what is obvious to the spectator is concealed from the character; owing to the age gap between them, a pairing of Daniel and Mica seems as far-fetched as a donkey falling in love with a princess. His true match is the humdrum, but heroically devoted, Uca-uca. The authorial solution to Daniel's dilemma (should he make progress in order to win Mica in the distant future, or should he stay in his beloved village?) is plain to the reader, but Daniel himself has grounds for believing that his amatory ambitions are achievable: he is aware of certain precedents in the village for relationships between younger men and older women. For example, Dimas, the debonair bank clerk, briefly ran away with the youngest Guindilla, believing her to be rich (she was fifteen years his senior); and Quino is ten years younger than the eldest Guindilla, whom he marries (albeit unwisely, perhaps). Moreover, the story of Quino's first marriage to Mariuca affords a tantalizing parallel with Daniel's own predicament, and this, too, nourishes his private dream of winning Mica's hand. The existence of such precedents accounts for the tenacity of the boy's delusion.

Daniel recalls that there were two women in Quino's life: one fat (Josefa), the other thin (Mariuca). Quino naturally inclines towards larger women, and he himself is 'gordo' (p. 94). Josefa is infatuated with him, his natural preference is for fat women, and the village corroborates this fancy by insinuating that Mariuca is 'tísica' (p. 94). The choice, therefore, appears simple. However, a form of perverse Salvadorian ambition gets the better of Quino. Since he knows that 'En las ciudades los señoritos se casan con las hembras flacas' (p. 94), he courts Mariuca, who becomes pregnant by him prior to their marriage (mischievously, Delibes writes: 'se entendieron' (p. 95)). On the day of the wedding, Josefa, maddened by jealousy and sexual frustration, strips naked and commits suicide by hurling herself into the river in full view of the guests. But shortly after giving birth to Uca-uca, Mariuca herself dies of tuberculosis, thus confirming the villagers' long-standing fears over her health. What is the reader to make of such melodrama? Are we to infer that Quino should have married Josefa and that the newly-weds' misfortunes were just deserts for Quino's wilful pride? Is his suffering the penalty for hubris? Interpretation is made difficult, first because the whole episode is tragicomic, and second because the relationship, as far as it went, was fulfilling, not to say genuinely loving. The intensity of Quino's grief can be gauged by the tenderness he shows towards Mariuca's body and their orphaned baby. On the other hand, there is the niggling possibility that they married only because of the pregnancy, and the fact that the villagers' warnings about the frailty of Mariuca's health are vindicated in full. The final pitiful image of Quino ineffectually combing his wife's hair with his stump might imply that the marriage was a clumsy pairing – a juxtaposition of fat and thin: the girth of an arm alongside a strand of hair (p. 97). However, as is often the case with Delibes's embedded stories, overall interpretation is by no means straightforward. We cannot say for certain that the author is giving us a cautionary tale about the perils of overweening ambition, for, as far as it went, the relationship between Quino and Mariuca was a happy one. The tale is too ironic for the adult reader to be able to extract from it such a satisfyingly transparent moral. Daniel, however, is an instant critic: to him it is evidence that he, too, can aspire to the hand of a sophisticated woman, and that perhaps, like Josefa, a naked Uca-uca will one day plunge to her death from a bridge (p. 116). This gratifying fantasy causes Daniel to rebuff Uca-uca cruelly at the end of Chapter XIII. Having delivered some cheeses to Mica, he returns home daydreaming about how education will propel him up the social ladder and enable him to wed his beloved, only to be ambushed by his jealous young admirer. His contemptuous treatment of Uca-uca at this stage is a tragic distortion of Quino's purely eccentric behaviour. What Daniel fails to realize, however, is that Mica is barely aware of his existence: she does not even recall his face from three years ago, when she discovered the gang stealing apples from her orchard.

Thus, comic self-delusion teeters on the brink of tragedy. Having climbed aboard the ladder of love, Daniel's infatuation with Mica leaves him emotionally exposed and disoriented, with nowhere real to go: 'constituía, en él, algo insólito, algo que rompía el hasta ahora despreocupado e independiente curso de su vida' (p. 110). Among his friends, it is 'el único secreto no compartido' (p. 111). He has made his first emotional foray beyond the frontiers of the gang and its cosy gender stereotypes, but finds himself tussling with a concept of progress which ominously resembles the world-conquering creed of his father. At the same time, he feels lost and alone.

La cucaña: re-routing or re-rooting?

In Chapter XVII, the ascent of (and descent from) the *cucaña* can be regarded as both a consummation and a rejection of Daniel's new-found conversion to his father's brand of progress – a personal vindication as well as a happy fall. It is also a fitting climax to the classically romcom muddle that has developed in Daniel's mind over Mica and Uca-uca.

Rightly noting that Daniel is not the author's mouthpiece, and wishing to defend Delibes against charges of conservatism, Héctor Romero argues that the novel portrays a character whose inherent talents destine him for greater things beyond the village, and that this is demonstrated by the *cucaña* episode. Here, he contends, Daniel shows 'la tenacidad de su propia voluntad'.[53] The climb is indeed the novel's thematic centrepiece, since a greasy pole is the symbol *par excellence* of getting ahead in life. Furthermore, as if to emphasize Daniel's untapped prowess, the pole is fully ten metres higher than usual; at its tip an envelope containing five *duros* has been attached; and Mica, along with her *novio* and the entire village, is in attendance. That the exploit is witnessed by Mica seems to bode well for the boy's private sexual longings. And, at face value, such a dramatic ascent is a prophetic and public endorsement of the high-flying ambitions – both social and financial – that Salvador harbours for his son. It is a flamboyant assertion of Daniel's latent superiority.

Nevertheless, such a reading of the *cucaña* episode takes insufficient account of Daniel's pervasive feelings of distress as well as the quieter mood which steals over him in its aftermath. Sexual humiliation and anxiety propel Daniel up out of the village, and the pole itself is unmistakably phallic. On the day of the festival, he experiences an acute sense of shame because, unlike those of his two friends, his voice has not yet broken, and

53 H. R. Romero, '*El camino* de Delibes bajo una nueva luz', *Romance Notes*, 19 (1978), 10–15 (p. 13).

24

he is therefore obliged by Lola Guindilla to sing in the choir. Roque is merciless, chanting '¡Niñas maricas!' at Daniel and his fellow choristers as they emerge from the church. Daniel begins to fear that Germán will usurp his position as second-in-command in the gang. In short, 'la virilidad de Daniel, el Mochuelo, estaba en entredicho' (p. 140).[54] He is further mortified when, following the church service, Mica congratulates him on his singing by kissing him maternally on the forehead, instead of erotically on the lips, as he would have preferred. Worse still, he lays eyes on his rival for the first time: Mica's elegant, publicly admired, boyfriend. Romero's argument that the ascent illustrates Daniel's 'superioridad mental y espiritual' omits to mention that Daniel climbs the pole in a fit of abject sexual panic.[55] The character's loss of composure at this point owes more to his fear of being left behind than it does to any desperate wish to reveal a hidden supremacy. Since the *cucaña* is an obvious sexual symbol, one could even venture to say that the ascent has an orgasmic connotation. Signalling a new structure of feeling within Daniel, it heralds the onset of adolescent sexuality with its characteristic baggage of emotional privacy and vulnerability. In this sense the episode is self-transcendent – a comic discovery of selfhood in a place hitherto unsuspected by Daniel, though possibly sighted from afar by the reader.

On his return to earth, Uca-uca tends to him and, in the days that follow, Daniel comes to regard her as a kindred spirit. Whenever they talk, Mica vanishes from his mind, and 'la idea de marchar a la ciudad a progresar volvía a hacérsele ardua e insoportable' (p. 151). In this way, the hero is restored to himself, but in a form that neither he nor his peers could have anticipated. The true psychological effect of Daniel's sudden glory is to return him to earth and the *pueblo*. A partial understanding of the world is relinquished for a more balanced, modest and harmonious outlook. By means of a double renunciation – of a future with Mica and of achieving exalted social status – a comic catharsis is achieved. A salutary regrounding of the self within the community occurs and the principle of solidarity is reaffirmed. Superficially, Daniel's success stems the tide of chaos that has recently swept through his life: first, by repairing his damaged honour, thereby consolidating his rank within the gang; second, by purging his sense of sexual shame before Mica with a display of virile courage. However, post-*cucaña* not only does he forgo Mica; he also

54 Buckley suggests an apt title for Chapter XVII: 'Feminidad del coro frente a la virilidad de la cucaña' (pp. 124–5).
55 Romero, p. 12.

overrides the psycho-sexual economy of the gang by accepting Uca-uca as a loving equal.

Equally significant is the graveyard scene in which the burial of Germán takes place, for here the dynamic underlying the ascent of the greasy-pole is neatly inverted. Now, Daniel overcomes a selfish instinct and tosses his precious sweet-money into the collection being made to help pay for his friend's funeral. In so doing, he is figuratively rejecting Salvador's social acquisitiveness and, quite literally, throwing in his lot with the community, merging his identity with theirs. The action represents a definitive descent, as it were, from the *cucaña*: from lofty but lonely socio-erotic heights to an earth-bound world of authentic fellowship. Delibes makes this reversal explicit:

> Casi sintió un orgullo tan grande como la tarde que trepó a lo alto de la cucaña al sacar de su bolsillo la moneda reluciente ... y arrojarla sobre la arpillera. Siguió el itinerario de la moneda con los ojos, la vio rodar un trecho y, luego, amontonarse con las demás produciendo, al juntarse, un alegre tintineo. (p. 163)

Famously, in *San Manuel Bueno, mártir*, Miguel de Unamuno depicted the relationship between the saint or intellectual and his community as akin to a lofty peak soaring in isolation over the reflective surface of a lake.[56] In El camino, the ascent of, and descent from, the greasy pole repudiates this tragic model. Daniel, for the time being, is re-rooted in the knowable community – a place of comic potential, of *alegre tintineo*. He reconnects with what Raymond Williams has termed 'a shared source of life'.[57]

In conclusion

Both caricaturist and romantic comedian, Delibes displays considerable comic virtuosity in *El camino*, causing the reader first to laugh in a gently punitive way at the social eccentricities of repressed adults and irrepressible children, and then to smile at the touching spectacle of a personality in metamorphosis – at the process of renunciation, reconciliation and renewal which this involves. As a counterweight to a father who gauges a son's development solely in terms of his prospective career and social

56 M. de Unamuno, *San Manuel Bueno, mártir*, ed. V. García de la Concha, Madrid, 2002 [1931].
57 Williams, p. 358. The expression *knowable community* is also his.

status, Delibes emphasizes how swiftly Daniel evolves and matures by means of his friendships and experiences within the knowable community, initially inside the all-male domain of the gang, which transcends the mentally cramped space of the family home, and then further afield as the character takes his first fumbling steps into the realm of adolescent sexuality. Daniel's sexual awakening fuels the romantic comedy running through the novel. Love, the author seems to be saying, is the authentic career, the royal road to self-realization. The protagonist's budding awareness is punctuated with stories of women in the village who are isolated, have a *vientre seco*, or run the risk of being left on the shelf. The fact that Daniel is so fascinated by these women may be Delibes's way of implying that a fully human way forward is one which treats social, sexual and emotional needs holistically. The boy's outlook on life is subtly feminized in the course of the novel. Males, on the other hand (Quino, Mica's father and the pre-*cucaña* Daniel), fall prey to erotic fashion and careerism, with mixed – sometimes hilarious – results.

Daniel is saved from folly thanks to the moral deepening he undergoes in the aftermath of his fleeting glory at the top of the greasy pole. Following his triumphant climb, his comic regrounding is a princely event that queries the attitudes of all those in the novel who seek to trammel life for some loftier purpose. Honouring a sense of home boosts his moral progress, for as Terry Eagleton has put it, 'There is nothing retrograde about roots.'[58] In *El camino*, Delibes gives romantic comedy a green twist, making the novel seem psycho-sexually dynamic rather than nostalgic. Sadly, however, in the end Salvador prevails and the reader is left with the forlorn image of Daniel hiding unvirile tears from Uca-uca, shortly before his departure for the big city. In an effort to lift himself and his family further up the social ladder, Daniel's father is inadvertently contributing to that 'uninterrupted disturbance of all social conditions', that climate of 'everlasting uncertainty and agitation' which, for Karl Marx and Friedrich Engels, was a source of great hardship in the modern world.[59]

58 T. Eagleton, *After Theory*, London, 2004, p. 21.
59 K. Marx and F. Engels, *The Communist Manifesto*, with Introduction and Notes by G. Stedman Jones, London, 2002, p. 223.

Select bibliography

By far the best and most comprehensive bibliography of Delibes's *obra* is Glenn G. Meyers, *Miguel Delibes: An Annotated Critical Bibliography*, Lanham, MD: Scarecrow, 1999.

Editions of *El camino*

M. Delibes, *El camino*, ed. J. Amor y Vázquez and R. H. Kossoff, New York: Holt, Rinehart and Winston, 1960 [student edition with illustrations by the author, introduction, vocabulary and notes].

M. Delibes, *El camino*, ed. P. Polack, London: Harrap, 1963 [with prologue by Delibes, introduction, notes and vocabulary].

M. Delibes, *El camino*, ed. and intro. by M. Sotelo Vázquez. Barcelona: Destino, 1995 [overview of life and works of the author; analysis of the novel's stylistic traits].

M. Delibes, *El camino*, introduction by R. García Domínguez, Barcelona: Destino, 2000 [facsimile of the manuscript].

Critical works

Y. B. Agawu-Kakraba, *Demythification in the fiction of Miguel Delibes*, New York: Peter Lang, 1996, pp. 65–80 [argues that the novel attacks the regime's newly acquired ideology of progress].

M. Delibes, *La naturaleza amenazada*, Barcelona: Destino, 1976 [the author's inaugural speech to the Real Academia Española, discussing, *inter alia*, progress and *El camino*].

J. Díaz, *Miguel Delibes*, New York: Twayne, 1971, Chapter 3, pp. 51–8 [argues against simplistic readings of *El camino* based on a city-country dichotomy; narrative structure; use of caricature].

R. García Domínguez, *El quiosco de los helados: Miguel Delibes de cerca*, Barcelona: Destino, 2005, pp. 161–72 [genesis, reception and Delibes's assessment of this novel].

F. González-Ariza, *El camino de Miguel Delibes*, Berriozar: Cénit, 2008 [a

28

critical guide with chapters on narrative structure, style and themes; critical commentaries on Chapters III, XVI and XVII].

J. Goñi, *Cinco horas con Miguel Delibes*, Madrid: Anjana, 1985 [conversations with Delibes on writing, childhood, hunting, journalism, politics and ecology].

E. A. Johnson, 'Miguel Delibes, *El camino* – A Way of Life', *Hispania*, 45, 1963, 748–52 [Freudian struggle between instinct and social conformity].

S. L. Martín-Márquez, 'La literatura proyectada por una lente feminista: Josefina Molina y la adaptación cinematográfica', *Letras Peninsulares*, 7, 1994, 351–68 [on Molina's 1977 screen adaptation of the novel].

A. Rey, *La originalidad novelística de Delibes*, Santiago de Compostela: Universidad de Santiago, 1975, pp. 67–84 [single narrative focus gives the novel its artistic unity and purpose; Daniel's maturation].

H. R. Romero, '*El camino* de Delibes bajo una nueva luz', *Romance Notes*, 19, 1978, 10–15 [argues that the novel is fundamentally ironic and that the hero is destined for greater things beyond the village].

F. J. Sánchez Pérez, *El hombre amenazado: hombre, sociedad y educación en la novelística de M. Delibes*, Salamanca: Universidad Pontificia de Salamanca, 1985, pp. 217–36 [argues that the novel explores the potential for deracination and dehumanization within education].

R. C. Spires, *La novela española de posguerra: creación artística y experiencia personal*, Madrid: Cupsa, 1978, 'El perspectivismo dinámico de *El camino*', pp. 78–93 [examines the interplay between the perspectives of Daniel and the narrator, and their eventual fusion].

F. Umbral, *Miguel Delibes*, Madrid: EPESA, 1970 [shrewd, authoritative study of the author's literary, political and moral development].

El camino

Miguel Delibes

I

Las cosas podían haber sucedido de cualquier otra manera y, sin embargo, sucedieron así. Daniel, el Mochuelo,[1] desde el fondo de sus once años, lamentaba el curso de los acontecimientos, aunque lo acatara como una realidad inevitable y fatal. Después de todo, que su padre aspirara a hacer de él algo más que un quesero era un hecho que honraba a su padre. Pero por lo que a él afectaba ...[2]

Su padre entendía que esto era progresar; Daniel, el Mochuelo, no lo sabía exactamente. El que él estudiase[3] el Bachillerato[4] en la ciudad podía ser, a la larga, efectivamente, un progreso. Ramón, el hijo del boticario, estudiaba ya para abogado en la ciudad, y cuando les visitaba, durante las vacaciones, venía empingorotado como un pavo real y les miraba a todos por encima del hombro; incluso al salir de misa los domingos y fiestas de guardar, se permitía corregir las palabras que don[5] José, el cura, que era un gran santo, pronunciara[6] desde el púlpito. Si esto era progresar, el marcharse a la ciudad a iniciar el Bachillerato, constituía, sin duda, la base de este progreso.[7]

Pero a Daniel, el Mochuelo, le bullían muchas dudas en la cabeza a este respecto. Él creía saber cuanto puede saber un hombre. Leía de corrido,

---

1 Daniel's nickname: *Owl*.
2 *But as for him ...*
3 *The fact that he should study*.
4 The qualification received upon successful completion of one's secondary-school education. See Note A.
5 Don/doña: a term of respect used in front of a person's first name.
6 *had pronounced*. In formal or literary Spanish the indicative pluperfect tense is occasionally rendered by an imperfect subjunctive in *-ra*.
7 The author's quarrel with progress, in the most widely attested sense of the word, is that it corrodes what is natural in the environment as well as in people's lives. In J. Goñi, *Cinco horas con Miguel Delibes*, Madrid, 1985, Delibes argues that 'La ecuación técnica-naturaleza se ha planteado mal. Entre ambas debería reinar la concordancia y reina lo contrario. El progreso aspira a sacar dinero aunque inutilice un río o un bosque. Y esto a mí no me parece progreso' (p. 58).

escribía para entenderse y conocía y sabía aplicar las cuatro reglas.[8] Bien mirado, pocas cosas más cabían en un cerebro normalmente desarrollado. No obstante, en la ciudad, los estudios de Bachillerato constaban, según decían, de siete años y, después, los estudios superiores, en la Universidad, de otros tantos años, por lo menos. ¿Podría existir algo en el mundo cuyo conocimiento exigiera catorce años de esfuerzo, tres más de los que ahora contaba Daniel? Seguramente, en la ciudad se pierde mucho el tiempo — pensaba el Mochuelo— y, a fin de cuentas, habrá quien, al cabo de catorce años de estudio, no acierte a distinguir un rendajo de un jilguero o una boñiga de un cagajón.[9] La vida era así de rara, absurda y caprichosa. El caso era trabajar y afanarse en las cosas inútiles o poco prácticas.

Daniel, el Mochuelo, se revolvió en el lecho y los muelles de su camastro de hierro chirriaron desagradablemente. Que él recordase, era ésta la primera vez que no se dormía tan pronto caía en la cama. Pero esta noche tenía muchas cosas en que pensar. Mañana, tal vez, no fuese ya tiempo. Por la mañana, a las nueve en punto, tomaría el rápido ascendente y se despediría del pueblo hasta las Navidades. Tres meses encerrado en un colegio. A Daniel, el Mochuelo, le pareció que le faltaba aire y respiró con ansia dos o tres veces. Presintió la escena de la partida y pensó que no sabría contener las lágrimas, por más que su amigo Roque, el Moñigo,[10] le dijese que un hombre bien hombre no debe llorar aunque se le muera el padre. Y el Moñigo tampoco era cualquier cosa, aunque contase dos años más que él y aún no hubiera empezado el Bachillerato. Ni lo empezaría nunca, tampoco. Paco, el herrero, no aspiraba a que su hijo progresase; se conformaba con que fuera herrero como él y tuviese suficiente habilidad para someter el hierro a su capricho. ¡Ése sí que era un oficio bonito! Y para ser herrero no hacía falta estudiar catorce años, ni trece, ni doce, ni diez, ni nueve, ni ninguno. Y se podía ser un hombre membrudo y gigantesco, como lo era el padre del Moñigo.

Daniel, el Mochuelo, no se cansaba nunca de ver a Paco, el herrero, dominando el hierro en la fragua. Le embelesaban aquellos antebrazos

8 i.e. addition, subtraction, multiplication and division.
9 A similar question is raised by Víctor in Delibes's *El disputado voto del Señor Cayo*, Barcelona, 1978: '¿te parece más importante recitar Althusser que conocer las propiedades de la flor del saúco?' (p. 167). In J. Goñi, *Cinco horas con Miguel Delibes*, Madrid, 1985, the answer that Delibes provides also serves to highlight the presence of an ironic gap between the narrator and Daniel in *El camino*: 'Yo creo que deberíamos conocer las dos cosas y mientras no las conozcamos seremos hombres cojas, con una formación incompleta' (p. 57).
10 Roque's nickname is derived from *'boñiga'*: a piece of dung.

gruesos como troncos de árboles, cubiertos de un vello espeso y rojizo, erizados de músculos y de nervios. Seguramente Paco, el herrero, levantaría la cómoda de su habitación con uno solo de sus imponentes brazos y sin resentirse. Y de su tórax, ¿qué? Con frecuencia el herrero trabajaba en camiseta y su pecho hercúleo subía y bajaba, al respirar, como si fuera el de un elefante herido. Esto era un hombre. Y no Ramón, el hijo del boticario, emperejilado y tieso y pálido como una muchacha mórbida y presumida. Si esto era progreso, él, decididamente, no quería progresar. Por su parte, se conformaba con tener una pareja de vacas, una pequeña quesería y el insignificante huerto de la trasera de su casa. No pedía más. Los días laborables fabricaría quesos, como su padre, y los domingos se entretendría con la escopeta, o se iría al río a pescar truchas o a echar una partida al corro de bolos.

La idea de la marcha desazonaba a Daniel, el Mochuelo. Por la grieta del suelo se filtraba la luz de la planta baja y el haz luminoso se posaba en el techo con una fijeza obsesiva. Habrían de pasar tres meses sin ver aquel hilo fosforescente y sin oír los movimientos quedos de su madre en las faenas domésticas; o los gruñidos ásperos y secos de su padre, siempre malhumorado; o sin respirar aquella atmósfera densa, que se adentraba ahora por la ventana abierta, hecha de aromas de heno recién segado y de resecas boñigas. ¡Dios mío, qué largos eran tres meses!

Pudo haberse rebelado contra la idea de la marcha, pero ahora era ya tarde. Su madre lloriqueaba unas horas antes al hacer, junto a él, el inventario de sus ropas.

—Mira, Danielín, hijo, éstas son las sábanas tuyas. Van marcadas con tus iniciales. Y éstas tus camisetas. Y éstos tus calzoncillos. Y tus calcetines. Todo va marcado con tus letras. En el colegio seréis muchos chicos y de otro modo es posible que se extraviaran.

Daniel, el Mochuelo, notaba en la garganta un volumen inusitado, como si se tratara de un cuerpo extraño. Su madre se pasó el envés de la mano por la punta de la nariz remangada y sorbió una moquita. «El momento debe de ser muy especial cuando la madre hace eso que otras veces me prohíbe hacer a mí», pensó el Mochuelo. Y sintió unos sinceros y apremiantes deseos de llorar.

La madre prosiguió:

—Cuídate y cuida la ropa, hijo. Bien sabes lo que a tu padre le ha costado todo esto. Somos pobres. Pero tu padre quiere que seas algo en la vida. No quiere que trabajes y padezcas como él. Tú —le miró un momento como enajenada— puedes ser algo grande, algo muy grande en la vida, Danielín;

tu padre y yo hemos querido que por nosotros no quede.[11]

Volvió a sorber la moquita y quedó en silencio. El Mochuelo se repitió: «Algo muy grande en la vida, Danielín», y movió convulsivamente la cabeza. No acertaba a comprender cómo podría llegar a ser algo muy grande en la vida. Y se esforzaba, tesoneramente, en comprenderlo. Para él, algo muy grande era Paco, el herrero, con su tórax inabarcable, con sus espaldas macizas y su pelo híspido y rojo; con su aspecto salvaje y duro de dios primitivo. Y algo grande era también su padre, que tres veranos atrás abatió un milano de dos metros de envergadura ... Pero su madre no se refería a esta clase de grandeza cuando le hablaba. Quizá su madre deseaba una grandeza al estilo de la de don Moisés, el maestro, o tal vez como la de don Ramón, el boticario, a quien hacía unos meses habían hecho alcalde. Seguramente a algo de esto aspiraban sus padres para él. Mas, a Daniel, el Mochuelo, no le fascinaban estas grandezas. En todo caso, prefería no ser grande, ni progresar.

Dio vuelta en el lecho y se colocó boca abajo, tratando de amortiguar la sensación de ansiedad que desde hacía un rato le mordía en el estómago. Así se hallaba mejor; dominaba, en cierto modo, su desazón. De todas formas, boca arriba o boca abajo, resultaba inevitable que a las nueve de la mañana tomase el rápido para la ciudad. Y adiós todo, entonces. Si es caso ... Pero ya era tarde. Hacía muchos años que su padre acariciaba aquel proyecto y él no podía arriesgarse a destruirlo todo en un momento, de un caprichoso papirotazo. Lo que su padre no logró haber sido, quería ahora serlo en él. Cuestión de capricho. Los mayores tenían, a veces, caprichos más tozudos y absurdos que los de los niños. Ocurría que a Daniel, el Mochuelo, le había agradado, meses atrás, la idea de cambiar de vida. Y sin embargo, ahora, esta idea le atormentaba.

Hacía casi seis años que conoció las aspiraciones de su padre respecto a él. Don José, el cura, que era un gran santo, decía, a menudo, que era un pecado sorprender las conversaciones de los demás. No obstante, Daniel, el Mochuelo, escuchaba con frecuencia las conversaciones de sus padres en la planta baja, durante la noche, cuando él se acostaba. Por la grieta del entarimado divisaba el hogar, la mesa de pino, las banquetas, el entremijo y todos los útiles de la quesería. Daniel, el Mochuelo, agazapado contra el suelo, espiaba las conversaciones desde allí. Era en él una costumbre. Con el murmullo de las conversaciones, ascendía del piso bajo el agrio olor de

---

11 *wanted to leave no stone unturned* (literally: *that it won't be because of us that it's left undone*).

la cuajada y las esterillas sucias. Le placía aquel olor a leche fermentada, punzante y casi humano.

Su padre se recostaba en el entremijo aquella noche, mientras su madre recogía los restos de la cena. Hacía ya casi seis años que Daniel, el Mochuelo, sorprendiera esta escena, pero estaba tan sólidamente vinculada a su vida que la recordaba ahora con todos los pormenores.

—No, el chico será otra cosa. No lo dudes —decía su padre—. No pasará la vida amarrado a este banco como un esclavo. Bueno, como un esclavo y como yo.

Y, al decir esto, soltó una palabrota y golpeó en el entremijo con el puño crispado. Aparentaba estar enfadado con alguien, aunque Daniel, el Mochuelo, no acertaba a discernir con quién. Entonces Daniel no sabía que los hombres se enfurecen a veces con la vida y contra un orden de cosas que consideran irritante y desigual. A Daniel, el Mochuelo, le gustaba ver airado a su padre porque sus ojos echaban chiribitas y los músculos del rostro se le endurecían y, entonces, detentaba una cierta similitud con Paco, el herrero.

—Pero no podemos separarnos de él —dijo la madre—. Es nuestro único hijo. Si siquiera tuviéramos una niña. Pero mi vientre está seco, tú lo sabes. No podremos tener una hija ya. Don Ricardo dijo, la última vez, que he quedado estéril después del aborto.[12]

Su padre juró otra vez, entre dientes. Luego, sin moverse de su postura, añadió:

—Déjalo; eso ya no tiene remedio. No escarbes en las cosas que ya no tienen remedio.

La madre gimoteó, mientras recogía en un bote oxidado las migas de pan abandonadas encima de la mesa. Aún insistió débilmente:

—A lo mejor el chico no vale para estudiar. Todo esto es prematuro. Y un chico en la ciudad es muy costoso. Eso puede hacerlo Ramón, el boticario, o el señor juez. Nosotros no podemos hacerlo. No tenemos dinero.

Su padre empezó a dar vueltas nerviosas a una adobadera entre las manos. Daniel, el Mochuelo, comprendió que su padre se dominaba para no exacerbar el dolor de su mujer. Al cabo de un rato añadió:

—Eso quédalo de mi cuenta. En cuanto a si el chico vale o no vale para estudiar depende de si tiene cuartos o si no los tiene. Tú me comprendes.

Se puso en pie y con el gancho de la lumbre desparramó las ascuas que

12 *miscarriage.*

aún relucían en el hogar. Su madre se había sentado, con las bastas manos desmayadas en el regazo. Repentinamente se sentía extenuada y nula, absurdamente vacua e indefensa. El padre se dirigía de nuevo a ella:

—Es cosa decidida. No me hagas hablar más de esto. En cuanto el chico cumpla once años marchará a la ciudad a empezar el grado.

La madre suspiró, rendida. No dijo nada. Daniel, el Mochuelo, se acostó y se durmió haciendo conjeturas sobre lo que querría decir su madre, con aquello de que tenía el vientre seco y que se había quedado estéril después del aborto.

II

Ahora, Daniel, el Mochuelo, ya sabía lo que era tener el vientre seco y lo que era un aborto. Pensó en Roque, el Moñigo. Quizá si no hubiera conocido a Roque, el Moñigo, seguiría, a estas alturas, sin saber lo que era un vientre seco y lo que era un aborto. Pero Roque, el Moñigo, sabía mucho de todo «eso». Su madre le decía que no se juntase con Roque, porque el Moñigo se había criado sin madre y sabía muchas perrerías. También las Guindillas le decían a menudo que por juntarse al Moñigo ya era lo mismo que él, un golfo y un zascandil.

Daniel, el Mochuelo, siempre salía en defensa de Roque, el Moñigo. La gente del pueblo no le comprendía o no quería comprenderle. Que Roque supiera mucho de «eso» no significaba que fuera un golfo y un zascandil. El que fuese fuerte[13] como un toro y como su padre, el herrero, no quería decir que fuera un malvado. El que su padre, el herrero, tuviese siempre junto a la fragua una bota de vino y la levantase de cuando en cuando no equivalía a ser un borracho empedernido, ni podía afirmarse, en buena ley, que Roque, el Moñigo, fuese un golfante como su padre, porque ya se sabía que de tal palo tal astilla.[14] Todo esto constituía una sarta de infamias, y Daniel, el Mochuelo, lo sabía de sobra porque conocía como nadie al Moñigo y a su padre.

De que la mujer de Paco, el herrero, falleciera al dar a luz al Moñigo, nadie tenía la culpa. Ni tampoco tenía la culpa nadie de la falta de capacidad educadora de su hermana Sara, demasiado brusca y rectilínea para ser mujer.

La Sara llevó el peso de la casa desde la muerte de su madre. Tenía el pelo rojo e híspido y era corpulenta y maciza como el padre y el hermano. A veces, Daniel, el Mochuelo, imaginaba que el fin de la madre de Roque, el Moñigo, sobrevino por no tener aquélla el pelo rojo. El pelo rojo podía ser, en efecto, un motivo de longevidad o, por lo menos, una especie de

---

13 *The fact that he was strong.*
14 *like father, like son.*

amuleto protector. Fuera por una causa o por otra,[15] lo cierto es que la madre del Moñigo falleció al nacer él y que su hermana Sara, trece años mayor, le trató desde entonces como si fuera un asesino sin enmienda. Claro que la Sara tenía poca paciencia y un carácter regañón y puntilloso. Daniel, el Mochuelo, la había conocido corriendo tras de su hermano escalera abajo, desmelenada y torva, gritando desaforadamente:

—¡Animal, más que animal, que ya antes de nacer eras un animal!

Luego la oyó repetir este estribillo centenares y hasta millares de veces; pero a Roque, el Moñigo, le traía aquello sin cuidado. Seguramente lo que más exacerbó y agrió el carácter de la Sara fue el rotundo fracaso de su sistema educativo. Desde muy niño, el Moñigo fue refractario al Coco, al Hombre del Saco y al Tío Camuñas.[16] Sin duda fue su solidez física la que le inspiró este olímpico desprecio hacia todo lo que no fueran hombres reales, con huesos, músculos y sangre bajo la piel. Lo cierto es que cuando la Sara amenazaba a su hermano, diciéndole: «Que viene el Coco, Roque, no hagas tal cosa», el Moñigo sonreía maliciosamente, como desafiándole: «Ale, que venga, le aguardo». Entonces el Moñigo apenas tenía tres años y aún no hablaba nada. A la Sara la llevaban los demonios al constatar el choque inútil de su amenaza con la indiferencia burlona del pequeñuelo.

Poco a poco, el Moñigo fue creciendo y su hermana Sara apeló a otros procedimientos. Solía encerrar a Roque en el pajar si cometía una travesura, y luego le leía, desde fuera, lentamente y con voz sombría y cavernosa, las recomendaciones del alma.

Daniel, el Mochuelo, aún recordaba una de las primeras visitas a casa de su amigo. La puerta de la calle estaba entreabierta y, en el interior, no se veía a nadie, ni se oía nada, como si la casa estuviera deshabitada. La escalera que conducía al piso alto se alzaba incitante ante él, pero él la miró, tocó el pasamano, pero no se atrevió a subir. Conocía ya a la Sara de referencias y aquel increíble silencio le inspiraba un vago temor. Se entretuvo un rato atrapando una lagartija que intentaba escabullirse por entre las losas del zaguán. De improviso oyó una retahíla de furiosos improperios, en lo alto, seguidos de un estruendoso portazo. Se decidió a llamar, un poco cohibido:

—¡Moñigo! ¡Moñigo!

15 *Whatever the reason was.*
16 Bogeymen used to frighten the young: El Coco eats children who will not go to sleep; El Hombre del Saco catches those who refuse to come home on time; Tío Camuñas kidnaps the naughty and unwary.

Al instante se derramó sobre él un diluvio de frases agresivas. Daniel se encogió sobre sí mismo.

—¿Quién es el bruto que llama así? ¡Aquí no hay ningún Moñigo! Todos en esta casa llevamos nombre de santo. ¡Hale, largo!

Daniel, el Mochuelo, nunca supo por qué en aquella ocasión se quedó, a pesar de todo, clavado al suelo como si fuera una estatua. El caso es que se quedó tieso y mudo, casi sin respirar. Entonces oyó hablar arriba a la Sara y prestó atención. Por el hueco de la escalera se desgranaban sus frases engoladas como una lluvia lúgubre y sombría:

—Cuando mis pies, perdiendo su movimiento, me adviertan que mi carrera en este mundo está próxima a su fin ...[17]

Y, detrás, sonaba la voz del Moñigo, opaca y sorda, como si partiera de lo hondo de un pozo:

—Jesús misericordioso, tened compasión de mí.

De nuevo las inflexiones de Sara, cada vez más huecas y extremosas:

—Cuando mis ojos vidriados y desencajados por el horror de la inminente muerte, fijen en vos sus miradas lánguidas y moribundas ...

—Jesús misericordioso, tened compasión de mí.

Se iba adueñando de Daniel, el Mochuelo, un pavor helado e impalpable. Aquella tétrica letanía le hacía cosquillas en la medula de los huesos. Sin embargo, no se movió del sitio. Le acuciaba una difusa e impersonal curiosidad.

—Cuando perdido el uso de los sentidos —continuaba, monótona, la Sara— el mundo todo desaparezca de mi vista y gima yo entre las angustias de la última agonía y los afanes de la muerte ...

Otra vez la voz amodorrada y sorda y tranquila del Moñigo, desde el pajar:

—Jesús misericordioso, tened compasión de mí.

Al concluir Sara su correctivo verbal, se hizo impaciente la voz de Roque:

—¿Has terminado?

—Sí —dijo Sara.

—Hale, abre.

La interrogación siguiente de la Sara envolvía un despecho mal reprimido:

—¿Escarmentaste?

—¡No!

---

17 Extracts from the Catholic prayer, 'Letanías de la buena muerte', also known as the 'Súplicas a Jesús crucificado para obtener la gracia de una buena muerte'.

—Entonces no abro.

—Abre o echo la puerta abajo. El castigo ya se terminó.

Y Sara le abrió a su pesar. El Moñigo le dijo al pasar a su lado:

—Me metiste menos miedo que otros días, Sara.

La hermana perdía los estribos, furiosa:

—¡Calla, cerdo! Un día... un día te voy a partir los hocicos o yo no sé lo que te voy a hacer.

—Eso no; no me toques, Sara. Aún no ha nacido quien me ponga la mano encima, ya lo sabes —dijo el Moñigo.

Daniel, el Mochuelo, esperó oír el estampido del sopapo, pero la Sara debió pensarlo mejor y el estampido previsto no se produjo. Oyó Daniel, en cambio, las pisadas firmes de su amigo al descender los peldaños, y acuciado por un pudoroso instinto de discreción, salió por la puerta entornada y le esperó en la calle. Ya a su lado, el Moñigo dijo:

—¿Oíste a la Sara?

Daniel, el Mochuelo, no se atrevió a mentir:

—La oí —dijo.

—Te habrás fijado que es una maldita pamplinera.

—A mí me metió miedo, la verdad —confesó, aturdido, el Mochuelo.

—¡Bah!, no hagas caso. Todo eso de los ojos vidriados y los pies que no se mueven son pamplinas. Mi padre dice que cuando la diñas no te enteras de nada.

Movió el Mochuelo, dubitativo, la cabeza.

—¿Cómo lo sabe tu padre? —dijo.

A Roque, el Moñigo, no se le había ocurrido pensar en eso. Vaciló un momento, pero en seguida aclaró:

—¡Qué sé yo! Se lo diría mi madre al morirse. Yo no me puedo acordar de eso.

Desde aquel día, Daniel, el Mochuelo, situó mentalmente al Moñigo en un altar de admiración. El Moñigo no era listo, pero, ¡ahí era nada mantenérselas tiesas con los mayores! Roque, a ratos, parecía un hombre por su aplomo y gravedad. No admitía imposiciones ni tampoco una justicia cambiante y caprichosa. Una justicia doméstica, se sobreentiende. Por su parte, la hermana le respetaba. La voluntad del Moñigo no era un cero a la izquierda[18] como la suya; valía por la voluntad de un hombre; se la tenía en cuenta en su casa y en la calle. El Moñigo poseía personalidad.

Y, a medida que transcurría el tiempo, fue aumentando la admiración

18 *a zero in the left-hand margin*, i.e. a mere nothing.

de Daniel por el Moñigo. Éste se peleaba con frecuencia con los rapaces del valle y siempre salía victorioso y sin un rasguño. Una tarde, en una romería, Daniel vio al Moñigo apalear hasta hartarse al que tocaba el tamboril. Cuando se sació de golpearle le metió el tambor por la cabeza como si fuera un sombrero. La gente se reía mucho. El músico era un hombre ya de casi veinte años y el Moñigo sólo tenía once. Para entonces, el Mochuelo había comprendido que Roque era un buen árbol donde arrimarse y se hicieron inseparables, por más que la amistad del Moñigo le forzaba, a veces, a extremar su osadía e implicaba algún que otro regletazo de don Moisés, el maestro. Pero, en compensación, el Moñigo le había servido en más de una ocasión de escudo y paragolpes.

A pesar de todo esto, la madre de Daniel, don José el cura, don Moisés el maestro, la Guindilla[19] mayor y las Lepóridas,[20] no tenían motivos para afirmar que Roque, el Moñigo, fuese un golfante y un zascandil. Si el Moñigo entablaba pelea era siempre por una causa justa o porque procuraba la consecución de algún fin utilitario y práctico. Jamás lo hizo a humo de pajas o por el placer de golpear.

Y otro tanto ocurría con su padre, el herrero. Paco, el herrero, trabajaba como el que más[21] y ganaba bastante dinero. Claro que para la Guindilla mayor y las Lepóridas no existían más que dos extremos en el pueblo: los que ganaban poco dinero y de éstos decían que eran unos vagos y unos holgazanes, y los que ganaban mucho dinero, de los cuales afirmaban que si trabajaban era sólo para gastarse el dinero en vino. Las Lepóridas y la Guindilla mayor exigían un punto de equilibrio muy raro y difícil de conseguir. Pero la verdad es que Paco, el herrero, bebía por necesidad. Daniel, el Mochuelo, lo sabía de fundamento, porque conocía a Paco mejor que nadie. Y si no bebía, la fragua no carburaba. Paco, el herrero, lo decía muchas veces: «Tampoco los autos andan sin gasolina». Y se echaba un trago al coleto. Después del trago trabajaba con mayor ahínco y tesón. Esto, pues, a fin de cuentas, redundaba en beneficio del pueblo. Mas el pueblo no se lo agradecía y lo llamaba sinvergüenza y borracho. Menos mal que[22] el herrero tenía correa, como su hijo, y aquellos insultos no le lastimaban. Daniel, el Mochuelo, pensaba que el día que Paco, el herrero, se irritase no quedaría en el pueblo piedra sobre piedra; lo arrasaría todo como un ciclón.

19 Lola's nickname: *Chilli Pepper*.
20 The nickname of these five sisters: *The Rabbits*. The leporids are the group of species comprising rabbits and hares. The origin of this *apodo* is described in Chapter VIII.
21 *worked harder than anyone*.
22 *It was a good job that*.

No era tampoco cosa de echar en cara al herrero el que piropease a las mozas que cruzaban ante la fragua y las invitase a sentarse un rato con él a charlar y a echar un trago. En realidad, era viudo y estaba aún en edad de merecer. Además, su exuberancia física era un buen incentivo para las mujeres. A fin de cuentas, don Antonino, el marqués, se había casado tres veces y no por ello la gente dejaba de llamarle don Antonino y seguía quitándose la boina al cruzarse con él, para saludarle. Y continuaba siendo el marqués. Después de todo, si Paco, el herrero, no se casaba lo hacía por no dar madrastra a sus hijos y no por tener más dinero disponible para vino como malévolamente insinuaban la Guindilla mayor y las Lepóridas.

Los domingos y días festivos, Paco, el herrero, se emborrachaba en casa del Chano[23] hasta la incoherencia. Al menos eso decían la Guindilla mayor y las Lepóridas. Mas si lo hacía así, sus razones tendría el herrero, y una de ellas, y no desdeñable, era la de olvidarse de los últimos seis días de trabajo y de la inminencia de otros seis en los que tampoco descansaría. La vida era así de exigente y despiadada con los hombres.

A veces, Paco, cuyo temperamento se exaltaba con el alcohol, armaba en la taberna del Chano trifulcas considerables. Esto sí, jamás tiraba de navaja aunque sus adversarios lo hicieran. A pesar de ello, las Lepóridas y la Guindilla mayor decían de él —él, que peleaba siempre a pecho descubierto y con la mayor nobleza concebible— que era un asqueroso matón. En realidad, lo que mortificaba a la Guindilla mayor, las Lepóridas, al maestro, al ama de don Antonino, a la madre de Daniel, el Mochuelo, y a don José, el cura, eran los músculos abultados del herrero; su personalidad irreductible; su hegemonía física. Si Paco y su hijo hubieran sido unos fifiriches al pueblo no le importaría que fuesen borrachos o camorristas; en cualquier momento podrían tumbarles de un sopapo. Ante aquella inaudita corpulencia, la cosa cambiaba; habían de conformarse con ponerles verdes por la espalda. Bien decía Andrés, el zapatero: «Cuando a las gentes les faltan músculos en los brazos, les sobran en la lengua».

Don José, el cura, que era un gran santo, a pesar de censurar abiertamente a Paco, el herrero, sus excesos, sentía hacia él una secreta simpatía. Por mucho que tronase no podría olvidar nunca el día de la Virgen, aquel año en que Tomás se puso muy enfermo y no pudo llevar las andas de la imagen. Julián, otro de los habituales portadores de las andas, tuvo que salir del lugar en viaje urgente. La cosa se ponía fea.[24] No surgían sustitutos.

---

23 Short for Luciano.
24 *Things were beginning to look bad.*

Don José, el cura, pensó, incluso, en suspender la procesión. Fue entonces cuando se presentó, humildemente, en la iglesia Paco, el herrero.

—Señor cura, si usted quiere, yo puedo pasear la Virgen por el pueblo. Pero ha de ser a condición de que me dejen a mí solo —dijo.

Don José sonrió maliciosamente al herrero.

—Hijo, agradezco tu voluntad y no dudo de tus fuerzas. Pero la imagen pesa más de doscientos kilos —dijo.

Paco, el herrero, bajó los ojos, un poco avergonzado de su enorme fortaleza.

—Podría llevar encima cien kilos más, señor cura. No sería la primera vez... —insistió.

Y la Virgen recorrió el pueblo sobre los fornidos hombros de Paco, el herrero, a paso lento y haciendo cuatro paradas: en la plaza, ante el Ayuntamiento, frente a Teléfonos y, de regreso, en el atrio de la iglesia, donde se entonó, como era costumbre, una Salve popular.[25] Al concluir la procesión, los chiquillos rodearon admirados a Paco, el herrero. Y éste, esbozando una sonrisa pueril, les obligaba a palparle la camisa en el pecho, en la espalda, en los sobacos.

—Tentad, tentad —les decía—; no estoy sudado; no he sudado ni tampoco una gota.

La Guindilla mayor y las Lepóridas censuraron a don José, el cura, que hubiese autorizado a poner la imagen de la Virgen sobre los hombros más pecadores del pueblo. Y juzgaron el acto meritorio de Paco, el herrero, como una ostentación evidentemente pecaminosa. Pero Daniel, el Mochuelo, estaba en lo cierto: lo que no podía perdonársele a Paco, el herrero, era su complexión y ser el hombre más vigoroso del valle, de todo el valle.

25 A 'Salve Regina': a breviary hymn sung in praise of the Virgin Mary.

III

El valle ... Aquel valle significaba mucho para Daniel, el Mochuelo.[26] Bien mirado, significaba todo para él. En el valle había nacido y, en once años, jamás franqueó la cadena de altas montañas que lo circuían. Ni experimentó la necesidad de hacerlo siquiera.

A veces, Daniel, el Mochuelo, pensaba que su padre, y el cura, y el maestro, tenían razón, que su valle era como una gran olla independiente, absolutamente aislada del exterior. Y, sin embargo, no era así; el valle tenía su cordón umbilical, un doble cordón umbilical, mejor dicho,[27] que le vitalizaba al mismo tiempo que le maleaba: la vía férrea y la carretera. Ambas vías atravesaban el valle de sur a norte, provenían de la parda y reseca llanura de Castilla y buscaban la llanura azul del mar. Constituían, pues, el enlace de dos inmensos mundos contrapuestos.

En su trayecto por el valle, la vía, la carretera y el río —que se unía a ellas después de lanzarse en un frenesí de rápidos y torrentes desde lo alto del Pico Rando— se entrecruzaban una y mil veces, creando una inquieta topografía de puentes, túneles, pasos a nivel y viaductos.

En primavera y verano, Roque, el Moñigo, y Daniel, el Mochuelo, solían sentarse, al caer la tarde, en cualquier leve prominencia y desde allí contemplaban, agobiados por una unción casi religiosa, la lánguida e ininterrumpida vitalidad del valle. La vía del tren y la carretera dibujaban, en la hondonada, violentos y frecuentes zigzags; a veces se buscaban, otras se repelían, pero siempre, en la perspectiva, eran como dos blancas estelas abiertas entre el verdor compacto de los prados y los maizales. En

---

26 The setting is based upon the village of Molledo in northern Spain: 'Hasta los ocho años, veraneaba en ese pueblo, en una casa que nos dejaba una tía, tía Sofía, pues todavía teníamos familia allí. A mí aquel cambio de Castilla a la Montaña me seducía. Ser montañés imprime carácter. En Molledo, aquel ambiente de prados y montañas me causaba, no sé muy bien por qué, un impacto, quizá por el contraste con el cielo alto y azul de Castilla la llana. Y así empecé a sentir una especial atracción por la Montaña que luego cuajaría en *El camino*': J. Goñi, *Cinco horas con Miguel Delibes*, Madrid, 1985, p. 26.

27 *rather*.

la distancia, los trenes, los automóviles y los blancos caseríos tomaban proporciones de diminutas figuras de «nacimiento» increíblemente lejanas y, al propio tiempo, incomprensiblemente próximas y manejables. En ocasiones se divisaban dos y tres trenes simultáneamente, cada cual con su negro penacho de humo colgado de la atmósfera, quebrando la hiriente uniformidad vegetal de la pradera. ¡Era gozoso ver surgir las locomotoras de las bocas de los túneles! Surgían como los grillos cuando el Moñigo o él orinaban, hasta anegarlas, en las huras del campo. Locomotora y grillo evidenciaban, al salir de sus agujeros, una misma expresión de jadeo, amedrentamiento y ahogo.

Le gustaba al Mochuelo sentir sobre sí la quietud serena y reposada del valle, contemplar el conglomerado de prados, divididos en parcelas, y salpicados de caseríos dispersos. Y, de vez en cuando, las manchas oscuras y espesas de los bosques de castaños o la tonalidad clara y mate de las aglomeraciones de eucaliptos. A lo lejos, por todas partes, las montañas, que, según la estación y el clima, alteraban su contextura, pasando de una extraña ingravidez vegetal a una solidez densa, mineral y plomiza en los días oscuros.

Al Mochuelo le agradaba aquello más que nada, quizá, también, porque no conocía otra cosa. Le agradaba constatar el paralizado estupor de los campos y el verdor frenético del valle y las rachas de ruido y velocidad que la civilización enviaba de cuando en cuando, con una exactitud casi cronométrica.

Muchas tardes, ante la inmovilidad y el silencio de la Naturaleza, perdían el sentido del tiempo y la noche se les echaba encima. La bóveda del firmamento iba poblándose de estrellas y Roque, el Moñigo, se sobrecogía bajo una especie de pánico astral. Era en estos casos, de noche y lejos del mundo, cuando a Roque, el Moñigo, se le ocurrían ideas inverosímiles, pensamientos que normalmente no le inquietaban:

Dijo una vez:

—Mochuelo, ¿es posible que si cae una estrella de ésas no llegue nunca al fondo?

Daniel, el Mochuelo, miró a su amigo, sin comprenderle.

—No sé lo que me quieres decir —respondió.

El Moñigo luchaba con su deficiencia de expresión. Accionó repetidamente con las manos, y, al fin, dijo:

—Las estrellas están en el aire, ¿no es eso?

—Eso.

—Y la Tierra está en el aire también como otra estrella, ¿verdad? —añadió.

—Sí; al menos eso dice el maestro.

—Bueno, pues es lo que te digo. Si una estrella se cae y no choca con la Tierra ni con otra estrella, ¿no llega nunca al fondo? ¿Es que ese aire que las rodea no se acaba nunca?

Daniel, el Mochuelo, se quedó pensativo un instante. Empezaba a dominarle también a él un indefinible desasosiego cósmico. La voz surgió de su garganta indecisa y aguda como un lamento.

—Moñigo.

—¿Qué?

—No me hagas esas preguntas; me mareo.

—¿Te mareas o te asustas?

—Puede que las dos cosas —admitió.

Rió, entrecortadamente, el Moñigo.

—Voy a decirte una cosa —dijo luego.

—¿Qué?

—También a mí me dan miedo las estrellas y todas esas cosas que no se abarcan o no se acaban nunca. Pero no lo digas a nadie, ¿oyes? Por nada del mundo querría que se enterase de ello mi hermana Sara.

El Moñigo escogía siempre estos momentos de reposo solitario para sus confidencias. Las ingentes montañas, con sus recias crestas recortadas sobre el horizonte, imbuían al Moñigo una irritante impresión de insignificancia. Si la Sara, pensaba Daniel, el Mochuelo, conociera el flaco del Moñigo, podría, fácilmente, meterlo en un puño. Pero, naturalmente, por su parte, no lo sabría nunca. Sara era una muchacha antipática y cruel y Roque su mejor amigo. ¡Que adivinase ella[28] el terror indefinible que al Moñigo le inspiraban las estrellas!

Al regresar, ya de noche, al pueblo, se hacía mas notoria y perceptible la vibración vital del valle. Los trenes pitaban en las estaciones diseminadas y sus silbidos rasgaban la atmósfera como cuchilladas. La tierra exhalaba un agradable vaho a humedad y a excremento de vaca. También olía, con más o menos fuerza, la hierba según el estado del cielo o la frecuencia de las lluvias.

A Daniel, el Mochuelo, le placían estos olores, como le placía oír en la quietud de la noche el mugido soñoliento de una vaca o el lamento chirriante e iterativo de una carreta de bueyes avanzando a trompicones por una cambera.

28 *Let her discover for herself.*

En verano, con el cambio de hora,[29] regresaban al pueblo de día. Solían hacerlo por encima del túnel, escogiendo la hora del paso del tranvía interprovincial. Tumbados sobre el montículo, asomando la nariz al precipicio, los dos rapaces aguardaban impacientes la llegada del tren. La hueca resonancia del valle aportaba a sus oídos, con tiempo suficiente, la proximidad del convoy. Y, cuando el tren surgía del túnel, envuelto en una nube densa de humo, les hacía estornudar y reír con espasmódicas carcajadas. Y el tren se deslizaba bajo sus ojos, lento y traqueteante, monótono, casi al alcance de la mano.

Desde allí, por un senderillo de cabras, descendían a la carretera. El río cruzaba bajo el puente, con una sonoridad adusta de catarata. Era una corriente de montaña que discurría con fuerza entre grandes piedras reacias a la erosión. El murmullo oscuro de las aguas se remansaba, veinte metros más abajo, en la Poza del Inglés, donde ellos se bañaban en las tardes calurosas del estío.

En la confluencia del río y la carretera, a un kilómetro largo del pueblo, estaba la taberna de Quino,[30] el Manco. Daniel, el Mochuelo, recordaba los buenos tiempos, los tiempos de las transacciones fáciles y baratas. En ellos, el Manco, por una perra chica[31] les servía un gran vaso de sidra de barril y, encima, les daba conversación. Pero los tiempos habían cambiado últimamente y, ahora, Quino, el Manco, por cinco céntimos, no les daba más que conversación.

La tasca de Quino, el Manco, se hallaba casi siempre vacía. El Manco era generoso hasta la prodigalidad y en los tiempos que corrían resultaba arriesgado ser generoso. En la taberna de Quino, por unas causas o por otras, sólo se despachaba ya un pésimo vino tinto con el que mataban la sed los obreros y empleadas de la fábrica de clavos, ubicada quinientos metros río abajo.

Más allá de la taberna, a la izquierda, doblando la última curva, se hallaba la quesería del padre del Mochuelo. Frente por frente, un poco internada en los prados, la estación y, junto a ella, la casita alegre, blanca y roja de Cuco,[32] el factor. Luego, en plena varga ya, empezaba el pueblo propiamente dicho.

Era, el suyo, un pueblecito pequeño y retraído y vulgar. Las casas eran de piedra, con galerías abiertas y colgantes de madera, generalmente pintadas

29 *because of the clocks going forward.*
30 Short for Joaquín.
31 *five*-céntimo *coin.*
32 This character's nickname: *Cuckoo.*

de azul. Esta tonalidad contrastaba, en primavera y verano, con el verde y rojo de los geranios que infestaban galerías y balcones.

La primera casa, a mano izquierda, era la botica. Anexas estaban las cuadras, las magníficas cuadras de don Ramón, el boticario-alcalde,[33] llenas de orondas, pacientes y saludables vacas. A la puerta de la farmacia existía una campanilla, cuyo repiqueteo distraía a don Ramón de sus afanes municipales para reintegrarle, durante unos minutos, a su profesión.

Siguiendo varga arriba, se topaba uno con el palacio de don Antonino, el marqués, preservado por una alta tapia de piedra, lisa e inexpugnable; el tallercito del zapatero; el Ayuntamiento, con un arcaico escudo en el frontis; la tienda de las Guindillas y su escaparate recompuesto y variado; la fonda, cuya famosa galería de cristales flanqueaba dos de las bandas del edificio; a la derecha de ésta, la plaza cubierta de boñigas y guijos y con una fuente pública, de dos caños, en el centro; cerrando la plaza, por el otro lado, estaba el edificio del Banco y, después, tres casas de vecinos con sendos jardinillos delante.

Por la derecha, frente a la botica, se hallaba la finca de Gerardo, el Indiano, cuyos árboles producían los mejores frutos de la comarca; la cuadra de Pancho, el Sindiós, donde circunstancialmente estuvo instalado el cine; la taberna del Chano; la fragua de Paco, el herrero; las oficinas de Teléfonos, que regentaban las Lepóridas; el bazar de Antonio, el Buche,[34] y la casa de don José, el cura, que tenía la rectoría en la planta baja.

Trescientos metros más allá, varga abajo, estaba la iglesia, de piedra también, sin un estilo definido, y con un campanario erguido y esbelto. Frente a ella, los nuevos edificios de las escuelas, encalados y con las ventanas pintadas de verde, y la vivienda de don Moisés, el maestro.

Visto así, a la ligera, el pueblo no se diferenciaba de tantos otros. Pero para Daniel, el Mochuelo, todo lo de su pueblo era muy distinto a lo de los demás. Los problemas no eran vulgares, su régimen de vida revelaba talento y de casi todos sus actos emanaba una positiva trascendencia. Otra cosa es que los demás no quisieran reconocerlo.

Con frecuencia, Daniel, el Mochuelo, se detenía a contemplar las sinuosas callejas, la plaza llena de boñigas y guijarros, los penosos edificios, concebidos tan sólo bajo un sentido utilitario. Pero esto no le entristecía

---

33 An oblique reference to the ideological affiliations of Ramón, whose son is ridiculed in Chapter I. Here, perhaps, Delibes gives a political tinge to Daniel's scepticism about progress.

34 Antonio's nickname, *Crop*, is suggestive of a man with a thick or swollen neck.

en absoluto.[35] Las calles, la plaza y los edificios no hacían un pueblo, ni tan siquiera le daban fisonomía. A un pueblo lo hacían sus hombres y su historia. Y Daniel, el Mochuelo, sabía que por aquellas calles cubiertas de pastosas boñigas y por las casas que las flanqueaban, pasaron hombres honorables, que hoy eran sombras, pero que dieron al pueblo y al valle un sentido, una armonía, unas costumbres, un ritmo, un modo propio y peculiar de vivir.

¿Que el pueblo era ferozmente individualista y que una corporación pública tuviera poco que hacer en él, como decía don Ramón, el alcalde?

Bien. El Mochuelo no entendía de individualismo, ni de corporaciones públicas y no poseía razones para negarlo. Pero, si era así, los males consiguientes no rebasaban el pueblo y, después de todo, ellos mismos pagaban sus propios pecados.

¿Que preferían no asfaltar la plaza antes de que les aumentasen los impuestos? Bien. Por eso la sangre no iba a llegar al río.[36] «La cosa pública[37] es un desastre», voceaba, a la menor oportunidad, don Ramón. «Cada uno mira demasiado lo propio y olvida que hay cosas que son de todos y que hay que cuidar», añadía. Y no había quien le metiera en la cabeza que ese egoísmo era flor o espina, o vicio o virtud de toda una raza.

Pero, ni por esto, ni por nada, podían regateársele al pueblo sus cualidades de eficiencia, seriedad y discreción. Cada uno en lo suyo,[38] desde luego, pero los vagos no son vagos porque no quieran trabajar en las cosas de los demás. El pueblo, sin duda, era de una eficacia sobria y de una discreción edificante.

¿Que la Guindilla mayor y el Cuco, el factor, no eran discretos? Bien. En ningún cuerpo falta un lunar. Y, en cuanto al individualismo del pueblo, ¿se bastaban por sí solos los mozos y las mozas los sábados por la tarde y los domingos? Don José, el cura, que era un gran santo, solía manifestar, contristado: «Es lástima que vivamos uno a uno para todas las cosas y necesitemos emparejarnos para ofender al Señor».

Pero tampoco don José, el cura, quería entender que esa sensualidad era flor o espina, o vicio o pecado de toda una raza.[39]

35 *wasn't the least bit saddening.*
36 *it wouldn't be the end of the world.*
37 Latin: *res publica*, the state.
38 *Each to his own.*
39 In Chapters II and III the text moves from Daniel mentally defending Paco against verbal attacks made on him by some of the villagers to a more authorially tinged defence of all the villagers against the pressures of the state itself.

IV

Las cosas pasaron en su momento y, ahora, Daniel, el Mochuelo, las recordaba con fruición. Su padre, el quesero, pensó un nombre antes de tener un hijo; tenía un nombre y le arropaba y le mimaba y era ya, casi, como tener un hijo. Luego, más tarde, nació Daniel.

Daniel, el Mochuelo, evocaba sus primeros pasos por la vida. Su padre emanaba un penetrante olor, era como un gigantesco queso, blando, blanco, pesadote. Pero, Daniel, el Mochuelo, se gozaba en aquel olor que impregnaba a su padre y que le inundaba a él, cuando, en las noches de invierno, frente a la chimenea, acariciándole, le contaba la historia de su nombre.

El quesero había querido un hijo antes que nada para poder llamarle Daniel. Y se lo decía a él, al Mochuelo, cuando apenas contaba tres años y manosear su cuerpecillo carnoso y rechoncho equivalía a prolongar la cotidiana faena en el entremijo.

Pudo bautizarle con mil nombres diferentes, pero el quesero prefirió Daniel.

—¿Sabes que Daniel era un profeta que fue encerrado en una jaula con diez leones y los leones no se atrevieron a hacerle daño?[40] —le decía, estrujándole amorosamente.

El poder de un hombre cuyos ojos bastaban para mantener a raya a una jauría de leones, era un poder superior al poder de todos los hombres; era un acontecimiento insólito y portentoso que desde niño había fascinado al quesero.

—Padre, ¿qué hacen los leones?

—Morder y arañar.

---

40 That is, the story of Daniel in the lions' den: Daniel, 6. 4–27. Although the prophet was revered for his visionary powers, Daniel's hypnotic starring down of the lions is an invention of his father. The figure ten similarly has no scriptural basis but is the number of lions in a painting of the episode by Rubens. Apart from a painting by Briton Rivière, most representations of this episode show Daniel peering towards heaven.

—¿Son peores que los lobos?

—Más feroces.

—¿Queeeé?

El quesero facilitaba la comprensión del Mochuelo como una madre que mastica el alimento antes de darlo a su hijito.

—Hacen más daño que los lobos, ¿entiendes? —decía.

Daniel, el Mochuelo, no se saciaba:

—¿Verdad que los leones son más grandes que los perros?

—Más grandes.

—¿Y por qué a Daniel no le hacían nada?

Al quesero le complacía desmenuzar aquella historia:

—Les vencía sólo con los ojos; sólo con mirarles; tenía en los ojos el poder de Dios.

—¿Queeeé?

Apretaba al hijo contra sí:

—Daniel era un santo de Dios.

—¿Qué es eso?

La madre intervenía, precavida:

—Deja al chico ya; le enseñas demasiadas cosas para la edad que tiene.

Se lo quitaba al padre y le acostaba. También su madre hedía a boruga y a cuajada. Todo, en su casa, olía a cuajada y a requesón. Ellos mismos eran un puro y decantado olor. Su padre llevaba aquel tufo hasta en el negro de las uñas de las manos. A veces, Daniel, el Mochuelo, no se explicaba por qué su padre tenía las uñas negras trabajando con leche o por qué los quesos salían blancos siendo elaborados con aquellas uñas tan negras.

Pero luego, su padre se distanció de él; ya no le hacía arrumacos ni carantoñas. Y eso fue desde que su padre se dio cuenta de que el chico ya podía aprender las cosas por sí. Fue entonces cuando comenzó a ir a la escuela y cuando se arrimó al Moñigo en busca de amparo. A pesar de todo, su padre, su madre y la casa entera, seguían oliendo a boruga y a requesón. Y a él seguía gustándole aquel olor, aunque Roque, el Moñigo, dijese que a él no le gustaba, porque olía lo mismo que los pies.

Su padre se distanció de él como de una cosa hecha, que ya no necesita de cuidados. Le daba desilusión a su padre verle valerse por sí, sin precisar de su patrocinio. Pero, además, el quesero se tornó taciturno y malhumorado. Hasta entonces, como decía su mujer, había sido como una perita en dulce. Y fue el cochino afán del ahorro lo que agrió su carácter. El ahorro, cuando se hace a costa de una necesidad insatisfecha, ocasiona

53

en los hombres acritud y encono. Así le sucedió al quesero. Cualquier gasto menudo o el menor desembolso superfluo le producían un disgusto exagerado. Quería ahorrar, tenía que ahorrar por encima de todo, para que Daniel, el Mochuelo, se hiciera un hombre en la ciudad, para que progresase y no fuera como él, un pobre quesero.

Lo peor es que de esto nadie sacaba provecho. Daniel, el Mochuelo, jamás lo comprendería. Su padre sufriendo, su madre sufriendo y él sufriendo, cuando el quitarle el sufrimiento a él significaría el fin del sufrimiento de todos los demás. Pero esto hubiera sido truncar el camino, resignarse a que Daniel, el Mochuelo, desertase de progresar. Y esto no lo haría el quesero; Daniel progresaría aunque fuese a costa del sacrificio de toda la familia, empezando por él mismo.

No. Daniel, el Mochuelo, no entendería nunca estas cosas, estas tozudeces de los hombres y que se justificaban como un anhelo lógico de liberarse. Liberarse, ¿de qué? ¿Sería él más libre en el colegio, o en la Universidad, que cuando el Moñigo y él se peleaban a boñigazo limpio en los prados del valle? Bueno, quizá sí; pero él nunca lo entendería.

Su padre, por otra parte, no supo lo que hizo cuando le puso el nombre de Daniel. Casi todos los padres de todos los chicos ignoraban lo que hacían al bautizarles. Y también lo ignoró el padre del maestro y el padre de Quino, el Manco, y el padre de Antonio, el Buche, el del bazar. Ninguno sabía lo que hacía cuando don José, el cura, que era un gran santo, volcaba la concha llena de agua bendita sobre la cabeza del recién nacido. O si sabían lo que hacían, ¿por qué lo hacían así, a conciencia de que era inútil?

A Daniel, el Mochuelo, le duró el nombre lo que la primera infancia. Ya en la escuela dejó de llamarse Daniel, como don Moisés, el maestro, dejó de llamarse Moisés a poco de llegar al pueblo.

Don Moisés, el maestro, era un hombre alto, desmedrado y nervioso. Algo así como un esqueleto recubierto de piel. Habitualmente torcía media boca como si intentase morderse el lóbulo de la oreja. La molicie o el contento le hacían acentuar la mueca de tal manera que la boca se le rasgaba hasta la patilla, que se afeitaba muy abajo. Era una cosa rara aquel hombre, y a Daniel, el Mochuelo, le asustó y le interesó desde el primer día de conocerle. Le llamaba Peón, como oía que le llamaban los demás chicos, sin saber por qué. El día que le explicaron que le bautizó el juez así en atención a que don Moisés «avanzaba de frente y comía de lado»,[41]

41 Like a pawn in chess, Don Moisés advances in a straight line but *eats* (*takes* another piece) crookedly; that is, diagonally.

Daniel, el Mochuelo, se dijo que «bueno», pero continuó sin entenderlo y llamándole Peón un poco a tontas y a locas.

Por lo que a Daniel, el Mochuelo, concernía, es verdad que era curioso y todo cuanto le rodeaba lo encontraba nuevo y digno de consideración. La escuela, como es natural, le llamó la atención más que otras cosas, y más que la escuela en sí, el Peón, el maestro, y su boca inquieta e incansable y sus negras y espesas patillas de bandolero.

Germán, el hijo del zapatero, fue quien primero reparó en su modo de mirar las cosas. Un modo de mirar las cosas atento, concienzudo e insaciable.

—Fijaos —dijo—; lo mira todo como si le asustase.

Y todos le miraron con mortificante detenimiento.

—Y tiene los ojos verdes y redondos como los gatos —añadió un sobrino lejano de don Antonino, el marqués.

Otro precisó aún más y fue el que dio en el clavo:

—Mira lo mismo que un mochuelo.

Y con Mochuelo se quedó, pese a su padre y pese al profeta Daniel y pese a los diez leones encerrados con él en una jaula y pese al poder hipnótico de los ojos del profeta. La mirada de Daniel, el Mochuelo, por encima de los deseos de su padre, el quesero, no servía siquiera para apaciguar a una jauría de chiquillos. Daniel se quedó para usos domésticos. Fuera de casa sólo se le llamaba Mochuelo.

Su padre luchó un poco por conservar su antiguo nombre y hasta un día se peleó con la mujeruca[42] que traía el fresco en el mixto; pero fue en balde. Tratar de impedir aquello era lo mismo que tratar de contener la impetuosa corriente del río en primavera. Una cosa vana. Y él sería, en lo sucesivo, Mochuelo, como don Moisés era el Peón; Roque, el Moñigo; Antonio, el Buche; doña Lola, la tendera, la Guindilla mayor; y las de Teléfonos, las Cacas y las Lepóridas.

Aquel pueblo administraba el sacramento del bautismo con una pródiga y mordaz desconsideración.

---

42 The –*uco* suffix is usually pejorative but, according to P. Polack, in the Santander region it is 'used affectionately' (p. 215). Hence, the nicknames Mariuca and Mari-uca-uca are not derogatory.

V

Es verdad que la Guindilla mayor se tenía bien ganado su apodo por su carita redonda y coloradita y su carácter picante y agrio como el aguardiente. Por añadidura era una cotilla. Y a las cotillas no las[43] viene mal todo lo que les caiga encima. No tenía ningún derecho, por otra parte, a tratar de dominar al pueblo. El pueblo quería ser libre e independiente y a ella ni le iba ni le venía,[44] a fin de cuentas, si Pancho creía o no creía en Dios, si Paco, el herrero, era abstemio o bebía vino, o si el padre de Daniel, el Mochuelo, fabricaba el queso con las manos limpias o con las uñas sucias. Si esto le repugnaba, que no comiera queso y asunto concluido.

Daniel, el Mochuelo, no creía que hacer lo que la Guindilla mayor hacía fuese ser buena. Los buenos eran los demás que le admitían sus impertinencias e, incluso, la nombraban presidenta de varias asociaciones piadosas. La Guindilla mayor era un esperpento y una víbora. A Antonio, el Buche, le asistía la razón al decir esto, aunque el Buche pensase más, al fallar así, en la competencia comercial que le hacía la Guindilla, que en sus defectos físicos y morales.

La Guindilla mayor, no obstante el tono rojizo de su piel, era alta y seca como una cucaña, aunque ni siquiera tenía, como ésta, un premio en la punta. Total, que la Guindilla no tenía nada, aparte unas narices muy desarrolladas, un afán inmoderado de meterse en vidas ajenas y un vario y siempre renovado repertorio de escrúpulos de conciencia.

A don José, el cura, que era un gran santo, le traía de cabeza.

—Mire usted, don José —le decía, cualquier día, un minuto antes de empezar la misa—, anoche no pude dormir pensando que si Cristo en el Monte de los Olivos se quedó solo y los apóstoles se durmieron, ¿quién pudo ver que el Redentor sudase sangre?[45]

Don José entornaba los ojillos, penetrantes como puntas de alfileres:

---

43 That is, *les*. *Laísmo* is often used by speakers in central Spain.
44 *it was none of her business whether*.
45 Luke, 22. 14.

—Tranquiliza tu conciencia, hija; esas cosas las conocemos por revelación.

La Guindilla mayor lloriqueaba desazonada y hacía cuatro pucheros. Decía:

—¿Cree usted, don José, que podré comulgar tranquila habiendo pensado esas cosas?

Don José, el cura, debía usar de la paciencia de Job para soportarla:

—Si no tienes otras faltas puedes hacerlo.

Y así un día y otro día.

—Don José, anoche no pegué un ojo dando vueltas al asunto del Pancho. ¿Cómo puede recibir este hombre el sacramento del matrimonio si no cree en Dios?

Y unas horas después:

—Don José, no sé si me podrá absolver usted. Ayer domingo leí un libro pecaminoso que hablaba de las religiones en Inglaterra. Los protestantes están allí en franca mayoría. ¿Cree usted, don José, que si yo hubiera nacido en Inglaterra, hubiera sido protestante?

Don José, el cura, tragaba saliva:

—No sería difícil, hija.

—Entonces me acuso, padre, de que podría ser protestante de haber nacido en Inglaterra.[46]

Doña Lola, la Guindilla mayor, tenía treinta y nueve años cuando Daniel, el Mochuelo, nació. Tres años después, el Señor la castigó en lo que más podía dolerle. Pero no es menos cierto que la Guindilla mayor se impuso a su dolor con la rigidez y destemplanza con que solía imponerse a sus convecinos.

El hecho de que a doña Lola se la conociera por la Guindilla mayor ya hace presumir que hubiese otras Guindillas menores. Y así era; las Guindillas habían sido tres, aunque ahora solamente restasen dos: la mayor y la menor; las dos Guindillas. Eran hijas de un guardia civil, durante muchos años jefe de puesto en el pueblo. Al morir el guardia, que, según malas lenguas, que nunca faltan, falleció de pena por no tener un hijo varón, dejó unos ahorros con los que sus hijas establecieron una tienda. Naturalmente que el sargento murió en unos tiempos en que un suboficial de la Guardia Civil podía, con su sueldo, vivir discretamente y aun ahorrar un poco. Desde la muerte del guardia —su mujer había muerto años antes— Lola, la Guindilla mayor, se hizo cargo de las riendas del hogar. Se impuso a sus hermanas por edad y por estatura.

46 *if I had been born in England.*

Daniel, el Mochuelo, no conoció más que a dos Guindillas, pero según había oído decir en el pueblo, la tercera fue tan seca y huesuda como ellas y, en su época, resultó problema difícil diferenciarlas sin efectuar, previamente, un prolijo y minucioso análisis.

Nada de eso desmiente que las dos Guindillas menores hicieran pasar, en vida, a su hermana mayor un verdadero purgatorio. La del medio era dejada y perezosa y su carácter y manera de ser trascendía al pueblo que, por los gritos y estridentes reconvenciones que a toda hora salían de la trastienda y la casa de las Guindillas, seguía la mala, y aun peor, situación de las relaciones fraternas. Eso sí, decían en el pueblo y debía ser verdad porque lo decían todos, que jamás mientras las tres Guindillas vivieron juntas se las vio faltar un día a la misa de ocho que don José, el cura, que era un gran santo, decía en la parroquia, ante el altar de san Roque. Allí caminaban, tiesas y erguidas, las tres, hiciera frío, lloviera o tronase.[47] Además marchaban regularmente, marcando el paso, porque su padre, aparte de los ahorros, dejó a sus hijas en herencia un muy despierto y preciso sentido del ritmo militar y de otras virtudes castrenses. Un-dos, un-dos, un-dos; allá avanzaban las tres Guindillas, con sus bustos secos, sus caderas escurridas y su soberbia estatura, camino de la iglesia, con los velos anudados a la barbilla y el breviario debajo del brazo.

Un invierno, la del medio, Elena, murió. Se apagó una mañana fosca y lluviosa de diciembre. Cuando la gente acudió a dar el pésame a las dos hermanas supervivientes, la Guindilla mayor se santiguaba y repetía:

—Dios es sabio y justo en sus decisiones; se ha llevado a lo más inútil de la familia. Démosle gracias.

Ya en el pequeño cementerio rayano a la iglesia, cuando cubrían con tierra el cuerpo descarnado de Elena —la Guindilla del medio—, varias plañideras comenzaron a gimotear. La Guindilla mayor se encaró con ellas, áspera y digna y destemplada:

—No la lloréis —dijo—; ha muerto de desidia.

Y, desde entonces, el trío se convirtió en dúo y en la misa de ocho que don José, el cura, que era un gran santo, rezaba ante el altar de san Roque, se echaba de menos el afilado y breve volumen de la Guindilla difunta.

Pero fue aún peor lo que ocurrió con la Guindilla menor. A fin de cuentas lo de la del medio[48] fue designio de Dios, mientras lo de la otra fue una flaqueza de la carne y por lo tanto debido a su libre y despreocupado albedrío.

47 Similar to the English: *come rain or shine.*
48 *the business about the middle sister.*

Por aquel entonces se estableció en el pueblo la pequeña sucursal del Banco que ahora remataba uno de los costados de la plaza. Con el director arribó un oficialito apuesto y bien vestido al que sólo por verle la cara de cerca, a través de la ventanilla, le llevaban sus ahorros las vecinas de la calle. Fue un buen cebo el que utilizó el Banco para atrapar clientela. Un procedimiento que cualquier financiero de talla hubiera recusado, pero que en el pueblo rindió unos resultados formidables. Tanto fue así que Ramón, el hijo del boticario, que empezaba entonces sus estudios jurídicos, lamentó no estar en condiciones todavía de elaborar su tesis doctoral que hubiera hecho muy a gusto sobre el original tema «Influencia de un personal escrupulosamente escogido en las economías de un pueblo». Con lo de «economías» se refería a «ahorros» y con lo de «pueblo», concretamente, a su «pequeña aldea». Lo que ocurría es que sonaba muy bien aquello de «economía de un pueblo» y daba a su hipotético trabajo, y aunque él lo decía en broma, una mayor altura y un alcance mucho más amplio.

Con la llegada de Dimas, el oficialito del Banco, los padres y los maridos del pueblo se pusieron en guardia. Don José, el cura, que era un gran santo, charló repetidas veces con don Dimas, apuntándole las grandes consecuencias que su bigote podría acarrear sobre el pueblo, para bien o para mal. La asiduidad con que el cura y don Dimas se entrevistaban diluyó no poco el recelo de padres y maridos y hasta la Guindilla menor consideró que no era imprudente ni irreligioso dejarse acompañar, de cuando en cuando, por don Dimas, aunque su hermana mayor, extremando el comedimiento, la censurase a gritos «su libertinaje y su descoco notorios».

Lo cierto es que a la Guindilla menor, que hasta entonces se la antojara aquel valle una cárcel vacía y sin luz, se le abrieron repentinamente los horizontes y reparó, por vez primera en su vida, en la belleza de las montañas abruptas, las calidades poéticas de la verde campiña y en lo sugestivo que resultaba oír rasgarse la noche del valle por el estridente pitido de un tren. Naderías, al fin y al cabo, pero naderías que logran una afilada trascendencia cuando se tiene el corazón encandilado.

Una tarde, la Guindilla menor regresó de su acostumbrado paseo alborozada:

—Hermana —dijo—. No sé de dónde te viene esa inquina hacia Dimas. Es el mejor hombre que he conocido. Hoy le hablé de nuestro dinero y él me dio en seguida cuatro ideas para colocarlo bien. Le he dicho que lo teníamos en un Banco de la ciudad y que hablaríamos tú y yo antes de decidirme.

Aulló, escocida, la Guindilla mayor:

—¿Y le has dicho que se trata solamente de mil duros?

Sonrió la Guindilla menor ante el menosprecio que su hermana hacía de su sagacidad:

—No, naturalmente. De la cifra no he dicho nada —dijo.

Lola, la Guindilla mayor, levantó sus hombros huesudos en ademán de impotencia. Luego chilló, dejando resbalar las palabras, como por un tobogán, a lo largo de su afilada nariz:

—¿Sabes lo que te digo? Que ese hombre es un truhán que se está burlando de ti. ¿No ves que todo el pueblo anda en comentarios y riéndose de tu tontería? Serás tú la única que no se entere, hermana. —Cambió repentinamente el tono de su voz, suavizándolo—: Tienes treinta y seis años, Irene; podrías ser casi la madre de ese muchacho. Piénsalo bien.

Irene, la Guindilla menor, adoptó una actitud levantisca, de mar encrespada.

—Me duelen tus recelos, Lola, para que lo sepas —dijo—. Me fastidian tus malévolas insinuaciones. Nada tiene de particular, creo yo, que se entiendan un hombre y una mujer. Y nada significa que se lleven unos años. Lo que ocurre es que todas las del pueblo, empezando por ti, me tenéis envidia. ¡Eso es todo!

Las dos Guindillas se separaron con las narices en alto. A la tarde siguiente, Cuco, el factor, anunció en el pueblo que doña Irene, la Guindilla menor, y don Dimas, el del Banco, habían cogido el mixto para la ciudad. A la Guindilla mayor, al enterarse, le vino un golpe de sangre a la cara que le ofuscó la razón. Se desmayó. Tardó más de cinco minutos en recobrar el sentido. Cuando lo hizo, extrajo de un apolillado arcón el traje negro que aún conservaba desde la muerte de su padre, se embuchó en él, y marchó a paso rápido a la rectoría.

—Don José, Dios mío, qué gran desgracia —dijo al entrar.

—Serénate, hija.

Se sentó la Guindilla en una silla de mimbre, junto a la mesa del cura. Interrogó a don José con la mirada.

—Sí, ya lo sé; el Cuco me lo contó todo —respondió el párroco.

Ella respiró fuerte y sus costillas resonaron como si entrechocasen. Seguidamente se limpió una lágrima, redonda y apretada como un goterón de lluvia.

—Escúcheme con atención, don José —dijo—, tengo una horrible duda. Una duda que me corroe las entrañas. Irene, mi hermana, es ya una prostituta, ¿no es eso?

El cura se ruborizó un poco:

—Calla, hija. No digas disparates.

Cerró el párroco el breviario que estaba leyendo y carraspeó, pero su voz salió, no obstante, empañada de una sorda gangosidad.

—Escucha —dijo—, no es una prostituta la mujer que se da a un hombre por amor. La prostituta es la que hace de su cuerpo y de las gracias que Dios le ha dado un comercio ilícito; la que se entrega a todos los hombres por un estipendio. ¿Comprendes la diferencia?

La Guindilla irguió el busto, inexorable:

—Padre, de todas maneras lo que ha hecho Irene es un gravísimo pecado, un asqueroso pecado, ¿no es cierto?

—Lo es, hija —respondió el cura—, pero no irreparable. Creo conocer a don Dimas y no me parece mal muchacho. Se casarán.

La Guindilla mayor se cubrió los ojos con los dedos descarnados y reprimió a medias un sollozo:

—Padre, padre, pero aún hay otra cosa —dijo—. A mi hermana le ha hecho caer el ardor de la sangre. Es su sangre la que ha pecado. Y mi sangre es la misma que la de ella. Yo podría haber hecho otro tanto. Padre, padre, me acuso de ello. De todo corazón, horriblemente contristada, me arrepiento de ello.

Se levantó don José, el cura, que era un gran santo, y le tocó la cabeza con los dedos:

—Ve, hija. Ve a tu casa y tranquilízate. Tú no tienes la culpa de nada. Lo de Irene, ya lo arreglaremos.

Lola, la Guindilla mayor, abandonó la rectoría. En cierto modo iba más consolada. Por el camino se repitió mil veces que estaba obligada a expresar su dolor y vergüenza de modo ostensible, ya que perder la honra siempre era una desgracia mayor que perder la vida. Influida por esta idea, al llegar a casa, recortó un cartoncito de una caja de zapatos, tomó un pincel y a trazos nerviosos escribió: «Cerrado por deshonra». Bajó a la calle y lo fijó a la puerta de la tienda.

El establecimiento, según le contaron a Daniel, el Mochuelo, estuvo cerrado diez días con sus diez noches consecutivas.

VI

Pero Daniel, el Mochuelo, sí sabía ahora lo que era tener el vientre seco y lo que era un aborto. Estas cosas se hacen sencillas y comprensibles a determinada edad. Antes, le parecen a uno cosa de brujas. El desdoblamiento de una mujer no encuentra sitio en la cabeza humana mientras no se hace evidente la rotundidad delatora. Y eso no pasa casi nunca antes de la Primera Comunión. Los ojos no sirven, antes de esa edad, para constatar las cosas palmarias y cuya simplicidad, más tarde, nos abruma.

Mas también Germán, el Tiñoso,[49] el hijo del zapatero, sabía lo que era un vientre seco y lo que era un aborto. Germán, el Tiñoso, siempre fue un buen amigo, en todas las ocasiones; hasta en las más difíciles. No llegó, con Daniel, el Mochuelo, a la misma intimidad que el Moñigo, por ejemplo, pero ello no era achacable a él, ni a Daniel, el Mochuelo, ni a ninguna de las cosas y fenómenos que dependen de nuestra voluntad.

Germán, el Tiñoso, era un muchacho esmirriado, endeble y pálido. Tal vez con un pelo menos negro no se le hubieran notado tanto las calvas. Porque Germán tenía las calvas en la cabeza desde muy niño y seguramente por eso le llamaban el Tiñoso, aunque, por supuesto, las calvas no fueran de tiña propiamente hablando.

Su padre el zapatero, además del tallercito —a mano izquierda de la carretera, según se sube, pasado el palacio de don Antonino, el marqués— tenía diez hijos: seis como Dios manda, desglosados en unidades, y otros cuatro en dos pares. Claro que su mujer era melliza y la madre de su mujer lo había sido y él tenía una hermana en Cataluña que era melliza también y había alumbrado tres niños de un solo parto y vino, por ello, en los periódicos y el gobernador la había socorrido con un donativo.[50] Todo esto era sintomático sin duda. Y nadie apearía al zapatero de su creencia

---

49 Germán's nickname refers to ringworm: *Scabby*.

50 In the early 1940s the regime launched a campaign to expand the Spanish population to 40 million, and offered financial incentives aimed at encouraging large families. See J. Harrison and D. Corkhill, *Spain: A Modern European Economy*, Aldershot, 2004, pp. 25–31.

de que estos fenómenos se debían a un bacilo, «como cualquier otra enfermedad».

Andrés, el zapatero, visto de frente, podía pasar por padre de familia numerosa; visto de perfil, imposible. Con motivos sobrados le decían en el pueblo: «Andrés, el hombre que de perfil no se le ve». Y esto era casi literalmente cierto de lo escuchimizado y flaco que era. Y además, tenía una muy acusada inclinación hacia delante, quién decía que a consecuencia[51] de su trabajo, quién por su afán insaciable por seguir, hasta perderlas de vista, las pantorrillas de las chicas que desfilaban dentro de su campo visual. Viéndole en esta disposición resultaba menos abstruso, visto de frente o de perfil, que fuera padre de diez criaturas. Y por si fuera poco la prole, el tallercito de Andrés, el zapatero, estaba siempre lleno de verderones, canarios y jilgueros enjaulados y en primavera aturdían con su cri-cri desazonador y punzante más de una docena de grillos. El hombre, ganado por el misterio de la fecundación, hacía objeto a aquellos animalitos de toda clase de experiencias. Cruzaba canarias con verderones y canarios con jilgueras para ver lo que salía y él aseguraba que los híbridos ofrecían entonaciones más delicadas y cadenciosas que los pura raza.

Por encima de todo, Andrés, el zapatero, era un filósofo. Si le decían: «Andrés, ¿pero no tienes bastante con diez hijos que aún buscas la compañía de los pájaros?», respondía: «Los pájaros no me dejan oír los chicos».

Por otra parte, la mayor parte de los chicos estaban ya en edad de defenderse. Los peores años habían pasado a la historia. Por cierto que al llamar a quintas[52] a la primera pareja de mellizos sostuvo una discusión acalorada con el Secretario porque el zapatero aseguraba que eran de reemplazos distintos.

—Pero hombre de Dios —dijo el Secretario—, ¿cómo van a ser de diferente quinta siendo gemelos?

A Andrés, el zapatero, se le fueron los ojos tras las rollizas pantorrillas de una moza que había ido a justificar la ausencia de su hermano. Después hurtó el cuello, con un ademán que recordaba al caracol que se reduce en su concha, y respondió:

---

51 *whether as a consequence of ... or ..., who could say?*
52 The *quinta* system of military recruitment originally involved drawing lots to select every fifth eligible male citizen. However, the system was abolished in 1873 and compulsory national service came into effect in 1912. Hence, in the twentieth century, the word *quinta* came to refer to the year in which one was drafted for military service.

—Muy sencillo; el Andrés nació a las doce menos diez del día de san Silvestre.[53] Cuando nació el Mariano ya era año nuevo.

Sin embargo, como ambos estaban inscritos en el Registro el 31 de diciembre, Andrés, «el hombre que de perfil no se le ve», tuvo que acceder a que se le llevaran juntos a los dos chicos.

Otro de sus hijos, Tomás, estaba bien colocado en la ciudad, en una empresa de autobuses. Otro, el Bizco, le ayudaba en su trabajo. Las demás eran chicas, salvando, naturalmente, a Germán, el Tiñoso, que era el más pequeño.

Germán, el Tiñoso, fue el que dijo de Daniel, el Mochuelo, el día que éste se presentó en la escuela, que miraba las cosas como si siempre estuviese asustado. Afinando un poco, resultaba ser Germán, el Tiñoso, quien había bautizado a Daniel, pero éste no le guardaba ningún rencor por ello, antes bien encontró en él, desde el primer día, una leal amistad.

Las calvas del Tiñoso no fueron obstáculo para una comprensión. Si es caso, las calvas facilitaron aquella amistad, ya que Daniel, el Mochuelo, sintió desde el primer instante una vehemente curiosidad por aquellas islitas blancas, abiertas en el espeso océano de pelo negro que era la cabeza del Tiñoso.

Sin embargo, a pesar de que las calvas del Tiñoso no constituían motivo de preocupación en casa del zapatero ni en su reducido círculo de amigos, la Guindilla mayor, guiada por su frustrado instinto maternal en el que envolvía a todo el pueblo, decidió intervenir en el asunto, por más que el asunto ni le iba ni le venía. Mas la Guindilla mayor era muy aficionada a entrometerse donde nadie la llamaba. Entendía que su desmedido interés por el prójimo lo dictaba su ferviente anhelo de caridad, su alto sentido de la fraternidad cristiana, cuando lo cierto era que la Guindilla mayor utilizaba esta treta para poder husmear en todas partes bajo un rebozo, poco convincente, de prudencia y discreción.

Una tarde, estando Andrés, «el hombre que de perfil no se le ve», afanando en su cuchitril, le sorprendió la llegada de doña Lola, la Guindilla.

—Zapatero —dijo, apenas estuvo ante él—, ¿cómo tiene usted al chiquillo con esas calvas?

El zapatero no perdió la compostura ni apartó la vista de su tarea.

—Déjele estar, señora —respondió—. A la vuelta de cien años ni se le notarán las calvas.

---

53 31 December. Like many of Delibes's rural characters, Andrés is using the *santoral*, or calendar of saints' days.

Los grillos, los verderones y los jilgueros armaban una algarabía espantosa y la Guindilla y el zapatero habían de entenderse a gritos.

—¡Tenga! —añadió ella, autoritaria—. Por las noches le va usted a poner esta pomada.

El zapatero alzó la vista hasta ella, cogió el tubo, lo miró y remiró por todas partes y, luego, se lo devolvió a la Guindilla.

—Guárdeselo —dijo—; esto no vale. Al chiquillo le ha pegado las calvas un pájaro.

Y continuó trabajando.

Aquello podía ser verdad y podía no serlo. Por de pronto, Germán, el Tiñoso, sentía una afición desmesurada por los pájaros. Seguramente se trataba de una reminiscencia de su primera infancia, desarrollada entre estridentes pitidos de verderones, canarios y jilgueros. Nadie en el valle entendía de pájaros como Germán, el Tiñoso, que además, por los pájaros, era capaz de pasarse una semana entera sin comer ni beber. Esta cualidad influyó mucho, sin duda, en que Roque, el Moñigo, se aviniese a hacer amistad con aquel rapaz físicamente tan deficiente.

Muchas tardes, al salir de la escuela, Germán les decía:

—Vamos. Sé dónde hay un nido de curas.[54] Tiene doce crías. Está en la tapia del boticario.

O bien:

—Venid conmigo al prado del Indiano. Está lloviznando y los tordos saldrán a picotear las boñigas.

Germán, el Tiñoso, distinguía como nadie a las aves por la violencia o los espasmos del vuelo o por la manera de gorjear; adivinaba sus instintos; conocía, con detalle, sus costumbres; presentía la influencia de los cambios atmosféricos en ellas y se diría que, de haberlo deseado, hubiera aprendido a volar.

Esto, como puede suponerse, constituía para el Mochuelo y el Moñigo un don de inapreciable valor. Si iban a pájaros[55] no podía faltar la compañía de Germán, el Tiñoso, como a un cazador que se estime en algo no puede faltarle el perro.

Esta debilidad del hijo del zapatero le acarreó por otra parte muy

54 J. Urdiales Yuste, *Diccionario del castellano rural en la narrativa de Miguel Delibes*, Segovia, 2006, glosses this as a nest of northern wheatears. La Sociedad Ornitológica de Cantabria similarly defines *cura* as a *collalba gris*. In response to Urdiales's written inquiry, Delibes stated that a *cura* was a 'pájaro negro muy fecundo en Santander' (p. 113). However, Germán is mistaken in claiming that wheatears lay clutches of a dozen eggs.

55 *If they were out hunting birds.*

serios y sensibles contratiempos. En cierta ocasión, buscando un nido de malvises entre la maleza de encima del túnel, perdió el equilibrio y cayó aparatosamente sobre la vía, fracturándose un pie. Al cabo de un mes, don Ricardo le dio por curado, pero Germán, el Tiñoso, renqueó de la pierna derecha durante toda su vida. Claro que a él no le importaba esto demasiado y siguió buscando nidos con el mismo inmoderado afán que antes del percance.

En otra ocasión, se desplomó desde un cerezo silvestre, donde acechaba a los tordos, sobre una enmarañada zarzamora. Una de las púas le rasgó el lóbulo de la oreja derecha de arriba a abajo, y como él no quiso cosérselo, le quedó el lobulillo dividido en dos como la cola de un frac.

Pero todo esto eran gajes del oficio y a Germán, el Tiñoso, jamás se le ocurrió lamentarse de su cojera, de su lóbulo partido, ni de sus calvas que, al decir de su padre, se las había contagiado un pájaro. Si los males provenían de los pájaros, bienvenidos fuesen. Era la suya una especie de resignación estoica cuyos límites no resultaban nunca previsibles.

—¿No te duele nunca eso? —le preguntó un día el Moñigo, refiriéndose a la oreja.

Germán, el Tiñoso, sonrió, con su sonrisa pálida y triste de siempre.

—Alguna vez me duele el pie cuando va a llover. La oreja no me duele nunca —dijo.

Pero para Roque, el Moñigo, el Tiñoso poseía un valor superior al de un simple experto pajarero. Éste era su propia endeblez constitucional. En este aspecto, Germán, el Tiñoso, significaba un cebo insuperable para buscar camorra. Y Roque, el Moñigo, precisaba de camorras como del pan de cada día. En las romerías de los pueblos colindantes, durante el estío, el Moñigo hallaba frecuentes ocasiones de ejercitar sus músculos. Eso sí, nunca sin una causa sobradamente justificada. Hay un afán latente de pujanza y hegemonía en el coloso de un pueblo hacia los colosos de los vecinos pueblos, villorrios y aldeas. Y Germán, el Tiñoso, tan enteco y delicado, constituía un buen punto de contacto entre Roque y sus adversarios; una magnífica piedra de toque para deslindar supremacías.

El proceso hasta la ruptura de hostilidades no variaba nunca. Roque, el Moñigo, estudiaba el terreno desde lejos. Luego, susurraba al oído del Tiñoso:

—Acércate y quédate mirándolos, como si fueras a quitarles las avellanas que comen.

Germán, el Tiñoso, se acercaba atemorizado. De todas formas, la primera bofetada era inevitable. De otro lado, no era cosa de mandar al diablo[56] su buena amistad con el Moñigo por un escozor pasajero. Se detenía a dos metros del grupo y miraba a sus componentes con insistencia. La conminación no se hacía esperar:

—No mires así, pasmado. ¿Es que no te han dado nunca una guarra?

El Tiñoso, impertérrito, sostenía la mirada sin pestañear y sin cambiar de postura, aunque las piernas le temblaban un poco. Sabía que Daniel, el Mochuelo, y Roque, el Moñigo, acechaban tras el estrado de la música. El coloso del grupo enemigo insistía:

—¿Oíste, mierdica? Te largas de ahí o te abro el alma en canal.

Germán, el Tiñoso, hacía como si no oyera, los dos ojos como dos faros, centrados en el paquete de avellanas, inmóvil y sin pronunciar palabra. En el fondo, consideraba ya el lugar del presunto impacto y si la hierba que pisaba estaría lo suficientemente mullida para paliar el golpe. El gallito adversario perdía la paciencia:

—Toma, fisgón, para que aprendas.

Era una cosa inexplicable, pero siempre, en casos semejantes, Germán, el Tiñoso, sentía antes la consoladora presencia del Moñigo a su espalda que el escozor del cachete.[57] Su consoladora presencia y su voz próxima, caliente y protectora:

—Pegaste a mi amigo, ¿verdad? —y añadía mirando compasivamente a Germán—: ¿Le dijiste tú algo, Tiñoso?

—No abrí la boca. Me pegó porque le miraba.

La pelea ya estaba hecha y el Moñigo llevaba, además, la razón[58] en cuanto que el otro había golpeado a su amigo sólo por mirarle, es decir, según las elementales normas del honor de los rapaces, sin motivo suficiente y justificado.

Y como la superioridad de Roque, el Moñigo, en aquel empeño era cosa descontada, siempre concluían sentados en el «campo» del grupo adversario y comiéndose sus avellanas.

---

56 *wave goodbye to.*
57 *felt the presence of Moñigo standing behind him more powerfully than he did the sting of the punch.*
58 *had right on his side.*

VII

Entre ellos tres no cabían disensiones. Cada cual acataba de antemano el lugar que le correspondía en la pandilla. Daniel, el Mochuelo, sabía que no podía imponerse a el Moñigo, aunque tuviera una inteligencia más aguda que la suya, y Germán, el Tiñoso, reconocía que estaba por debajo de los otros dos, a pesar de que su experiencia pajarera era mucho más sutil y vasta que la de ellos. La prepotencia, aquí, la determinaba el bíceps y no la inteligencia, ni las habilidades, ni la voluntad. Después de todo, ello era una cosa razonable, pertinente y lógica.

Ello no quita para que Daniel, el Mochuelo, fuera el único capaz de coger los trenes mercancías en pleno ahogo ascendente y aun los mixtos si no venían sin carga o con máquina nueva. El Moñigo y el Tiñoso corrían menos que él, pero la ligereza de las piernas tampoco justificaba una primacía. Representaba una estimable cualidad, pero sólo eso.

En las tardes dominicales y durante las vacaciones veraniegas los tres amigos frecuentaban los prados y los montes y la bolera y el río. Sus entretenimientos eran variados, cambiantes y un poco salvajes y elementales. Es fácil hallar diversión, a esa edad, en cualquier parte. Con los tirachinas hacían, en ocasiones, terribles carnicerías de tordos, mirlos y malvises. Germán, el Tiñoso, sabía que los tordos, los mirlos y los malvises, al fin y al cabo de la misma familia, aguardaban mejor que en otra parte, en las zarzamoras y los bardales, a las horas de calor. Para matarlos en los árboles o en la vía, cogiéndolos aún adormilados, era preciso madrugar. Por eso preferían buscarlos en plena canícula, cuando los animalitos sesteaban perezosamente entre la maleza. El tiro era, así, más corto, el blanco más reposado y, consiguientemente, la pieza resultaba más segura.

Para Daniel, el Mochuelo, no existía plato selecto comparable a los tordos con arroz. Si cobraba uno le gustaba, incluso, desplumarle por sí mismo y de esta forma pudo adivinar un día que casi todos los tordos tenían miseria debajo del plumaje. Le decepcionó la respuesta del Tiñoso al comunicarle su maravilloso descubrimiento.

—¿Ahora te enteras? Casi todos los pájaros tienen miseria bajo la pluma. Según mi padre, a mí me pegó las calvas un cuclillo.

Daniel, el Mochuelo, formó el propósito de no intentar nuevos descubrimientos concernientes a los pájaros. Si quería conocer algo de ellos resultaba más cómodo y rápido preguntárselo a el Tiñoso.

Otros días iban al corro de bolos a jugar una partida. Aquí, Roque, el Moñigo, les aventajaba de forma contundente. De nada servía que les concediese una apreciable ventaja inicial; al acabar la partida, ellos apenas si se habían movido de la puntuación obtenida de gracia, mientras el Moñigo rebasaba, sin esfuerzo, el máximo. En este juego, el Moñigo demostraba la fuerza y el pulso y la destreza de un hombre ya desarrollado. En los campeonatos que se celebraban por la Virgen, el Moñigo —que participaba con casi todos los hombres del pueblo— nunca se clasificaba por debajo del cuarto lugar. A su hermana Sara la sulfuraba esta precocidad.

—Bestia, bestia —decía—, que vas a ser más bestia que tu padre.

Paco, el herrero, la miraba con ojos esperanzados.

—Así lo quiera Dios —añadía, como si rezara.

Pero, quizá, donde los tres amigos encontraban un entretenimiento más intenso y completo era en el río, del otro lado de la tasca de Quino, el Manco. Se abría, allí, un prado extenso, con una gran encina en el centro y, al fondo, una escarpada muralla de roca viva que les independizaba del resto del valle. Enfrente de la muralla se hallaba la Poza del Inglés y, unos metros más abajo, el río se deslizaba entre rocas y guijos de poco tamaño, a escasa profundidad. En esta zona pescaban cangrejos a mano, levantando con cuidado las piedras y apresando fuertemente a los animalitos por la parte más ancha del caparazón, mientras éstos retorcían y abrían y cerraban patosamente sus pinzas en un postrer intento de evasión tesonero e inútil.

Otras veces, en la Poza del Inglés, pescaban centenares de pececillos que navegaban en bancos tan numerosos que, frecuentemente, las aguas negreaban por su abundancia. Bastaba arrojar a la poza una remanga con cualquier cebo artificial de tonos chillones para atraparlos por docenas. Lo malo fue que, debido al excesivo número y a la fácil captura, los muchachos empezaron por subestimarlos y acabaron despreciándolos del todo. Y otro tanto les ocurría[59] con los ráspanos, las majuelas, las moras y las avellanas silvestres. Cooperaba no poco a fomentar este desdén el hecho de que don Moisés, el maestro, pusiera sus preferencias en los escolares que consumían bobamente sus horas libres recogiendo moras o majuelas para

59 *the same thing happened.*

obsequiar con ellas a sus madres. O bien, pescando jaramugo. Y, por si esto fuera poco, estos mismos rapaces eran los que al final de curso obtenían diplomas, puntuaciones sobresalientes y menciones honoríficas. Roque, el Moñigo, Daniel, el Mochuelo, y Germán, el Tiñoso, sentían hacia ellos un desdén tan hondo por lo menos como el que les inspiraban las moras, las avellanas silvestres y el jaramugo.

En las tardes calurosas de verano, los tres amigos se bañaban en la Poza del Inglés. Constituía un placer inigualable sentir la piel en contacto directo con las aguas, refrescándose. Los tres nadaban a estilo perruno, salpicando y removiendo las aguas de tal manera que, mientras duraba la inmersión, no se barruntaba, en cien metros río abajo y otros tantos río arriba, la más insignificante señal de vida.

Una de estas tardes, mientras secaban sus cuerpecillos, tendidos al sol en el prado de la Encina, Daniel, el Mochuelo, y Germán, el Tiñoso, se enteraron, al fin, de lo que significaba tener el vientre seco y de lo que era un aborto. Tenían, entonces, siete y ocho años, respectivamente, y Roque, el Moñigo se cubría con un remendado calzoncillo con lo de atrás delante y el Mochuelo y el Tiñoso se bañaban en cueros vivos porque todavía no les había nacido la vergüenza. Fue Roque, el Moñigo, quien se la despertó y aquella misma tarde.

Sin saber aún por qué, Daniel, el Mochuelo, relacionaba todo esto con una conversación sostenida con su madre, cuatro años atrás, al mostrarle él la estampa de una exuberante vaca holandesa.

—Qué bonita, ¿verdad Daniel? Es una vaca lechera —dijo su madre.

El niño la miró estupefacto. Él no había visto leche más que en las perolas y los cántaros.

—No, madre, no es una vaca lechera; mira, no tiene cántaras —enmendó.

La madre reía silenciosamente de su ingenuidad. Le tomó en el regazo y aclaró:

—Las vacas lecheras no llevan cántaros, hijo.

Él la miró de frente para adivinar si le engañaba. Su madre se reía. Intuyó Daniel que algo, muy recóndito, había detrás de todo aquello. Aún no sabía que existiera «eso», porque sólo tenía tres años, pero en aquel instante lo presintió.

—¿Dónde llevan la leche entonces, madre? —indagó, ganado por un súbito afán de aclararlo todo.

Su madre se reía aún. Tartamudeó un poco, sin embargo, al contestarle:

—En... la barriga, claro —dijo.

Como una explosión retumbó la perplejidad del niño:

—¿Quééééé?

—Que las vacas lecheras llevan la leche en la barriga, Daniel —agregó ella, y le apuntaba con la chata uña la ubre prieta de la vaca de la estampa. Dudó un momento Daniel, el Mochuelo, mirando la ubre esponjosa; señaló el pezón.

—¿Y la leche sale por ese grano? —dijo.

—Sí, hijito, por ese grano sale.

Aquella noche, Daniel no pudo hablar ni pensar en otra cosa. Intuía en todo aquello un misterio velado para él, pero no para su madre. Ella se reía como no se reía otras veces, al preguntarle otras cosas. Paulatinamente, el Mochuelo se fue olvidando de aquello. Meses después, su padre compró una vaca. Más tarde conoció las veinte vacas del boticario y las vio ordeñar. Daniel, el Mochuelo, se reía mucho luego al solo pensamiento de que hubiera podido imaginar alguna vez que las vacas sin cántaras no daban leche.

Aquella tarde, en el prado de la Encina, junto al río, mientras el Moñigo hablaba, él se acordó de la estampa de la vaca holandesa. Acababan de chapuzarse y un vientecillo ahilado les secaba el cuerpo a fríos lengüetazos. Con todo, flotaba un calor excesivo y pegajoso en el ambiente. Tumbados boca arriba en la pradera, vieron pasar por encima un enorme pájaro.

—¡Mirad! —chilló el Mochuelo—. Seguramente será la cigüeña que espera la maestra de La Cullera. Va en esa dirección.

Cortó el Tiñoso:

—No es una cigüeña; es una grulla.

El Moñigo se sentó en la hierba frunciendo los labios en un gesto hosco y enfurruñado. Daniel, el Mochuelo, contempló con envidia cómo se inflaba y desinflaba su enorme torax.

—¿Qué demonio de cigüeña espera la maestra? ¿Así andáis todavía?[60] —dijo el Moñigo.

El Mochuelo y el Tiñoso se incorporaron también, sentándose en la hierba. Ambos miraban anhelantes al Moñigo; intuían que algo iba a decir de «eso». El Tiñoso le dio pie.[61]

—¿Quién trae los niños, entonces? —dijo.

Roque, el Moñigo, se mantenía serio, consciente de su superioridad en aquel instante.

—El parir —dijo, seco, rotundo.

60 *Do you still believe that stuff?*
61 *prompted him.*

—¿El parir? —inquirieron, a dúo, el Mochuelo y el Tiñoso.

El otro remachó:

—Sí, el parir. ¿Visteis alguna vez parir a una coneja? —dijo.

—Sí.

—Pues es igual.

En la cara del Mochuelo se dibujó un cómico gesto de estupor.

—¿Quieres decir que todos somos conejos? —aventuró.

Al Moñigo le enojaba la torpeza de sus interlocutores.

—No es eso —dijo—. En vez de una coneja es una mujer; la madre de cada uno.

Brilló en las pupilas del Tiñoso un extraño resplandor de inteligencia.

—La cigüeña no trae los niños entonces, ¿verdad? Ya me parecía raro a mí —explicó—. Yo me decía, ¿por qué mi padre va a tener diez visitas de la cigüeña y la Chata,[62] la vecina, ninguna y está deseando tener un hijo y mi padre no quería tantos?

El Moñigo bajó la voz. En torno había un silencio que sólo quebraban el cristalino chapaleo de los rápidos del río y el suave roce del viento contra el follaje. El Mochuelo y el Tiñoso tenían la boca abierta. Dijo el Moñigo:

—Les duele la mar,[63] ¿sabéis?

Estalló el reticente escepticismo del Mochuelo:

—¿Por qué sabes tú esas cosas?

—Eso lo sabe todo cristiano menos vosotros dos, que vivís embobados —dijo el Moñigo—. Mi madre se murió de lo mucho que le dolía cuando nací yo. No se puso enferma ni nada; se murió de dolor. Hay veces que, por lo visto, el dolor no se puede resistir y se muere uno. Aunque no estés enfermo, ni nada; sólo es el dolor. —Emborrachado por la ávida atención del auditorio, añadió—: Otras mujeres se parten por la mitad. Se lo he oído decir a la Sara.[64]

Germán, el Tiñoso, inquirió:

—Más tarde sí se ponen enfermas, ¿no es cierto?

El Moñigo acentuó el misterio de la conversación bajando aún más la voz:

—Se ponen enfermas al ver al niño —confesó—. Los niños nacen con el cuerpo lleno de vello y sin ojos, ni orejas, ni narices. Sólo tienen una boca muy grande para mamar. Luego les van naciendo los ojos, y las orejas, y las narices y todo.

62 This character's nickname: *Flat Face*.
63 'loads'.
64 *I've heard Sara saying that.*

Daniel, el Mochuelo, escuchaba las palabras del Moñigo todo estremecido y anhelante. Ante sus ojos se abría una nueva perspectiva que, al fin y al cabo, no era otra cosa que la justificación de la vida y la humanidad. Sintió una repentina vergüenza de hallarse enteramente desnudo al aire libre. Y, al tiempo, experimentó un amor remozado, vibrante e impulsivo hacia su madre. Sin él saberlo, notaba, por primera vez, dentro de sí, la emoción de la consanguinidad. Entre ellos había un vínculo, algo que hacía, ahora, de su madre una causa imprescindible, necesaria. La maternidad era más hermosa así; no se debía al azar, ni al capricho un poco absurdo de una cigüeña. Pensó Daniel, el Mochuelo, que de cuanto sabía de «eso», era esto lo que más le agradaba; el saberse consecuencia de un gran dolor y la coincidencia de que ese dolor no lo hubiera esquivado su madre porque deseaba tenerle precisamente a él.

Desde entonces, miró a su madre de otra manera, desde un ángulo más humano y simple, pero más sincero y estremecido también. Era una sensación extraña la que le embargaba en su presencia; algo así como si sus pulsos palpitasen al unísono, uniformemente; una impresión de paralelismo y mutua necesidad.

En lo sucesivo, Daniel, el Mochuelo, siempre que iba a bañarse a la Poza del Inglés, llevaba un calzoncillo viejo y remendado, como el Moñigo, y se ponía lo de atrás delante. Y, entonces, pensaba en lo feo que debía ser él nada más nacer,[65] con todo el cuerpo cubierto de vello y sin ojos, ni orejas, ni narices, ni nada ... Sólo una bocaza enorme y ávida para mamar. «Como un topo», pensaba. Y el primer estremecimiento se transformaba al poco rato en una risa espasmódica y contagiosa.

65 *just after he was born.*

VIII

Según Roque, el Moñigo, la Guindilla menor era una de las mujeres del pueblo que tenía el vientre seco. Esto, aunque de difícil comprobación, no suponía nada de particular porque las Guindillas, más o menos, lo tenían seco todo.

La Guindilla menor regresó al pueblo en el tranvía interprovincial a los tres meses y cuatro días, exactamente, de su fuga. El regreso, como antes la fuga, constituyó un acontecimiento en todo el valle, aunque, también, como todos los acontecimientos, pasó y se olvidó y fue sustituido por otro acontecimiento que, a su vez, le ocurrió otro tanto y también se olvidó. Pero, de esta manera, iba elaborándose, poco a poco, la pequeña y elemental historia del valle. Claro que la Guindilla regresó sola, y a don Dimas, el del Banco, no se le volvió a ver el pelo,[66] a pesar de que don José, el cura, prejuzgaba que no era mal muchacho. Bueno o malo, don Dimas se disolvió en el aire, como se disolvía, sin dejar rastro, el eco de las montañas.

Fue Cuco, el factor, quien primero llevó la noticia al pueblo. Después de la «radio» de don Ramón, el boticario, Cuco, el factor, era la compañía más codiciada del lugar. Sus noticias eran siempre frescas y curiosas, aunque no siempre edificantes. Cuco, el factor, ostentaba una personalidad rolliza, pujante, expansiva y físicamente optimista. Daniel, el Mochuelo, le admiraba; admiraba su carácter, sus conocimientos y la simplicidad con que manejaba y controlaba la salida, entrada y circulación de los trenes por el valle. Todo esto implicaba una capacidad; la ductilidad y el talento de organización de un factor no se improvisan.

Irene, la Guindilla menor, al apearse del tren, llevaba lágrimas en los ojos y parecía más magra y consumida que cuando marchó, tres meses antes. Aparentaba caminar bajo el peso de un fardo invisible que la obligaba a encorvarse por la cintura. Eran, sin duda, los remordimientos. Vestía como suelen vestir las mujeres viudas, muy viudas, toda enlutada y con una mantilla negra y tupida que le escamoteaba el rostro.

Hiding the face

66 *there was neither sight nor sound of him ever again.*

74

Había llovido durante el día y la Guindilla, al subir la varga, camino del pueblo, no se preocupaba de sortear los baches, antes bien parecía encontrar algún raro consuelo en la inmersión repetida de sus piececitos en los charcos y el fango de la carretera.

Lola, la Guindilla mayor, quedó pasmada al sorprender a su hermana, indecisa, a la puerta de la tienda. Se pasó la mano repetidamente por los ojos como queriendo disipar alguna mala aparición.

—Sí, soy yo, Lola —murmuró la menor—. No te extrañes. Aunque pecadora y todo, he vuelto. ¿Me perdonas?

—¡Por los siglos de los siglos! Ven aquí. Pasa —dijo la Guindilla mayor.

Desaparecieron las dos hermanas en la trastienda. Ya en ella, se contemplaron una a otra en silencio. La Guindilla menor se mantenía encogida y cabizbaja y humillada. La mayor aparentaba haber engordado instantáneamente con el regreso y el arrepentimiento de la otra.

—¿Sabes lo que has hecho, Irene? —fue lo primero que le dijo.

—Calla, por favor —gimoteó la hermana, y se desplomó sobre el tablero de la mesa, llorando a moco tendido.

La Guindilla mayor respetó el llanto de su hermana. El llanto era necesario para lavar la conciencia. Cuando Irene se incorporó, las dos hermanas se miraron de nuevo a los ojos. Apenas precisaban de palabras para entenderse. La comprensión brotaba de lo inexpresado:

—Irene, ¿has ...?

—He ...

—¡Dios mío!

—Me engañó.

—¿Te engañó o te engañaste?

—Como quieras, hermana.

—¿Era tu marido cuando ...?

—No ... No lo es ahora, siquiera.

—¡Dios mío! ¿Esperas ...?

—No. Él me dijo ... él me dijo ...

Se le rompió la voz en un sollozo. Se hizo otro silencio. Al cabo, la Guindilla mayor inquirió:

—¿Qué te dijo?

—Que era machorra.

—¡Canalla!

—Ya lo ves; no puedo tener hijos.

La Guindilla mayor perdió de repente los buenos modales y, con éstos, los estribos.

—Ya sabes lo que has hecho, ¿verdad? Has tirado la honra. La tuya, la mía y la de la bendita memoria de nuestros padres ...

—No. Eso no, Lola, por amor de Dios.

—¿Qué otra cosa, entonces?

—Las mujeres feas no tenemos honra, desengáñate, hermana.

Decía esto con gesto resignado, aplanada por un inexorable convencimiento. Luego añadió:

—Él lo dijo así.

—La reputación de una mujer es más preciosa que la vida, ¿no lo sabías?

—Lo sé, Lola.

—¿Entonces?

—Haré lo que tú digas, hermana.

—¿Estás dispuesta?

La Guindilla menor agachó la cabeza.

—Lo estoy —dijo.

—Vestirás de luto el resto de tu vida y tardarás cinco años en asomarte a la calle. Ésas son mis condiciones, ¿las aceptas?

—Las acepto.

—Sube a casa, entonces.

La Guindilla mayor cerró con llave la puerta de la tienda y subió tras ella. Ya en su cuarto, la Guindilla menor se sentó en el borde de la cama; la mayor trajo una palangana con agua tibia y le lavó los pies. Durante esta operación permanecieron en silencio. Al concluir, la Guindilla menor suspiró y dijo:

—Ha sido un malvado, ¿sabes?

La Guindilla mayor no contestó. Le imbuía un seco respeto el ademán de desolación de su hermana. Esta continuó:

—Quería mi dinero. El muy sinvergüenza creía que teníamos mucho dinero; un montón de dinero.

—¿Por qué no le dijiste a tiempo que entre las dos sólo sumábamos mil duros?

—Hubiera sido mi perdición, hermana. Me hubiera abandonado y yo estaba enamorada de él.

—Callar es lo que te ha perdido, loca.

—Lo gastó todo, ¿sabes?

—¿Qué?

—Vivió conmigo mientras duró el dinero. Se acabó el dinero, se acabó Dimas.[67] Luego me dejó tirada como a una perdida. Dimas es un mal

67 *When the money ran out, so did Dimas.*

hombre, Lola. Es un hombre perverso y cruel.

Las escuálidas mejillas de la Guindilla mayor se encendieron aún más de lo que habitualmente estaban.

—Es un ladrón. Eso es lo que es. Igual, lo mismo que el otro Dimas —dijo.

Se quedó silenciosa al apagarse su arrebato. Repentinamente los escrúpulos empezaron a socavarle la conciencia. ¿Qué es lo que había dicho de Dimas, el buen ladrón?[68] ¿No gustaba el Señor de esta clase de arrepentidos? La Guindilla mayor sintió un vivo remordimiento. «De todo corazón te pido perdón, Dios mío», se dijo. Y se propuso que al día siguiente, nada más levantarse, iría a reconciliarse con don José; él sabría perdonarla y consolarla. Esto era lo que la urgía: un poco de consuelo.

Se pasó, de nuevo, la mano por los ojos, tratando de desvanecer la pesadilla. Luego se sonó ruidosamente la larga nariz y dijo:

—Está bien, hermana; cámbiate de ropa. Yo vuelvo a la tienda. Cuando acabes puedes regar los geranios de la galería como hacías siempre antes de la desgracia. Mañana verás a don José. Has de lavar cuanto antes tu alma empecatada.

La Guindilla menor la interrumpió:

—¡Lola!

—¿Qué?

—Me da mucha vergüenza.

—¿Es que todavía te queda algo?

—¿De qué?

—De vergüenza.

Irene hizo un mohín de desesperación.

—No lo puedo remediar, hermana.

—Vergüenza debería haberte dado escaparte con un hombre desconocido. ¡Por Dios bendito que entonces no hiciste tanto remilgo!

—Es que don José, don José ... es un santo, Lola, compréndelo. No entendería mi flaqueza.

—Don José comprende todas las flaquezas humanas, Irene. Dios está en él. Además, una buena confesión forma también parte de mis condiciones, ¿entiendes?

Se oyó el tintineo de una moneda contra los cristales de la tienda. La Guindilla mayor se impacientó:

---

68 Apocryphally, Dimas (Dismas) was the name of the penitent thief, crucified alongside Christ. It is a comic misnomer for a bank clerk who steals both hearts and money with a clear conscience.

—Vamos, decídete, hermana; llaman abajo.

Irene, la Guindilla menor, accedió, al fin:

—Está bien, Lola; mañana me confesaré. Estoy decidida.

La Guindilla mayor descendió a la tienda. Dio media vuelta a la llave y entró Catalina, la Lepórida. Ésta, al igual que sus hermanas, tenía el labio superior plegado como los conejos y su naricita se fruncía y distendía incesantemente como si incesantemente olisquease. Las llamaban, por eso, las Lepóridas. También las apodaban las Cacas,[69] porque se llamaban Catalina, Carmen, Camila, Caridad y Casilda y el padre había sido tartamudo.

Catalina se aproximó al mostrador.

—Una peseta de sal —dijo.

Mientras la Guindilla mayor la despachaba, ella alzó la carita de liebre hacia el techo y durante unos segundos vibraron nerviosamente las aletillas de su nariz.

—Lola, ¿es que tienes forasteros?

La Guindilla se cerró, hermética. Las Lepóridas eran las telefonistas del pueblo y conocían las noticias casi tan pronto como Cuco, el factor. Respondió cauta:

—No, ¿por qué?

—Parece que se oye ruido arriba.

—Será el gato.

—No, no; son pisadas.

—También el gato pisa.

—Entiéndeme, son pisadas de persona. No serán ladrones, ¿verdad?

La Guindilla mayor cortó:

—Toma, la sal.

La Lepórida miró de nuevo al techo, olisqueó el ambiente con insistencia y, ya en la puerta, se volvió:

—Lola, sigo oyendo pisadas arriba.

—Está bien. Vete con Dios.

Pocas veces la tienda de las Guindillas estuvo tan concurrida como aquella tarde y pocas veces también, de tan crecido número de clientes, salió una caja tan mezquina.

Rita, la Tonta, la mujer del zapatero, fue la segunda en llegar.

—Dos reales de sal —pidió.

—¿No lo llevaste ayer?

—Puede.[70] Quiero más.

69 *The Poohs*, or *Poops. Caca* is a euphemism, often used by children, for excrement.
70 Short for *'puede ser'*: perhaps.

Al cabo de una pausa, Rita, la Tonta, bajó la voz:

—Digo que tienes luz arriba. Estará corriendo el contador.

—¿Vas a pagármelo tú?

—Ni por pienso.

—Entonces déjalo que corra.

Llegaron después la Basi, la criada del boticario; Nuca, la del Chano; María, la Chata, que también tenía el vientre seco; Sara, la Moñiga; las otras cuatro Lepóridas; Juana, el ama de don Antonino, el marqués; Rufina, la de Pancho, que desde que se casó tampoco creía en Dios ni en los santos, y otras veinte mujeres más. Salvo las cuatro Lepóridas, todas iban a comprar sal y todas oían pisadas arriba o se inquietaban, al ver luz en los balcones, por la carrera del contador.

A las diez, cuando ya el pueblo se rendía al silencio, se oyó la voz potente, un poco premiosa y arrastrada de Paco, el herrero. Iba éste haciendo eses por la carretera y ante los balcones de las Guindillas se detuvo. Portaba una botella en la mano derecha y, con la izquierda, se rascaba incesantemente el cogote. Las frases que voceaba hubiesen resultado abstrusas e incoherentes si todo el pueblo no hubiera estado al cabo de la calle.

—¡Viva la hermana pródiga! ¡Viva la mujer de los muslos escurridos y el pecho de tabla!... —Hizo un cómico gesto de estupor, se rascó otra vez el cogote, eructó, volvió a mirar a los balcones y remató:— ¿Quién te robó el corazón? ¡Dimas, el buen ladrón!

Y se reía él solo, incrustando el poderoso mentón en el pecho gigantesco. Las Guindillas apagaron la luz y observaron al escandaloso por una rendija de la ventana. «Este perdido tenía que ser», murmuró Lola, la Guindilla mayor, al descubrir los destellos que el mortecino farolillo de la esquina arrancaba del pelo híspido y rojo del herrero. Cuando éste pronunció el nombre de Dimas, le entró una especie de ataque de nervios a la Guindilla menor. «Por favor, echa a ese hombre de ahí; que se vaya ese hombre, hermana. Su voz me vuelve loca», dijo. La Guindilla mayor agarró el cubo donde desaguaba el lavabo, entreabrió la ventana y vertió su contenido sobre la cara de Paco, el herrero, que en ese momento iniciaba un nuevo vítor:

—¡Vivan las ...!

El remojón le cortó la frase. El borracho miró al cielo con gesto estúpido, extendió sus manazas poniéndose en cruz y murmuró para sí, al tiempo que avanzaba tambaleándose carretera adelante:

—Vaya, Paco, a casita. Ya está diluviando otra vez.

IX

Comprendía Daniel, el Mochuelo, que ya no le sería fácil dormirse. Su cabeza, desbocada hacia los recuerdos, en una febril excitación, era un hervidero apasionado, sin un momento de reposo. Y lo malo era que al día siguiente habría de madrugar para tomar el rápido que le condujese a la ciudad. Pero no podía evitarlo. No era Daniel, el Mochuelo, quien llamaba a las cosas y al valle, sino las cosas y el valle quienes se le imponían, envolviéndole en sus rumores vitales, en sus afanes ímprobos, en los nimios y múltiples detalles de cada día.

Por la ventana abierta, frente a su camastro quejumbroso, divisaba la cresta del Pico Rando, hincándose en la panza estrellada del cielo. El Pico Rando asumía de noche una tonalidad mate y tenebrosa. Mandaba en el valle esta noche como había mandado en él a lo largo de sus once años, como mandaba en Daniel, el Mochuelo, y Germán, el Tiñoso, su amigo Roque, el Moñigo. La pequeña historia del valle se reconstruía ante su mirada interna, ante los ojos de su alma, y los silbidos distantes de los trenes, los soñolientos mugidos de las vacas, los gritos lúgubres de los sapos bajo las piedras, los aromas húmedos y difusos de la tierra avivaban su nostalgia, ponían en sus recuerdos una nota de palpitante realidad.

Después de todo, esta noche era como tantas otras en el valle, sin ir más lejos como la primera vez que saltaron la tapia de la finca del Indiano para robarle las manzanas. Las manzanas, al fin y al cabo, no significaban nada para el Indiano, que en Méjico tenía dos restaurantes de lujo, un establecimiento de aparatos de radio y tres barcos destinados al cabotaje. Tampoco para ellos significaban mucho las manzanas del Indiano, la verdad, puesto que todos ellos recogían buenas manzanas en los huertos de sus casas, bien mirado, tan buenas manzanas como las que tenía Gerardo, el Indiano, en los árboles de su finca. ¿Que por qué las robaban? Eso constituía una cuestión muy compleja. Quizá, simplificando, porque ninguno de ellos, entonces, rebasaba los nueve años y la emoción de lo prohibido imprimía a sus actos rapaces un encanto indefinible. Le robaban las manzanas al Indiano por la misma razón que en los montes, o en el prado de la Encina, después del baño, les gustaba hablar de «eso» y conjeturar sobre «eso», que era, no menos, el origen de la vida y su misterio.

Cuando Gerardo se fue del pueblo todavía no era el Indiano, era sólo el hijo más pequeño de la señora Micaela, la carnicera y, según decía ésta, el más tímido de todos sus hijos. La madre afirmaba que Gerardo «era el más tímido de todos», pero en el pueblo aseguraban que Gerardo antes de marchar era medio tonto y que en Méjico, si se iba allá, no serviría más que para bracero o cargador de muelle. Pero Gerardo se fue y a los veinte años de su marcha regresó rico. No hubo ninguna carta por medio, y cuando el Indiano se presentó en el valle, los gusanos ya se habían comido el solomillo, el hígado y los riñones de su madre, la carnicera.

Gerardo, que ya entonces era el Indiano, lloró un rato en el cementerio, junto a la iglesia, pero no lloró con los mocos colgando como cuando pequeño, ni se le caía la baba como entonces, sino que lloró en silencio y sin apenas verter lágrimas, como decía el ama de don Antonino, el marqués, que lloraban en las ciudades los elegantes. Ello implicaba que Gerardo, el Indiano, se había transformado mucho. Sus hermanos, en cambio, seguían amarrados al lugar, a pesar de que, en opinión de su madre, eran más listos que él; César, el mayor, con la carnicería de su madre, vendiendo hígados, solomillos y riñones de vaca a los vecinos para luego, al cabo de los años, hacer lo mismo que la señora Micaela y donar su hígado, su solomillo y sus riñones a los gusanos de la tierra. Una conducta, en verdad, inconsecuente e inexplicable. El otro, Damián, poseía una labranza medianeja en la otra ribera del río. Total nada,[71] unas obradas de pradera y unos lacios y barbudos maizales. Con eso vivía y con los cuatro cuartos que le procuraba la docena de gallinas que criaba en el corral de su casa.

Gerardo, el Indiano, en su primera visita al pueblo, trajo una mujer que casi no sabía hablar, una hija de diez años y un «auto» que casi no metía ruido. Todos, hasta el auto, vestían muy bien y cuando Gerardo dijo que allá, en Méjico, había dejado dos restaurantes de lujo y dos barcos de cabotaje, César y Damián le hicieron muchas carantoñas a su hermano y quisieron volverse con él, a cuidar cada uno de un restaurán y un barco de cabotaje. Pero Gerardo, el Indiano, no lo consintió. Eso sí, les montó en la ciudad una industria de aparatos eléctricos y César y Damián se fueron del valle, renegaron de él y de sus antepasados y sólo de cuando en cuando volvían por el pueblo, generalmente por la fiesta de la Virgen, y entonces daban buenas propinas y organizaban carreras de sacos y carreras

71 *Nothing worth mentioning.*

81

de cintas[72] y ponían cinco duros de premio en la punta de la cucaña. Y usaban sombreros planchados y cuello duro.

Los antiguos amigos de Gerardo le preguntaron cómo se había casado con una mujer rubia y que casi no sabía hablar, siendo él un hombre de importancia y posición como, a no dudar, lo era. El Indiano sonrió sin aspavientos y les dijo que las mujeres rubias se cotizaban mucho en América y que su mujer sí que sabía hablar, lo que ocurría era que hablaba en inglés porque era yanqui. A partir de aquí, Andrés, «el hombre que de perfil no se le ve», llamó «Yanqui» a su perro, porque decía que hablaba lo mismo que la mujer de Gerardo, el Indiano.

Gerardo, el Indiano, no renegó, en cambio, de su pueblo. Los ricos siempre se encariñan, cuando son ricos, por el lugar donde antes han sido pobres. Parece ser ésta la mejor manera de demostrar su cambio de posición y fortuna y el más viable procedimiento para sentirse felices al ver que otros que eran pobres como ellos siguen siendo pobres a pesar del tiempo.

Compró la casa de un veraneante, frente a la botica, la reformó de arriba abajo y pobló sus jardines de macizos estridentes y árboles frutales. De vez en cuando, venía por el pueblo a pasar una temporada. Últimamente reconoció ante sus antiguos amigos que las cosas le iban bien y que ya tenía en Méjico tres barcos de cabotaje, dos restaurantes de lujo y una representación de receptores de radio. Es decir, un barco de cabotaje más que la primera vez que visitó el pueblo. Lo que no aumentaban eran los hijos. Tenía sólo a la Mica[73] —la llamaban Mica, tan sólo, aunque se llamaba como su abuela, pero, según decía el ama de don Antonino, el marqués, los ricos, en las ciudades, no podían perder el tiempo en llamar a las personas por sus nombres enteros— y la delgadez extremada de la yanqui, que también caía por el valle de ciento en viento,[74] no daba ocasión a nuevas esperanzas. César y Damián hubieran preferido que por no existir, no existiera ni la Mica, por más que cuando ella venía de América le regalaban flores y cartuchos de bombones y la llevaban a los mejores teatros y restaurantes de la ciudad. Esto decía, al menos, el ama de don Antonino, el marqués.

La Mica cogió mucho cariño al pueblo de su padre. Reconocía que Méjico no la iba y Andrés, el zapatero, argüía que se puede saber a ciencia cierta «si nos va» o «no nos va» un país cuando en él se dispone de dos restaurantes de lujo, una representación de aparatos de radio y tres barcos

---

72 A game perhaps derived from medieval jousting tournaments: the participants, on horseback or riding bicycles, use a rod to collect rings suspended on ribbons.
73 Short for Micaela.
74 *once in a blue moon.*

de cabotaje. En el valle, la Mica no disponía de eso y, sin embargo, era feliz. Siempre que podía hacía una escapada al pueblo y allí se quedaba mientras su padre no la ordenaba regresar. Últimamente, la Mica, que ya era una señorita, permanecía grandes temporadas en el pueblo estando sus padres en Méjico. Sus tíos Damián y César, que en el pueblo les decían «los Ecos del Indiano», velaban por ella y la visitaban de cuando en cuando.

Daniel, el Mochuelo, nació precisamente en el tránsito de los dos barcos de cabotaje a los tres barcos de cabotaje, es decir, cuando Gerardo, el Indiano, ahorraba para adquirir el tercer barco de cabotaje. Por entonces, la Mica ya tenía nueve años para diez y acababa de conocer el pueblo.

Pero cuando a Roque, el Moñigo, se le ocurrió la idea de robar las manzanas del Indiano, Gerardo ya tenía los tres barcos de cabotaje y la Mica, su hija, diecisiete años. Por estas fechas, Daniel, el Mochuelo, ya era capaz de discernir que Gerardo, el Indiano, había progresado, y bien, sin necesidad de estudiar catorce años y a pesar de que su madre, la Micaela, decía de él que era «el más tímido de todos» y de que andaba por el pueblo todo el día de Dios con los mocos colgando y la baba en la barbilla. Fuera o no fuera así, lo contaban en el pueblo y no era cosa de recelar que existiera un acuerdo previo entre todos los vecinos para decirle una cosa que no era cierta.

Cuando saltaron la tapia del Indiano, Daniel, el Mochuelo, tenía el corazón en la garganta. En verdad, no sentía apetito de manzanas ni de ninguna otra cosa que no fuera tomar el pulso a una cosa prohibida. Roque, el Moñigo, fue el primero en dejarse caer del otro lado de la tapia. Lo hizo blandamente, con una armonía y una elegancia casi felinas, como si sus rodillas y sus ingles estuvieran montadas sobre muelles. Después les hizo señas con la mano, desde detrás de un árbol, para que se apresurasen. Pero lo único que se apresuraba de Daniel, el Mochuelo, era el corazón, que bailaba como un loco desatado. Notaba los miembros envarados y una oscura aprensión mermaba su natural osadía. Germán, el Tiñoso, saltó el segundo, y Daniel, el Mochuelo, el último.

En cierto modo, la conciencia del Mochuelo estaba tranquila. Las manías de la Guindilla mayor se le habían contagiado en las últimas semanas. Por la mañana había preguntado a don José, el cura, que era un gran santo:

—Señor cura, ¿es pecado robar manzanas a un rico?

Don José había meditado un momento antes de clavar sus ojillos, como puntas de alfileres, en él:

—Según, hijo. Si el robado es muy rico, muy rico y el ladrón está en caso de extremada necesidad y coge una manzanita para no morir de hambre, Dios es comprensivo y misericordioso y sabrá disculparle.

Daniel, el Mochuelo, quedó apaciguado interiormente. Gerardo, el Indiano, era muy rico, muy rico, y, en cuanto a él, ¿no podía sobrevenirle una desgracia como a Pepe, el Cabezón, que se había vuelto raquítico por falta de vitaminas y don Ricardo, el médico, le dijo que comiera muchas manzanas y muchas naranjas si quería curarse? ¿Quién le aseguraba que si no comía las manzanas del Indiano no le acaecería una desgracia semejante a la que aquejaba a Pepe, el Cabezón?

Al pensar en esto, Daniel, el Mochuelo, se sentía más aliviado. También le tranquilizaba no poco saber que Gerardo, el Indiano, y la yanqui estaban en Méjico, la Mica con «los Ecos del Indiano» en la ciudad, y Pascualón, el del molino, que cuidaba de la finca, en la tasca del Chano disputando una partida de mus. No había, por tanto, nada que temer. Y, sin embargo, ¿por qué su corazón latía de este modo desordenado, y se le abría un vacío acuciante en el estómago, y se le doblaban las piernas por las rodillas? Tampoco había perros. El Indiano detestaba este medio de defensa. Tampoco, seguramente, timbres de alarma, ni resortes sorprendentes, ni trampas disimuladas en el suelo. ¿Por qué temer, pues?

Avanzaban cautelosamente, moviéndose entre las sombras del jardín, bajo un cielo alto, tachonado de estrellas diminutas. Se comunicaban por tenues cuchicheos y la hierba crujía suavemente bajo sus pies y este ambiente de roces imperceptibles y misteriosos susurros crispaba los nervios de Daniel, el Mochuelo.

—¿Y si nos oyera el boticario? —murmuró éste de pronto.

—¡Chist!

El contundente siseo de Roque, el Moñigo, le hizo callar. Se internaban en la huerta. Apenas hablaban ya sino por señas y las muecas nerviosas de Roque, el Moñigo, cuando tardaban en comprenderle, adquirían, en las medias tinieblas, unos tonos patéticos impresionantes.

Ya estaban bajo el manzano elegido. Crecía unos pies por detrás del edificio. Roque, el Moñigo, dijo:

—Quedaos aquí; yo sacudiré el árbol.

Y se subió a él sin demora. Las palpitaciones del corazón del Mochuelo se aceleraron cuando el Moñigo comenzó a zarandear las ramas con toda su enorme fuerza y los frutos maduros golpeaban la hierba con un repiqueteo ininterrumpido de granizada. Él y Germán, el Tiñoso, no daban abasto para recoger los frutos desprendidos. Daniel, el Mochuelo, al agacharse, abría la boca, pues a ratos le parecía que le faltaba el aire y se ahogaba.

Súbitamente, el Moñigo dejó de zarandear el árbol.

—Mirad; está ahí el coche —murmuró, desde lo alto, con una extraña opacidad en la voz.

Daniel y el Tiñoso miraron hacia la casa en tinieblas. La aleta del coche negro del Indiano, que metía menos ruido aún que el primero que trajo al valle, rebrillaba tras la esquina de la vivienda. A Germán, el Tiñoso, le temblaron los labios al exigir:

—Baja aprisa; debe de estar ella.

Daniel, el Mochuelo, y Germán, el Tiñoso, se movían doblados por los riñones, para soportar mejor las ingentes brazadas de manzanas. El Mochuelo sintió un miedo inmenso de que alguien pudiera sorprenderle así. Apoyó con vehemencia al Tiñoso:

—Vamos, baja, Moñigo. Ya tenemos suficientes manzanas.

El temor les hacía perder la serenidad. La voz de Daniel, el Mochuelo, sonaba agitada, en un tono superior al simple murmullo. Roque, el Moñigo, quebró una rama con el peso del cuerpo al tratar de descender precipitadamente. El chasquido restalló como un disparo en aquella atmósfera queda de roces y susurros. Su excitación iba en aumento:

—¡Cuidado, Moñigo!

—Yo voy saliendo.

—¡Narices!

—Gallina el que salte la tapia primero.

No es fácil determinar de dónde surgió la aparición. Daniel, el Mochuelo, después de aquello, se inclinaba a creer en brujas, duendes y fantasmas. Ella, la Mica, estaba ante ellos, alta y esbelta, embutida en un espectral traje blanco. En las densas tinieblas, su figura adquiría una presencia ultraterrena, algo parecido al Pico Rando, sólo que más vago y huidizo.

—Conque sois vosotros los que robáis las manzanas, ¿eh? —dijo.

Daniel, el Mochuelo, y Germán, el Tiñoso, fueron dejando resbalar los frutos, uno a uno, hasta el suelo. La consternación les agarrotaba. La Mica hablaba con naturalidad, sin destemplanza en el tono de voz:

—¿Os gustan las manzanas?

Tembló, un instante, en el aire, la amedrentada afirmación de Daniel, el Mochuelo:

—Siiií...

Se oyó la risa amortiguada de la Mica, como si brotase a impulsos de una oculta complacencia. Luego dijo:

—Tomad dos manzanas cada uno y venid conmigo.

La obedecieron. Los cuatro se encaminaron hacia el porche. Una vez allí, la Mica giró un conmutador, oculto tras una columna, y se hizo la luz. Daniel, el Mochuelo, agradeció que una columna piadosa se interpusiera entre la lámpara y su rostro abatido. La Mica, sin ton ni son, volvió a reír espontáneamente. A Daniel, el Mochuelo, le asaltó el temor de que fuera a entregarles a la Guardia Civil.

Nunca había visto tan próxima a la hija del Indiano y su rostro y su silueta iban haciéndole olvidar por momentos la comprometida situación. Y también su voz, que parecía el suave y modulado acento de un jilguero. Su piel era tersa y tostada y sus ojos oscuros y sombreados por unas pestañas muy negras. Los brazos eran delgados y elásticos, y éstos y sus piernas, largas y esbeltas, ofrecían la tonalidad dorada de la pechuga del macho de perdiz. Al desplazarse, la ingravidez de sus movimientos producían la sensación de que podría volar y perderse en el espacio lo mismo que una pompa de jabón.

—Está bien —dijo, de pronto—. De modo que los tres sois unos ladronzuelos.

Daniel, el Mochuelo, se confesó que podría pasarse la vida oyéndola a ella decir que era un ladronzuelo y sin cansarse lo más mínimo. El decir ella «ladronzuelo» era lo mismo que si le acariciase las mejillas con las dos manos, con sus dos manos pequeñas, ligeras y vitales.

La Mica se recostó en una tumbona y su figura se estilizó aún más. Dijo:

—No voy a haceros nada esta vez. Voy a dejaros marchar. Pero vais a prometerme que en lo sucesivo si queréis manzanas me las pediréis a mí y no saltaréis la tapia furtivamente, como si fuerais ladrones.

Les miró, uno tras otro, y todos asintieron con la cabeza.

—Ahora podéis iros —concluyó.

Los tres amigos salieron, en silencio, por el portón a la carretera. Anduvieron unos pasos sin cambiar palabra. Su silencio era pesado y macizo, impuesto por la secreta conciencia de que si aún andaban sueltos por el mundo se debía, más que a su propia habilidad y maña, al favor y la compasión del prójimo. Esto, y más en la infancia, siempre resulta un poco deprimente.

Roque, el Moñigo, miró de refilón al Mochuelo. Caminaba éste con la boca abierta y los ojos ausentes, como en éxtasis. El Moñigo le zarandeó por un brazo y dijo:

—¿Qué te pasa, Mochuelo? Estás como alelado.

Y, sin esperar respuesta, arrojó con fuerza sus dos manzanas contra los bultos informes y oscuros que pastaban pacientemente en el prado del boticario.

X

La amistad del Moñigo forzaba, a veces, a Daniel, el Mochuelo, a extremar su osadía y a poner a prueba su valor. Lo malo era que el Moñigo entendía que el valor de un hombre puede cambiar de la noche a la mañana, como la lluvia o el viento. Hoy podía ser uno un valiente y mañana un bragazas, o a la inversa. Todo dependía de que uno se aviniera o no a realizar las mismas proezas que Roque, el Moñigo, realizaba cada día.

—Gallina el que no haga esto —les conminaba una y otra vez.

Y Daniel, el Mochuelo, y Germán, el Tiñoso, se veían forzados a atravesar el puente por la acitara —quince centímetros de anchura— o a dejarse arrastrar y hundir por la violencia del Chorro, para ir a reaparecer, empujados por la corriente de fondo, en la Poza del Inglés, o a cruzarse, dentro del túnel, con el tranvía interprovincial.

Con frecuencia, Daniel, el Mochuelo, que, por otra parte, no había de violentarse demasiado para imitar las proezas del Moñigo, se despertaba en la alta noche sobresaltado, asiéndose crispadamente al jergón de la cama. Respiraba hondo. No estaba hundido, como soñaba, bajo el Chorro, ni le arrastraban dando tumbos los hierros del tren, ni se había despeñado por la acitara y volaba a estrellarse contra las rocas del río. Se hallaba bien, cómodamente instalado en su cama de hierro, y, de momento, no había nada que temer.

Desde este punto de vista, suponían una paz inusitada los días de lluvia, que en el valle eran frecuentes, por más que según los disconformes todo andaba patas arriba desde hacía unos años y hasta los pastos se perdían ahora —lo que no había acaecido nunca— por falta de agua. Daniel, el Mochuelo, ignoraba cuánto podía llover antes en el valle; lo que sí aseguraba es que ahora llovía mucho; puestos a precisar, tres días de cada cinco, lo que no estaba mal.

Si llovía, el valle transformaba ostensiblemente su fisonomía. Las montañas asumían unos tonos sombríos y opacos, desleídos entre la bruma, mientras los prados restallaban en una reluciente y verde y casi dolorosa estridencia. El jadeo de los trenes se oía a mayor distancia y las montañas se peloteaban con sus silbidos hasta que éstos desaparecían, diluyéndose en ecos cada vez más lejanos, para terminar en una resonancia tenue e imperceptible. A veces, las nubes se agarraban a las montañas y las crestas de éstas emergían como islotes solitarios en un revuelto y caótico océano gris.

En el verano, las tormentas no acertaban a escapar del cerco de los montes y, en ocasiones, no cesaba de tronar en tres días consecutivos.

Pero el pueblo ya estaba preparado para estos accesos. Con las primeras gotas salían a relucir las almadreñas y su «cluac-cluac», rítmico y monótono, se escuchaba a toda hora en todo el valle, mientras persistía el temporal. A juicio de Daniel, el Mochuelo, era en estos días, o durante las grandes nevadas de Navidad, cuando el valle encontraba su adecuada fisonomía. Era, el suyo, un valle de precipitaciones, húmedo y triste, melancólico, y su languidez y apatía características desaparecían con el sol y con los horizontes dilatados y azules.

Para los tres amigos, los días de lluvia encerraban un encanto preciso y peculiar. Era el momento de los proyectos, de los recuerdos y de las recapacitaciones. No creaban, rumiaban; no accionaban, asimilaban. La charla, a media voz, en el pajar del Mochuelo, tenía la virtud de evocar, en éste, los dulces días invernales, junto al hogar, cuando su padre le contaba la historia del profeta Daniel o su madre se reía porque él pensaba que las vacas lecheras tenían que llevar cántaras.

Sentados en el heno, divisando la carretera y la vía férrea por el pequeño ventanuco frontal, Roque, el Moñigo; Daniel, el Mochuelo, y Germán, el Tiñoso, hilvanaban sus proyectos.

Fue uno de estos días y en el pajar de su casa, cuando Daniel, el Mochuelo, adquirió una idea concreta de la fortaleza de Roque, el Moñigo, y de lo torturante que resultaba para un hombre no tener en el cuerpo una sola cicatriz. Ocurrió una tarde de verano, mientras la lluvia tamborileaba en el tejado de pizarra de la quesería y el valle se difuminaba bajo un cielo pesado, monótono y gris.

Mas el Moñigo no se conformaba con que la evidencia de su musculatura le entrase por los ojos:

—Mira; toca, toca —dijo.

Y flexionó el brazo, que se transformó en un manojo informe de músculos y tendones retorcidos. El Mochuelo adelantó tímidamente la yema de un dedo y tocó.

—Duro, ¿verdad?

—Ya lo creo.

—Pues mira aquí.

Se alzó el pantaloncillo de pana hasta el muslo y tensó la pierna, que adquirió la rigidez de un garrote:

—Mira; toca, toca.

Y de nuevo el dedo del Mochuelo, seguido a corta distancia de el del Tiñoso, tentó aquel portentoso juego de músculos.

—Más duro que el brazo, ¿no?

—Más duro.

Luego se descubrió el tórax y les hizo tocar también y contaban hasta doscientos sin que el Moñigo deshinchase el pecho y tuviera que hacer una nueva inspiración. Después, el Moñigo les exigió que probasen ellos. El Tiñoso no resistió más que hasta cuarenta sin tomar aire, y el Mochuelo, después de un extremoso esfuerzo que le dejó amoratado, alcanzó la cuenta de setenta.

A continuación, el Moñigo se tumbó boca abajo y con las palmas de las manos apoyadas en el suelo fue levantando el cuerpo una y otra vez. Al llegar a la flexión sesenta lo dejó y les dijo:

—No he tenido nunca la paciencia de ver las que aguanto. Anteanoche hice trescientas veintiocho y no quise hacer más porque me entró el sueño.

El Mochuelo y el Tiñoso le miraron abrumados. Aquel alarde superaba cuanto ellos hubieran podido imaginar respecto a las facultades físicas de su amigo.

—A ver tú las que aguantas,[75] Mochuelo —le dijo de repente a Daniel.

—Si no sé ... No he probado nunca.

—Prueba ahora.

—El caso es ...

El Mochuelo acabó tumbándose e intentando la primera flexión. Empero sus bracitos no estaban habituados al ejercicio y todo su cuerpo temblaba estremecido por el insólito esfuerzo muscular. Levantó primero el trasero y luego la espalda.

—Una —cantó, con entusiasmo, y de nuevo se desplomó, pesadamente, sobre el pavimento.

El Moñigo dijo:

—No; no es eso. Levantando el culo primero no tiene mérito; así me hago yo un millón.[76]

Daniel, el Mochuelo, desistió de la prueba. El hecho de haber defraudado a su amigo después de aquel inmoderado esfuerzo le dejó muy abatido.

---

75 *Let's see how many you can do.*
76 *that way I could do a million.*

Tras el frustrado intento de flexión del Mochuelo se hizo un silencio en el pajar. El Moñigo tornaba a retorcer el brazo y los músculos bailaban en él, flexibles y relevantes. Mirando su brazo, se le ocurrió al Mochuelo decir:

—Tú podrás a algunos hombres,[77] ¿verdad, Moñigo?

Todavía Roque no había vapuleado al músico en la romería. El Moñigo sonrió con suficiencia. Después aclaró:

—Claro que puedo a muchos hombres. Hay muchos hombres que no tienen más cosa dura en el cuerpo que los huesos y el pellejo.

Al Tiñoso se le redondeaban los ojos de admiración. El Mochuelo se recostó plácidamente sobre el montón de heno, sintiendo a su lado la consoladora protección de Roque. Aquella amistad era una sólida garantía por más que su madre, la Guindilla mayor y las Lepóridas se empeñasen en considerar la compañía de Roque, el Moñigo, como un mal necesario.

Pero la tertulia de aquella tarde acabó donde acababan siempre aquellas tertulias en el pajar de la quesería los días lluviosos: en una competencia. Roque se remangó el pantalón izquierdo y mostró un círculo de piel arrugada y débil:

—Mirad qué forma tiene hoy la cicatriz; parece una coneja.

El Mochuelo y el Tiñoso se inclinaron sobre la pierna del amigo y asintieron:

—Es cierto; parece una coneja.

A Daniel, el Mochuelo, le contristó el rumbo que tomaba la conversación. Sabía que aquellos prolegómenos degenerarían en una controversia sobre cicatrices. Y lo que más abochornaba a Daniel, el Mochuelo, a los ocho años, era no tener en el cuerpo ni una sola cicatriz que poder parangonar con las de sus amigos. Él hubiera dado diez años de vida por tener en la carne una buena cicatriz. La carencia de ella le hacía pensar que era menos hombre que sus compañeros que poseían varias cicatrices en el cuerpo. Esta sospecha le imbuía un nebuloso sentimiento de inferioridad que le desazonaba. En realidad, no era suya la culpa de tener mejor encarnadura que el Moñigo y el Tiñoso y de que las frecuentes heridas se le cerrasen sin dejar rastro, pero el Mochuelo no lo entendía así, y para él suponía una desgracia tener el cuerpo todo liso, sin una mala arruga. Un hombre sin cicatriz era, a su ver, como una niña buena y obediente. Él no quería una cicatriz de guerra, ni ninguna gollería: se conformaba con una cicatriz de accidente o de lo que fuese, pero una cicatriz.

77 *There are grown men you could take on.*

La historia de la cicatriz de Roque, el Moñigo, se la sabían de memoria. Había ocurrido cinco años atrás, durante la guerra. Daniel, el Mochuelo, apenas se acordaba de la guerra. Tan sólo tenía una vaga idea de haber oído zumbar los aviones por encima de su cabeza y del estampido seco, demoledor, de las bombas al estallar en los prados. Cuando la aviación sobrevolaba el valle, el pueblo entero corría a refugiarse en el bosque: las madres agarradas a sus hijos y los padres apaleando al ganado remiso hasta abrirle las carnes.

En aquellos días, la Sara huía a los bosques llevando de la mano a Roque, el Moñigo. Pero éste no sentía tampoco temor de los aviones, ni de las bombas. Corría porque veía correr a todos y porque le divertía pasar el tiempo tontamente, todos reunidos en el bosque, acampados allí, con el ganado y los enseres, como una cuadrilla de gitanos. Roque, el Moñigo, tenía entonces seis años.

Al principio, las campanas de la iglesia avisaban del cese del peligro con tres repiques graves y dos agudos. Más tarde, se llevaron las campanas para fundirlas, y en el pueblo estuvieron sin campanas hasta que concluida la guerra, regaló una nueva don Antonino, el marqués. Hubo ese día una fiesta sonada en el valle, como homenaje del pueblo al donante. Hablaron el señor cura y el alcalde, que entonces era Antonio, el Buche. Al final, don Antonino, el marqués, dio las gracias a todos y le temblaba la voz al hacerlo. Total nada,[78] que don José y el alcalde emplearon media hora cada uno para dar las gracias a don Antonino, el marqués, por la campana, y don Antonino, el marqués, habló durante otra media hora larga, sólo para devolver las gracias que acababan de darle. Resultó todo demasiado cordial, discreto y comedido.

Pero la herida de Roque, el Moñigo, era de una esquirla de metralla. Se la produjo una bomba al estallar en un prado cuando, una mañana de verano, huía precipitadamente al bosque con la Sara. Los más listos del pueblo decían que el percance se debió a una bomba perdida, que fue lanzada por el avión para «quitar peso». Mas Roque, el Moñigo, recelaba que el peso que había tratado de quitar el avión era el suyo propio. De todas maneras, Roque, el Moñigo, agradecía al aviador aquel medallón de carne retorcida que le había dejado en el muslo.

Continuaban los tres mirando la cicatriz que parecía, por la forma, una coneja. Roque, el Moñigo, se inclinó de repente, y la lamió con la punta de la lengua. Tras un rápido paladeo, afirmó:

78 *Nothing much else.*

—Sigue sabiendo salada.[79] Dice Lucas, el Mutilado, que es por el hierro. Las cicatrices de hierro saben siempre saladas. Su muñón también sabe salado y el de Quino, el Manco, también. Luego, con los años, se quita ese sabor.

Daniel, el Mochuelo, y Germán, el Tiñoso, le escuchaban escépticos. Roque, el Moñigo, receló de su incredulidad. Acercó la pierna a ellos e invitó:

—Probad, veréis como no os engaño.

El Mochuelo y el Tiñoso cambiaron unas miradas vacilantes. Al fin, el Mochuelo se inclinó y rozó la cicatriz con la punta de la lengua.

—Sí, sabe salada —confirmó.

El Tiñoso lamió tras él y asintió con la cabeza. Después dijo:

—Sí, es cierto que sabe salada, pero no es por el hierro, es por el sudor. Probad mi oreja, veréis como también sabe salada.

Daniel, el Mochuelo, interesado en el asunto, se aproximó al Tiñoso y le lamió el lóbulo dividido de la oreja.

—Es verdad —dijo—. También la oreja del Tiñoso sabe salada.

—¿A ver? —inquirió dubitativo, el Moñigo.

Y deseoso de zanjar el pleito, chupó con avidez el lóbulo del Tiñoso con la misma fruición que si mamase. Al terminar, su rostro expresó un profundo desencanto.

—Es cierto que sabe salada también —dijo—.

Eso es que te dañaste con la cerca de alambre y no con la púa de una zarzamora como crees.

—No —saltó el Tiñoso, airado—; me rasgué la oreja con la púa de una zarzamora. Estoy bien seguro.

—Eso crees tú.

Germán, el Tiñoso, no se daba por vencido.

Agachó la cabeza a la altura de la boca de sus compañeros.

—¿Y mis calvas, entonces? —dijo con terca insistencia—. También saben saladas. Y mis calvas no me las hice con ningún hierro. Me las pegó un pájaro.

El Moñigo y el Mochuelo se miraron atónitos, pero, uno tras otro, se inclinaron sobre la morena cabeza de Germán, el Tiñoso, y lamieron una calva cada uno. Daniel, el Mochuelo, reconoció en seguida:

—Sí saben saladas.

Roque, el Moñigo, no dio su brazo a torcer:

79 *It still tastes salty.*

—Pero eso no es una cicatriz. Las calvas no son cicatrices. Ahí no tuviste herida nunca. Nada tiene que ver que sepan saladas.[80]

Y el ventanuco iba oscureciéndose y el valle se tornaba macilento y triste, y ellos seguían discutiendo sin advertir que se hacía de noche y que sobre el tejado de pizarra repiqueteaba aún la lluvia y que el tranvía interprovincial subía ya afanosamente vía arriba, soltando, de vez en cuando, blancos y espumosos borbotones de humo, y Daniel, el Mochuelo, se compungía pensando que él necesitaba una cicatriz y no la tenía, y si la tuviera, quizá podría dilucidar la cuestión sobre si las cicatrices sabían saladas por causa del sudor, como afirmaba el Tiñoso, o por causa del hierro, como decían el Moñigo y Lucas, el Mutilado.

80 *The fact that they taste salty has got nothing to do with it.*

XI

Roque, el Moñigo, dejó de admirar y estimar a Quino, el Manco, cuando se enteró de que éste había llorado hasta hartarse el día que se murió su mujer. Porque Quino, el Manco, además de la mano, había perdido a su mujer, la Mariuca. Y no sería porque no se lo avisaran. Más que nadie la Josefa, que estaba enamorada de él, y se lo restregaba por las narices a la menor oportunidad, muchas veces sin esperar la oportunidad siquiera.

—Quino, piénsalo. Mira que la Mariuca está tísica perdida.

Quino, el Manco, se sulfuraba.

—¿Y a ti qué diablos te importa, si puede saberse? —decía.

La Josefa tragaba bilis y lo dejaba. Por la noche lloraba, a solas, en su alcoba, hasta empapar la almohada y se juraba no volver a intervenir en el asunto. Mas a la mañana siguiente olvidaba su determinación. Le gustaba demasiado Quino, el Manco, para abandonar el campo sin quemar el último cartucho. Le gustaba porque era todo un hombre: fuerte, serio y cabal. Fuerte, sin ser un animal como Paco, el herrero; serio, sin llegar al escepticismo, como Pancho, el Sindiós, y cabal, sin ser un santo, como don José, el cura, lo era. En fin, lo que se dice un hombre equilibrado, un hombre que no pecaba por exceso ni por defecto, un hombre en el fiel.

Quino, en realidad, no creía en la tuberculosis. El mundo, para él, se componía de delgados y gordos. Mariuca era delgada, como delgados eran doña Lola y doña Irene, las Guindillas y Andrés, el zapatero. Y él era gordo como lo era Cuco, el factor. Pero eso no quería decir que los otros estuvieran enfermos y ellos sanos. De la Mariuca decían que estaba tísica desde que nació, pero ahí la tenían con sus veintitrés años, lozana y fresca como una flor.

Quino se acercó a ella sugestionado más que enamorado. Su natural tendencia le inclinaba a las hembras rollizas, de formas calientes, caídas por su propio peso, y exuberantes. Concretamente, hacia mujeres como la Josefa, duras, densas y apelmazadas. Pero Quino, el Manco, reflexionaba así: «En las ciudades, los señoritos se casan con las hembras flacas. Algo especial tendrán las flacas cuando los señoritos que tienen estudios y talento, las buscan así». Y se arrimó a la Mariuca porque era flaca. A los pocos días, sí se enamoró. Se enamoró ciegamente de ella porque tenía la mirada triste y sumisa como un corderillo y la piel azulada y translúcida como la porcelana. Se entendieron. A la Mariuca le gustaba Quino, el Manco, porque era su antítesis: macizo, vigoroso, corpulento y con unos ojos agudos y punzantes como bisturíes.

Quino, el Manco, decidió casarse y los vecinos se le echaron encima: «La Mariuca está delicada». «La Mariuca está enferma.» «La tisis es mala compañera.» Pero Quino, el Manco, saltó por encima de todo y una mañana esplendente de primavera se presentó a la puerta de la iglesia embutido en un traje de paño azul y con un pañuelo blanco anudado al cuello. Don José, el cura, que era un gran santo, los bendijo. La Mariuca le puso la alianza en el dedo anular de la mano izquierda, porque Quino, el Manco, tenía seccionada la derecha.

La Josefa, a pesar de todo, no logró amargarle la luna de miel. La Josefa se propuso que le pesara toda la vida sobre la conciencia la sombra de su desgracia. Pero no lo consiguió.

En la iglesia, durante la primera amonestación, saltó como una pantera, gritando, mientras corría hacia el altar de san Roque y poniendo al santo por testigo, que la Mariuca y Quino, el Manco, no podían casarse porque ella estaba tísica. Hubo, primero, un revuelo y, luego, un silencio hecho de cien silencios, en el templo. Mas don José conocía mejor que ella los impedimentos y todo el Derecho Canónico.

—Hija —dijo—, la ley del Señor no prohíbe a los enfermos contraer matrimonio. ¿Has entendido?

La Josefa, desesperada, se arrojó sobre las gradas del presbiterio y comenzó a llorar como una loca, mesándose los cabellos y pidiendo compasión. Todos la compadecían, pero resultaba inoperante fabricar, en un momento, otro Quino. Desde los bancos del fondo, donde se ponían los hombres, el Manco sonreía tristemente y se daba golpes amistosos con el muñón en la barbilla. La Guindilla mayor, al ver que don José vacilaba, no sabiendo qué partido tomar, se adelantó hasta la Josefa y la sacó del templo, tomándola compasivamente por las axilas. (La Guindilla mayor pretendió, luego, que don José, el cura, dijese otra misa en atención a ella, ya que entre sacar a la Josefa de la iglesia y atenderla unos momentos en el atrio se le pasó el Sanctus. Y ella afirmaba que no se iba a quedar sin misa por hacer una obra de caridad, y que eso no era justo, ni razonable, ni lógico, ni moral y que la comían por dentro los remordimientos y que era la primera vez que le ocurría en su vida ... A duras penas don José logró apaciguarla y devolverle su inestable paz de conciencia.) Después continuó el Santo Sacrificio como si nada, pero al domingo siguiente no faltó a misa ni Pancho, el Sindiós, que se coló subrepticiamente en el coro, tras el armonio. Y lo que pasa.[81] Aquel día, don José leyó las amonestaciones y no ocurrió nada. Tan sólo, al pronunciar el cura el nombre de Quino surgió un suspiro ahogado del banco que ocupaba la Josefa. Pero nada más. Pancho, el Sindiós, dijo, al salir, que la piedad era inútil, un trasto, que en aquel pueblo no se sacaba nada en limpio siendo un buen creyente y que, por lo tanto, no volvería a la iglesia.

Lo gordo aconteció durante el refresco el día de la boda, cuando nadie pensaba para nada en la Josefa. Que nadie pensara en ella debió ser el motivo que la empujó a llamar la atención de aquella bárbara manera. De todos modos fue aquello una oscura y dolorosa contingencia.

Su grito se oyó perfectamente desde el corral de Quino, el Manco, donde se reunían los invitados. El grito provenía del puente y todos miraron hacia el puente. La Josefa, toda desnuda, estaba subida al pretil, de cara al río, y miraba la fiera corriente con ojos desencajados. Todo lo que se les ocurrió a las mujeres para evitar la catástrofe fue gritar, redondear los ojos, y desmayarse. Dos hombres echaron a correr hacia ella, según decían para contenerla, pero sus esposas les ordenaron acremente volverse atrás, porque no querían que sus maridos vieran de cerca a la Josefa toda desnuda. Entre estas dudas y vacilaciones, la Josefa volvió a gritar, levantó los brazos, puso los ojos en blanco y se precipitó en la oscura corriente de El Chorro.

Acudieron allá todos menos los novios. Al poco tiempo regresó a la taberna el juez. Quino, el Manco, decía en ese momento a la Mariuca:

—Esa Josefa es una burra.

—Era ... —corrigió el juez.

Por eso supieron la Mariuca y Quino, el Manco, que la Josefa se había matado.

Para enterrarla en el pequeño camposanto de junto a la iglesia hubo sus más y sus menos, pues don José no se avenía a dar entrada en él a una suicida y no lo consintió sin antes consultar al Ordinario. Al fin llegaron noticias de la ciudad y todo se arregló, pues, por lo visto, la Josefa se había suicidado en un estado de enajenación mental transitorio.

Pero ni la sombra de la Josefa bastó para enturbiar las mieles de Quino en su viaje de bodas. Los novios pasaron una semana en la ciudad y de

81 *And the inevitable* (i.e. took place).

regreso le faltó tiempo a la Mariuca para anunciar a los cuatro vientos que estaba encinta.

—¿Tan pronto? —la preguntó la Chata, que no se explicaba cómo unas mujeres quedaban embarazadas por acostarse una noche con un hombre y otras no, aunque se acostasen con un hombre todas las noches de su vida.

—Anda ésta. ¿Qué tiene la cosa de particular? —dijo, azorada, la Mariuca.

Y la Chata masculló una palabrota por dentro.

El proceso de gestación de la criatura no fue normal. A medida que se le abultaba el vientre a la Mariuca se le afilaba la cara de un modo alarmante. Las mujeres comenzaron a murmurar que la chica no aguantaría el parto.

El parto sí lo aguantó, pero se quedó en el sobreparto. Murió tísica a la semana y media de dar a luz y dio a luz a los cinco meses justos de suicidarse la Josefa.

Las comadres del pueblo empezaron a explicarse entonces la precipitación de la Mariuca por pregonar su estado, aun antes de apearse del tren que la trajo de la ciudad.

Quino, el Manco, según decían, pasó la noche solo, llorando junto al cadáver, con la niñita recién nacida en los brazos y acariciando tímidamente, con el retorcido muñón, las lacias e inertes melenas rubias de la difunta.

La Guindilla mayor, al enterarse de la desgracia, hizo este comentario:

—Eso es un castigo de Dios por haber comido el cocido antes de las doce.

Se refería a lo del alumbramiento prematuro, pero el ama de don Antonino, el marqués, tenía razón al comentar que seguramente no era aquello un castigo de Dios, puesto que Irene, la Guindilla menor, había comido no sólo el cocido, sino la sopa también antes de las doce, y nada le había ocurrido.

En aquella época, Daniel, el Mochuelo, sólo contaba dos años, y cuatro Roque, el Moñigo. Cinco después empezaron a visitar a Quino de regreso del baño en la Poza del Inglés, o de pescar cangrejos o jaramugo. El Manco era todo generosidad y les daba un gran vaso de sidra de barril por una perra chica. Ya entonces la tasca de Quino marchaba pendiente abajo. El Manco devolvía las letras sin pagar y los proveedores le negaban la mercancía. Gerardo, el Indiano, le afianzó varias veces, pero como no observara en Quino afán alguno de enmienda, pasados unos meses lo abandonó a su suerte. Y Quino, el Manco, empezó a ir de tumbo en tumbo, de mal en peor. Eso sí, él no perdía la locuacidad y continuaba regalando de lo poco que le quedaba.

Roque, el Moñigo, Germán, el Tiñoso, y Daniel, el Mochuelo, solían sentarse con él en el banco de piedra rayano a la carretera. A Quino, el Manco, le gustaba charlar con los niños más que con los mayores, quizá porque él, a fin de cuentas, no era más que un niño grande también. En ocasiones, a lo largo de la conversación, surgía el nombre de la Mariuca, y con él el recuerdo, y a Quino, el Manco, se le humedecían los ojos y, para disimular la emoción, se propinaba golpes reiteradamente con el muñón en la barbilla. En estos casos, Roque, el Moñigo, que era enemigo de lágrimas y de sentimentalismos, se levantaba y se largaba sin decir nada, llevándose a los dos amigos cosidos a los pantalones. Quino, el Manco, les miraba estupefacto, sin comprender nunca el motivo que impulsaba a los rapaces para marchar tan repentinamente de su lado, sin exponer una razón.

Jamás Quino, el Manco, se vanaglorió con los tres pequeños de que una mujer se hubiera matado desnuda por él. Ni aludió tan siquiera a aquella contingencia de su vida. Si Daniel, el Mochuelo, y sus amigos sabían que la Josefa se lanzó corita al río desde el puente, era por Paco, el herrero, que no disimulaba que le había gustado aquella mujer y que si ella hubiese accedido, sería, a estas alturas, la segunda madre de Roque, el Moñigo. Pero si ella prefirió la muerte que su enorme tórax y su pelo rojo, con su pan se lo comiera.

Lo que más avivaba la curiosidad de los tres amigos en los tiempos en que en la taberna de Quino se despachaba un gran vaso de sidra de barril por cinco céntimos, era conocer la causa por la que al Manco le faltaba una mano. Constituía la razón una historia sencilla que el Manco relataba con sencillez.

—Fue mi hermano, ¿sabéis? —decía—. Era leñador. En los concursos ganaba siempre el primer premio. Partía un grueso tronco en pocos minutos, antes que nadie. El quería ser boxeador.

La vocación del hermano de Quino, el Manco, acrecía la atención de los rapaces. Quino proseguía:

—Claro que esto no sucedió aquí. Sucedía en Vizcaya hace quince años. No está lejos Vizcaya, ¿sabéis? Más allá de estos montes —y señalaba la cumbre fosca, empenachada de bruma, del Pico Rando—. En Vizcaya todos los hombres quieren ser fuertes y muchos lo son. Mi hermano era el más fuerte del pueblo, por eso quería ser boxeador; porque les ganaba a todos. Un día, me dijo: «Quino, aguántame este tronco, que voy a partirlo de cuatro hachazos». Esto me lo pedía con frecuencia, aunque nunca partiera los troncos de cuatro hachazos. Eso era un decir. Aquel día se lo aguanté firme, pero en el momento de descargar el golpe, yo adelanté la mano para hacerle una advertencia y ¡zas! —las tres caritas infantiles expresaban, en este instante, un mismo nivel emocional. Quino, el Manco, se miraba cariñosamente el muñón y sonreía—: La mano saltó a cuatro metros de distancia, como una astilla —continuaba—. Y cuando yo mismo fui a recogerla, todavía estaba caliente y los dedos se retorcían solos, nerviosamente, como la cola de una lagartija.

El Moñigo temblaba al preguntarle:

—¿Te ... te importa enseñarme de cerca el muñón, Manco?

Quino adelantaba el brazo, sonriente:

—Al contrario —decía.

Los tres niños, animados por la amable concesión del Manco, miraban y remiraban la incompleta extremidad, lo sobaban, introducían las uñas sucias por las hendiduras de la carne, se hacían uno a otro indicaciones y, al fin, dejaban el muñón sobre la mesa de piedra como si se tratara de un objeto ya inútil.

La Mariuca, la niña, se crió con leche de cabra y el mismo Quino le preparó los biberones hasta que cumplió el año. Cuando la abuela materna le insinuó una vez que ella podía hacerse cargo de la niña, Quino, el Manco, lo tomó tan a pecho y se irritó de tal modo que él y su suegra ya no volvieron a dirigirse la palabra. En el pueblo aseguraban que Quino había prometido a la difunta no dejar a la criatura en manos ajenas aunque tuviera que criarla en los propios pechos. Esto le parecía a Daniel, el Mochuelo, una evidente exageración.

A la Mariuca-uca, como la llamaban en el pueblo para indicar que era una consecuencia de la Mariuca difunta, la querían todos a excepción de Daniel, el Mochuelo. Era una niña de ojos azules, con los cabellos dorados y la parte superior del rostro tachonado de pecas. Daniel, el Mochuelo, conoció a la niña muy pronto, tanto que el primer recuerdo de ella se desvanecía en su memoria. Luego sí, recordaba a la Mariuca-uca, todavía una cosita de cuatro años, rondando los días de fiesta por las proximidades de la quesería.

La niña despertaba en la madre de Daniel, el Mochuelo, el instinto de la maternidad prematuramente truncada. Ella deseaba una niña, aunque hubiera tenido la carita llena de pecas como la Mariuca-uca. Pero eso ya no podría ser. Don Ricardo, el médico, le dijo que después del aborto le había quedado el vientre seco. Su vientre, pues, envejecía sin esperanzas. De aquí que la madre de Daniel, el Mochuelo, sintiese hacia la pequeña huérfana una inclinación casi maternal. Si la veía pindongueando por las inmediaciones de la quesería, la llamaba y la sentaba a la mesa.

99

—Mariuca-uca, hija —decía, acariciándola—, querrás un poco de boruga, ¿verdad?

La niña asentía. La madre del Mochuelo la atendía solícita.

—Pequeña, ¿tienes bastante azúcar? ¿Te gusta?

Volvía a asentir la niña, sin palabras. Al concluir la golosina, la madre de Daniel se interesaba por los pormenores domésticos de la casa de Quino:

—Mariuca-uca, hija, ¿quién te lava la ropa?

La niña sonreía:

—El padre.

—¿Y quién te hace la comida?

—El padre.

—¿Y quién te peina las trenzas?

—El padre.

—¿Y quién te lava la cara y las orejas?

—Nadie.

La madre de Daniel, el Mochuelo, sentía lástima de ella. Se levantaba, vertía agua en una palangana y lavaba las orejas de la Mariuca-uca y, después, le peinaba cuidadosamente las trenzas. Mientras realizaba esta operación musitaba como una letanía: «Pobre niña, pobre niña, pobre niña ...» y, al acabar, decía dándole una palmada en el trasero:

—Vaya, hija, así estás más curiosita.

La niña sonreía débilmente y entonces la madre de Daniel, el Mochuelo, la cogía en brazos y la besaba muchas veces, frenéticamente.

Tal vez influyera en Daniel, el Mochuelo, este cariño desmedido de su madre hacia la Mariucauca para que ésta no fuese santo de su devoción. Pero no; lo que enojaba a Daniel, el Mochuelo, era que la pequeña Uca quisiera meter la nariz en todas las salsas e intervenir activamente en asuntos impropios de una mujer y que no le concernían.

Cierto es que Mariuca-uca disfrutaba de una envidiable libertad, una libertad un poco salvaje, pero, al fin y al cabo, la Mariuca-uca era una mujer, y una mujer no puede hacer lo mismo que ellos hacían ni tampoco ellos hablar de «eso» delante de ella. No hubiera sido delicado ni oportuno. Por lo demás, que su madre la quisiera y la convidase a boruga los domingos y días festivos, no le producía frío ni calor. Le irritaba la incesante mirada de la Mariuca-uca en su cara, su afán por interceptar todas las contingencias y eventualidades de su vida.

—Mochuelo, ¿dónde vas a ir hoy?

—Al demonio. ¿Quieres venir?

—Sí —afirmaba la niña, sin pensar lo que decía.

Roque, el Moñigo, y Germán, el Tiñoso, se reían y le mortificaban, diciéndole que la Uca-uca estaba enamorada de él.

Un día, Daniel, el Mochuelo, para zafarse de la niña, le dio una moneda y le dijo:

—Uca-uca, toma diez y vete a la botica a pesarme.

Ellos se fueron al monte y, al regresar, ya de noche, la Mariuca-uca les aguardaba pacientemente, sentada a la puerta de la quesería. Se levantó al verles, se acercó a Daniel y le devolvió la moneda.

—Mochuelo —dijo—, dice el boticario que para pesarte has de ir tú.

Los tres amigos se reían espasmódicamente y ella les miraba con sus intensos ojos azules, probablemente sin comprenderles.

Uca-uca, en ocasiones, había de echar mano de toda su astucia para poder ir donde el Mochuelo.

Una tarde, se encontraron los dos solos en la carretera.

—Mochuelo —dijo la niña—. Sé dónde hay un nido de rendajos con pollos emplumados.

—Dime dónde está —dijo él.

—Ven conmigo y te lo enseño —dijo ella.

Y, esa vez, se fue con la Uca-uca. La niña no le quitaba ojo en todo el camino. Entonces sólo tenía nueve años. Daniel, el Mochuelo, sintió la impresión de sus pupilas en la carne, como si le escarbasen con un punzón.

—Uca-uca, ¿por qué demonios me miras así? —preguntó.

Ella se avergonzó, pero no desvió la mirada.

—Me gusta mirarte —dijo.

—No me mires, ¿oyes?

Pero la niña no le oyó o no le hizo caso.

—Te dije que no me mirases, ¿no me oíste? —insistió él.

Entonces ella bajó los ojos.

—Mochuelo —dijo—. ¿Es verdad que te gusta la Mica?

Daniel, el Mochuelo, se puso encarnado. Dudó un momento, notando como un extraño burbujeo en la cabeza. Ignoraba si en estos casos procedía enfadarse o si, por el contrario, debía sonreír. Pero la sangre continuaba acumulándose en la cabeza y, para abreviar, se indignó. Disimuló, no obstante, fingiendo dificultades para saltar la cerca de un prado.

—A ti no te importa si me gusta la Mica o no —dijo.

Uca-uca insinuó débilmente:

—Es más vieja que tú; te lleva diez años.

Se enfadaron. El Mochuelo la dejó sola en un prado y él se volvió al pueblo sin acordarse para nada del nido de rendajos. Pero en toda la noche no pudo olvidar las palabras de Mariuca-uca. Al acostarse sintió una rara desazón. Sin embargo, se dominó. Ya en la cama, recordó que el herrero le contaba muchas veces la historia de la Guindilla menor y don Dimas y siempre empezaba así: «El granuja era quince años más joven que la Guindilla ...».

Sonrió Daniel, el Mochuelo, en la oscuridad. Pensó que la historia podría repetirse y se durmió arrullado por la sensación de que le envolvían los efluvios de una plácida y extraña dicha.

XII

El tío Aurelio, el hermano de su madre, les escribió desde Extremadura. El tío Aurelio se marchó a Extremadura porque tenía asma y le sentaba mal el clima del valle, húmedo y próximo al mar. En Extremadura, el clima era más seco y el tío Aurelio marchaba mejor. Trabajaba de mulero en una gran dehesa, y si el salario no daba para mucho, en cambio tenía techo gratis y frutos de la tierra a bajos precios. «En estos tiempos no se puede pedir más», les había dicho en su primera carta.

De su tío sólo le quedaba a Daniel, el Mochuelo, el vago recuerdo de un jadeo ahogado, como si resollase junto a su oído una acongojada locomotora ascendente. El tío se ponía compresas en la parte alta del pecho y respiraba siempre en su habitación vapores de eucaliptos. Mas, a pesar de las compresas y los vapores de eucaliptos, el tío Aurelio sólo cesaba de meter ruido al respirar en el verano, durante la quincena más seca.

En la última carta, el tío Aurelio decía que enviaba para el pequeño un Gran Duque[82] que había atrapado vivo en un olivar. Al leer la carta, Daniel, el Mochuelo, sintió un estremecimiento. Se figuró que su tío le enviaba, facturado, una especie de don Antonino, el marqués, con el pecho cubierto de insignias, medallas y condecoraciones. Él no sabía que los grandes duques anduvieran sueltos por los olivares y, mucho menos, que los muleros pudieran atraparlos impunemente como quien atrapa una liebre.

Su padre se rió de él cuando le expuso sus temores. Daniel, el Mochuelo, se alegró íntimamente de haber hecho reír a su padre, que en los últimos años andaba siempre con cara de vinagre y no se reía ni cuando los húngaros representaban comedias y hacían títeres en la plaza. Al acabar de reírse, su padre le aclaró:

—El Gran Duque es un búho gigante. Es un cebo muy bueno para matar milanos. Cuando llegue te llevaré conmigo de caza al Pico Rando.

Era la primera vez que su padre le prometía llevarle de caza con él. A pesar de que a su padre no se le ocultaba su avidez cinegética.

82 See Note C.

Todas las temporadas, al abrirse la veda, el quesero cogía el mixto en el pueblo, el primer día, y se marchaba hasta Castilla. Regresaba dos días después con alguna liebre y un buen racimo de perdices que, ineluctablemente, colgaba de la ventanilla de su compartimiento. A las codornices no las tiraba, pues decía que no valían el cartucho y que a los pájaros o se les mata con el tirachinas o se les deja vivir. Él les dejaba vivir. Daniel, el Mochuelo, los mataba con el tirachinas.

Cuando su padre regresaba de sus cacerías, en los albores del otoño, Daniel, el Mochuelo, salía a recibirle a la estación. Cuco, el factor, le anunciaba si el tren venía en punto o si traía algún retraso. De todas las maneras, Daniel, el Mochuelo, aguardaba a ver aparecer la fumosa locomotora por la curva con el corazón alborozado y la respiración anhelante. Siempre localizaba a su padre por el racimo de perdices. Ya a su lado, en el pequeño andén, su padre le entregaba la escopeta y las piezas muertas. Para Daniel, el Mochuelo, significaba mucho esta prueba de confianza, y aunque el arma pesaba lo suyo y los gatillos tentaban vivamente su curiosidad, él la llevaba con una ejemplar seriedad cinegética.

Luego no se apartaba de su padre mientras limpiaba y engrasaba la escopeta. Le preguntaba cosas y más cosas y su padre satisfacía o no su curiosidad según el estado de su humor. Pero siempre que imitaba el vuelo de las perdices su padre hacía «Prrrrr», con lo que Daniel, el Mochuelo, acabó convenciéndose de que las perdices, al volar, tenían que hacer «Prrrrr» y no podían hacer de otra manera. Se lo contó a su amigo, el Tiñoso, y discutieron fuerte porque Germán afirmaba que era cierto que las perdices hacían ruido al volar, sobre todo en invierno y en los días ventosos, pero que hacían «Brrrrr» y no «Prrrrr» como el Mochuelo y su padre decían. No resultaba viable convencerse mutuamente del ruido exacto del vuelo de las perdices y aquella tarde concluyeron regañando.

Tanta ilusión como por ver llegar a su padre triunfador, con un par de liebres y media docena de perdices colgadas de la ventanilla, le producía a Daniel, el Mochuelo, el primer encuentro con Tula, la perrita *cocker*, al cabo de dos o tres días de ausencia. Tula descendía del tren de un brinco y, al divisarle, le ponía las manos en el pecho y, con la lengua, llenaba su rostro de incesantes y húmedos halagos. Él la acariciaba también, y le decía ternezas con voz trémula. Al llegar a casa, Daniel, el Mochuelo, sacaba al corral una lata vieja con los restos de la comida y una herrada de agua y asistía, enternecido, al festín del animalito.

A Daniel, el Mochuelo, le preocupaba la razón por la que en el valle no había perdices. A él se le antojaba que de haber sido perdiz no hubiera salido del valle. Le entusiasmaría remontarse sobre la pradera y recrearse en la contemplación de los montes, los espesos bosques de castaños y eucaliptos, los pueblos pétreos y los blancos caseríos dispersos, desde la altura. Pero a las perdices no les agradaba eso, por lo visto, y anteponían a las demás satisfacciones la de poder comer, fácil y abundantemente.

Su padre le relataba que una vez, muchos años atrás, se le escapó una pareja de perdices a Andrés, el zapatero, y criaron en el monte. Meses después, los cazadores del valle acordaron darles una batida. Se reunieron treinta y dos escopetas y quince perros. No se olvidó un solo detalle. Partieron del pueblo de madrugada y hasta el atardecer no dieron con las perdices. Mas sólo restaba la hembra con tres pollos escuálidos y hambrientos. Se dejaron matar sin oponer resistencia. A la postre, disputaron los treinta y dos cazadores por la posesión de las cuatro piezas cobradas y terminaron a tiros entre los riscos. Casi hubo aquel día más víctimas entre los hombres que entre las perdices.

Cuando el Mochuelo contó esto a Germán, el Tiñoso, éste le dijo que lo de las perdices se le escaparon a su padre y criaron en la montaña era bien cierto, pero que todo lo demás era una inacabable serie de embustes.

Al recibir la carta del tío Aurelio le entró un nerviosismo a Daniel, el Mochuelo, imposible de acallar. No veía el momento de que el Gran Duque llegase[83] y poder salir con su padre a la caza de los milanos. Si tenía algún recelo, se lo procuraba el temor de que sus amigos, con la novedad, dejaran de llamarle Mochuelo y le apodaran, en lo sucesivo, Gran Duque. Un cambio de apodo le dolía tanto, a estas alturas, como podría dolerle un cambio de apellido. Pero el Gran Duque llegó y sus amigos, tan excitados como él mismo, no tuvieron tiempo ni para advertir que el impresionante pajarraco era un enorme mochuelo.

El quesero amarró al Gran Duque por una pata en un rincón de la cuadra y si alguien entraba a verle, el animal bufaba como si tratase de un gato encolerizado.

Diariamente comía más de dos kilos de recortes de carne y la madre de Daniel, el Mochuelo, apuntó tímidamente una noche que el Gran Duque gastaba en comer más que la vaca y que la vaca daba leche y el Gran Duque no daba nada. Como el quesero callase, su mujer preguntó si es que tenían al Gran Duque como huésped de lujo o si se esperaba de él un rendimiento. Daniel, el Mochuelo, tembló pensando que su padre iba a romper un plato o una encella de barro como siempre que se enfadaba.

---

83 *He could not wait for the moment when El Gran Duque would arrive.*

Pero esta vez el quesero se reprimió y se limitó a decir con gesto hosco:

—Espero de él un rendimiento.

Al asentarse el tiempo, su padre le dijo una noche, de repente, al Mochuelo:

—Prepárate. Mañana iremos a los milanos. Te llamaré con el alba.

Le entró un escalofrío por la espalda a Daniel, el Mochuelo. De improviso, y sin ningún motivo, su nariz percibía ya el aroma de tomillo que exhalaban los pantalones de caza del quesero, el seco olor a pólvora de los cartuchos disparados y que su padre recargaba con paciencia y parsimonia, una y otra vez, hasta que se inutilizaban totalmente. El niño presentía ya el duelo con los milanos, taimados y veloces, y, mentalmente, matizaba la proyectada excursión.

Con el alba salieron. Los helechos, a los bordes del sendero, brillaban de rocío y en la punta de las hierbas se formaban gotitas microscópicas que parecían de mercurio. Al iniciar la pendiente del Pico Rando, el sol asomaba tras la montaña y una bruma pesada y blanca se adhería ávidamente al fondo del valle. Visto, éste, desde la altura, semejaba un lago lleno de un líquido ingrávido y extraño.

Daniel, el Mochuelo, miraba a todas partes fascinado. En la espalda, encerrado en una jaula de madera, llevaba al Gran Duque, que bufaba rabioso si algún perro les ladraba en el camino.

Al salir de casa, Daniel dijo al quesero:

—¿Y a la Tula no la llevamos?

—La Tula no pinta nada hoy —dijo su padre.

Y el muchacho lamentó en el alma que la perra, que al ver la escopeta y oler las botas y los pantalones del quesero se había impacientado mucho, hubiera de quedarse en casa. Al trepar por la vertiente sur del Pico Rando y sentirse impregnado de la luminosidad del día y los aromas del campo, Daniel, el Mochuelo, volvió a acordarse de la perra. Después, se olvidó de la perra y de todo. No veía más que la cara acechante de su padre, agazapado entre unas peñas grises, y al Gran Duque agitarse y bufar cinco metros más allá, con la pata derecha encadenada. Él se hallaba oculto entre la maleza, frente por frente de su padre.

—No te muevas ni hagas ruido; los milanos saben latín —le advirtió el quesero.

Y él se acurrucó en su escondrijo, mientras se preguntaba si tendría alguna relación el que los milanos supieran latín, como decía su padre, con que vistiesen de marrón, un marrón duro y escueto, igual que las sotanas de los frailes. O a lo mejor su padre lo había dicho en broma; por decir algo.

Daniel, el Mochuelo, creyó entrever que su padre le señalaba el cielo con el dedo. Sin moverse miró a lo alto y divisó tres milanos describiendo pausados círculos concéntricos por encima de su cabeza. El Mochuelo experimentó una ansiedad desconocida. Observó, de nuevo, a su padre y le vio empalidecer y aprestar la escopeta con cuidado. El Gran Duque se había excitado más y bufaba. Daniel, el Mochuelo, se aplastó contra la tierra y contuvo el aliento al ver que los milanos descendían sobre ellos. Casi era capaz ya de distinguirles con todos sus pormenores. Uno de ellos era de un tamaño excepcional. Sintió el Mochuelo un picor intempestivo en una pierna, pero se abstuvo de rascarse para evitar todo ruido y movimiento.

De pronto, uno de los milanos se descolgó verticalmente del cielo y cruzó raudo, rasando la cabeza del Gran Duque. Inmediatamente se desplomaron los otros dos. El corazón de Daniel, el Mochuelo, latía desalado. Esperó el estampido del disparo, arrugando la cara, pero el estampido no se produjo. Miró a su padre, estupefacto.

Éste seguía al milano grande, que de nuevo se remontaba, por los puntos de la escopeta, pero no disparó tampoco ahora. Pensó Daniel, el Mochuelo, que a su padre le ocurría algo grave. Jamás vio él un milano tan próximo a un hombre y, sin embargo, su padre no hacía fuego.

Los milanos volvieron a la carga al poco rato. La excitación de Daniel aumentó. Pasó el primer milano, tan cerca, que el Mochuelo divisó su ojo brillante y redondo clavado fijamente en el Gran Duque, sus uñas rapaces y encorvadas. Cruzó el segundo. Semejaban una escuadrilla de aviones picando en cadena. Ahora descendía el grande, con las alas distendidas, destacándose en el cielo azul. Sin duda era éste el momento que aguardaba el quesero. Daniel observó a su padre. Seguía al ave por los puntos de la escopeta. El milano sobrevoló al Gran Duque sin aletear. En ese instante sonó el disparo, cuyas resonancias se multiplicaron en el valle. El pájaro dejó flotando en el aire una estela de plumas y sus enormes alas bracearon frenéticas, impotentes, en un desesperado esfuerzo por alejarse de la zona de peligro. Mas, entonces, el quesero disparó de nuevo y el milano se desplomó, graznando lúgubremente, en un revoloteo de plumas.

El grito de júbilo de su padre no encontró eco en Daniel, el Mochuelo. Éste se había llevado la mano a la mejilla al oír el segundo disparo. Simultáneamente con la detonación, sintió como si le atravesaran la carne con un alambre candente, como un latigazo instantáneo. Al retirar la mano vio que tenía sangre en ella. Se asustó un poco. Al momento comprendió que su padre le había pegado un tiro.

—Me has dado[84] —dijo tímidamente.

El quesero se detuvo en seco; su entusiasmo se enfrió instantáneamente. Al aproximarse a él casi lloraba de rabia.

—¿Ha sido mucho, hijo? ¿Ha sido mucho? —inquirió, excitado.

Por unos segundos, el quesero lo vio todo negro, el cielo, la tierra y todo negro. Sus ahorros concienzudos y su vida sórdida dejaron, por un instante, de tener dimensión y sentido. ¿Qué podía hacer él si había matado a su hijo, si su hijo ya no podía progresar? Mas, al acercarse, se disiparon sus oscuros presentimientos. Ya a su lado, soltó una áspera carcajada nerviosa y se puso a hacer cómicos aspavientos:

Ah, no es nada, no es nada —dijo—. Creí que era otra cosa. Un rebote. ¿Te duele, te duele? Ja, ja, ja. Es sólo un perdigón.

No le agradó a Daniel, el Mochuelo, este menosprecio de su herida. Pequeño o grande, aquello era un tiro. Y con la lengua notaba un bultito por dentro de la mejilla. Era el perdigón y el perdigón era de cuarta. Casi una bala, una bala pequeñita.

—Ahora me duele poco. Lo tengo como dormido. Antes sí me dolió —dijo.

Sangraba. La cabeza de su padre se desplazó nuevamente al milano abatido. Lo del chico no tenía importancia.

—Le viste caer, Daniel? ¿Viste el muy ladino cómo quiso rehacerse después del primer tiro? —preguntó.

Se contagió Daniel, el Mochuelo, del expansivo entusiasmo de su padre.

—Claro que le vi, padre. Ha caído ahí —dijo el Mochuelo.

Y corrieron los dos juntos, dando saltos, hacia el lugar señalado. El milano aún se retorcía en los postreros espasmos de la muerte. Y medía más de dos metros de envergadura.

De regreso a casa, Daniel, el Mochuelo, le dijo a su padre:

—Padre, ¿crees que me quedará señal?

Apenas le hizo caso el quesero:

—Nada, eso se cierra bien.

Daniel, el Mochuelo, casi tenía lágrimas en los ojos.

—Pero ... pero, ¿no me quedará nada de cicatriz?

—Por supuesto, eso no es nada —repitió, desganado, su padre.

---

84 *You shot me.* A boyhood experience provided the inspiration for this episode. In 'La herencia', *Mi vida al aire libre: memorias deportivas de un hombre sedentario*, Barcelona, 1989, Delibes describes how his father accidentally wounded him during a hunting expedition.

Daniel, el Mochuelo, tuvo que pensar en otra cosa para no ponerse a llorar. De pronto, el quesero le detuvo cogiéndole por el cuello:

—Oye, a tu madre ni una palabra, ¿entiendes? No hables de eso si quieres volver de caza conmigo, ¿de acuerdo?

Al Mochuelo le agradó ahora sentirse cómplice de su padre.

—De acuerdo —dijo.

Al día siguíente, el quesero marchó a la ciudad con el milano muerto y regresó por la tarde. Sin cambiarse de ropa agarró al Gran Duque, lo encerró en la jaula y se fue a La Cullera, una aldea próxima.

Por la noche, después de la cena, puso cinco billetes de cien sobre la mesa.

—Oye —dijo a su mujer—. Ahí tienes el rendimiento del Gran Duque. No era un huésped de lujo como verás. Cuatrocientas me ha dado el cura de La Cullera por él y cien en la ciudad la Junta contra Animales Dañinos por tumbar al milano.

La madre de Daniel no dijo nada. Su marido siempre había sido obstinado y terco para defender su postura. Y él no lo ocultaba tampoco: «Desde el día de mi boda, siempre me ha gustado quedar encima de mi mujer».

Y luego se reía, se reía con gruesas carcajadas, él sabría por qué.[85]

---

85 *heaven knows why.*

XIII

Hay cosas que la voluntad humana no es capaz de controlar. Daniel, el Mochuelo, acababa de averiguar esto. Hasta entonces creyó que el hombre puede elegir libremente entre lo que quiere y lo que no quiere; incluso él mismo podía ir, si éste era su deseo, al dentista que actuaba en la galería de Quino, el Manco, los jueves por la mañana, mediante un módico alquiler, y sacarse el diente que le estorbase. Había algunos hombres, como Lucas, el Mutilado, que hasta les cercenaban un miembro si ese miembro llegaba a ser para ellos un estorbo. Es decir, que hasta la tarde aquella que saltaron la tapia del Indiano para robarle las manzanas y les sorprendió la Mica, Daniel, el Mochuelo, creyó que los hombres podían desentenderse a su antojo de cuanto supusiese para ellos una rémora, lo mismo en lo relativo al cuerpo que en lo concerniente al espíritu.

Pero nada más abandonar la finca del Indiano con una manzana en cada mano y las orejas gachas, Daniel, el Mochuelo, comprendió que la voluntad del hombre no lo es todo en la vida. Existían cosas que se le imponen al hombre, y lo sojuzgan, y lo someten a su imperio con cruel despotismo. Tal —ahora se daba cuenta— la deslumbradora belleza de la Mica. Tal, el escepticismo de Pancho, el Sindiós. Tal, el encendido fervor de don José, el cura, que era un gran santo. Tal, en fin, la antipatía sorda de la Sara hacia su hermano Roque, el Moñigo.

Desde el frustrado robo de las manzanas, Daniel, el Mochuelo, comprendió que la Mica era muy hermosa, pero, además, que la hermosura de la Mica había encendido en su pecho una viva llama desconocida. Una llama que le abrasaba materialmente el rostro cuando alguien mentaba a la Mica en su presencia. Eso constituía, en él, algo insólito, algo que rompía el hasta ahora despreocupado e independiente curso de su vida.

Daniel, el Mochuelo, aceptó este fenómeno con la resignación con que se aceptan las cosas ineluctables. Él no podía evitar acordarse de la Mica todas las noches al acostarse, o los domingos y días festivos si comía boruga. Esto le llevó a deducir que la Mica significaría para el feliz mortal que la conquistase un muy dulce remanso de paz.

Al principio, Daniel, el Mochuelo, intentó zafarse de esta presión interior que enervaba su insobornable autonomía, pero acabó admitiendo el constante pensamiento de la Mica como algo consustancial a él mismo, algo que formaba parte muy íntima de su ser.

Si la Mica se ausentaba del pueblo, el valle se ensombrecía a los ojos de Daniel, el Mochuelo, y parecía que el cielo y la tierra se tornasen yermos, amedrentadores y grises. Pero cuando ella regresaba, todo tomaba otro aspecto y otro color, se hacían más dulces y cadenciosos los mugidos de las vacas, más incitante el verde de los prados y hasta el canto de los mirlos adquiría, entre los bardales, una sonoridad más matizada y cristalina. Acontecía, entonces, como un portentoso renacimiento del valle, una acentuación exhaustiva de sus posibilidades, aromas, tonalidades y rumores peculiares. En una palabra, como si para el valle no hubiera ya en el mundo otro sol que los ojos de la Mica y otra brisa que el viento de sus palabras.

Daniel, el Mochuelo, guardaba su ferviente admiración por la Mica como el único secreto no compartido. No obstante, algo en sus ojos, quizás en su voz, revelaba una excitación interior muy difícil de acallar.

También sus amigos admiraban a la Mica. La admiraban en su belleza, lo mismo que admiraban al herrero en su vigor físico, o a don José, el cura, que era un gran santo, en su piedad, o a Quino, el Manco —antes de enterarse el Moñigo de que había llorado a la muerte de su mujer— en su muñón. La admiraban, sí, pero como se admira a las cosas bonitas o poderosas que luego no dejan huella. Sentían, sin duda, en su presencia, a la manera de una nueva emoción estética que inmediatamente se disipaba ante un tordo abatido con el tirachinas o un regletazo de don Moisés, el maestro. Su arrobo no perduraba; era efímero y decadente como una explosión.

En ello advirtió Daniel, el Mochuelo, que su estado de ánimo ante la Mica era una cosa especial, diferente del estado de ánimo de sus amigos. Y si no, ¿por qué Roque, el Moñigo, o Germán, el Tiñoso, no adelgazaban tres kilos si la Mica marchaba a América, o un par de ellos si sólo se desplazaba a la ciudad, o engordaban lo perdido y un kilo más cuando la Mica retornaba al valle por una larga temporada? Ahí estaba la demostración de que sus sentimientos hacia la Mica eran singulares, muy distintos de los que embargaban a sus compañeros. Aunque al hablar de ella se hicieran cruces, o Roque, el Moñigo, cerrase los ojos y emitiese un breve y agudo silbido, como veía hacer a su padre ante una moza bien puesta. Esto era pura ostentación, estridencias superficiales y no, en modo alguno, un ininterrumpido y violento movimiento de fondo.

Una tarde, en el prado de la Encina, hablaron de la Mica. Salió la conversación a propósito del muerto que según la gente había enterrado desde la guerra en medio del prado, bajo el añoso árbol.

—Será ya ceniza —dijo el Tiñoso—. No quedarán ni los huesos. ¿Creéis que cuando se muera la Mica olerá mal, como los demás, y se deshará en polvo?

Experimentó el Mochuelo un latigazo de sangre en la cara.

—No puede ser —saltó, ofendido, como si hubieran afrentado a su madre—. La Mica no puede oler nunca mal. Ni cuando se muera.

El Moñigo soltó al aire una risita seca.

—Éste es lila —dijo—. La Mica cuando se muera olerá a demonios como todo hijo de vecino.

Daniel, el Mochuelo, no se entregó.

—La Mica puede morir en olor de santidad; es muy buena —añadió.

—¿Y qué es eso? —rezongó Roque.

—El olor de los santos.

Roque, el Moñigo, se sulfuró:

—Eso es un decir. No creas que los santos huelen a colonia. Para Dios, sí, pero para los que olemos con las narices, no. Mira don José. Creo que no puede haber hombre más santo, ¿eh? ¿Y no le apesta la boca? Don José será todo lo santo que quieras, pero cuando se muera olerá mal, como la Mica, como tú, como yo y como todo el mundo.

Germán, el Tiñoso, desvió la conversación. Hacía tan sólo dos semanas del asalto a la finca del Indiano. Entornó los ojos para hablar. Le costaba grandes esfuerzos expresarse. Su padre, el zapatero, aseguraba que se le escapaban las ideas por las calvas.

—¿Os fijasteis ... os fijasteis —preguntó de pronto— en la piel de la Mica? Parece como que la tiene de seda.

—Eso se llama cutis ... tener cutis —aclaró Roque, el Moñigo, y añadió—: De todo el pueblo es la Mica la única que tiene cutis.

Daniel, el Mochuelo, experimentó un gran gozo al saber que la Mica era la única persona del pueblo que tenía cutis.

—Tiene la piel como una manzana con lustre —aventuró tímidamente.

Roque, el Moñigo, siguió con lo suyo:[86]

—La Josefa, la que se suicidó por el Manco, era gorda, pero por lo que dicen mi padre y la Sara también tenía cutis. En las capitales hay muchas mujeres que lo tienen. En los pueblos, no, porque el sol les quema el pellejo o el agua se lo arruga.

86 *pursued his own train of thought.*

Germán, el Tiñoso, sabía algo de eso, porque tenía un hermano en la ciudad y algunos años venía por las Navidades y le contaba muchísimas cosas de allá.

—No es por eso —atajó, con aire de suficiencia absoluta—. Yo sé por lo que es. Las señoritillas se dan cremas y potingues por las noches, que borran las arrugas.

Le miraron los otros dos, embobados.

—Y aún sé más. —Se suavizó la voz y Roque y Daniel se aproximaron a él invitados por su misterioso aire de confidencia. —¿Sabéis por qué a la Mica no se le arruga el pellejo y lo conserva suave y fresco como si fuera una niña?

—dijo.

Las dos interrogaciones se confundieron en una sola voz:

—¿Porqué?

—Pues porque se pone una lavativa todas las noches, al acostarse. Eso hacen todas las del cine. Lo dice mi padre, y don Ricardo ha dicho a mi padre que eso puede ser verdad, porque la vejez sale del vientre. Y la cara se arruga por tener sucio el intestino.

Para Daniel, el Mochuelo, fue esta manifestación un rudo golpe. En su mente se confundían la Mica y la lavativa en una irritante promiscuidad. Eran dos polos opuestos e irreconciliables. Pero, de improviso, recordaba lo que decía a veces don Moisés, el maestro, de que los extremos se tocan y sentía una desfondada depresión, como si algo se le fuese del cuerpo a chorros. La afirmación del Tiñoso era, pues, concienzuda, enteramente posible y verosímil. Mas cuando dos días después volvió a ver a la Mica, se desvanecieron sus bajos recelos y comprendió que don Ricardo y el zapatero y Germán, el Tiñoso, y todo el pueblo decían lo de la lavativa, porque ni sus madres, ni sus mujeres, ni sus hermanas, ni sus hijas tenían cutis y la Mica sí que lo tenía.

La sombra de la Mica acompañaba a Daniel, el Mochuelo, en todos sus quehaceres y devaneos. La idea de la muchacha se encajonó en su cerebro como una obsesión. Entonces no reparaba en que la chica le llevaba diez años y sólo le preocupaba el hecho de que cada uno perteneciera a una diferente casta social. No se reprochaba más que el que él hubiera nacido pobre y ella rica y que su padre, el quesero, no se largase, en su día, a las Américas, con Gerardo, el hijo menor de la señora Micaela. En tal caso, podría él disponer, a estas alturas, de dos restaurantes de lujo, un establecimiento de receptores de radio y tres barcos de cabotaje o siquiera, siquiera, de un comercio de aparatos eléctricos como el que poseían en la ciudad los «Ecos del Indiano». Con el comercio de aparatos eléctricos sólo le separarían de la Mica los dos restaurantes de lujo y los tres barcos de cabotaje. Ahora, a más de los restaurantes de lujo y los barcos de cabotaje, había por medio un establecimiento de receptores de radio que tampoco era moco de pavo.

Sin embargo, a pesar de la admiración y el arrobo de Daniel, el Mochuelo, pasaron años antes de poder cambiar la palabra con la Mica, aparte de la amable reprimenda del día de las manzanas. Daniel, el Mochuelo, se conformaba con despedirla y darle la bienvenida con una mirada triste o radiante, según las circunstancias. Eso sólo, hasta que una mañana de verano le llevó hasta la iglesia en su coche, aquel coche negro y alargado y reluciente que casi no metía ruido al andar. Por entonces, el Mochuelo había cumplido ya los diez años y sólo le restaba uno para marcharse al colegio a empezar a progresar. La Mica ya tenía diecinueve para veinte y los tres años transcurridos desde la noche de las manzanas, no sólo no lastimaron su piel, ni su rostro, ni su cuerpo, sino, al contrario, sirvieron para que su piel, su cuerpo y su rostro entrasen en una fase de mayor armonía y plenitud.

Él subía la varga agobiado por el sol de agosto, mientras flotaban en la mañana del valle los tañidos apresurados del último toque de la misa. Aún le restaba casi un kilómetro, y Daniel, el Mochuelo, desesperaba de alcanzar a don José antes de que éste comenzase el Evangelio. De repente, oyó a su lado el claxon del coche negro de la Mica y volvió la cabeza asustado y se topó, de buenas a primeras, con la franca e inesperada sonrisa de la muchacha. Daniel, el Mochuelo, se sintió envarado, preguntándose si la Mica recordaría el frustrado hurto de las manzanas. Pero ella no aludió al enojoso episodio.

—Pequeño —dijo—. ¿Vas a misa?

Se le atarantó la lengua al Mochuelo y no acertó a responder más que con un movimiento de cabeza. Ella misma abrió la portezuela y le invitó:

—Es tarde y hace calor. ¿Quieres subir?

Cuando reparó en sus movimientos, Daniel, el Mochuelo, ya estaba acomodado junto a la Mica, viendo desfilar aceleradamente los árboles tras los cristales del coche. Notaba él la vecindad de la muchacha en el flujo de la sangre, en la tensión incómoda de los nervios. Era todo como un sueño, doloroso y punzante en su misma saciedad. «Dios mío —pensaba el Mochuelo—, esto es más de lo que yo había imaginado», y se puso rígido y como acartonado e insensible cuando ella le acarició con su fina mano el cogote y le preguntó suavemente:

—¿Tú de quién eres?

Tartamudeó el Mochuelo, en un forcejeo desmedido con los nervios:

—De... del quesero.

—¿De Salvador?

Bajó la cabeza, asintiendo. Intuyó que ella sonreía. El fino contacto de su piel en la nuca le hizo sospechar que la Mica tenía también cutis en las palmas de las manos.

Se divisaba ya el campanario de la iglesia entre la fronda.

—¿Querrás subirme un par de quesos de nata luego, a la tarde? —dijo la Mica.

Daniel, el Mochuelo, tornó a asentir mecánicamente con la cabeza, incapaz de articular palabra. Durante la misa no supo de qué lado le daba el aire[87] y por dos veces se santiguó extemporáneamente, mientras Ángel, el cabo de la Guardia Civil, se reía convulsivamente a su lado, cubriéndose el rostro con el tricornio, de su desorientación.

Al anochecer se puso el traje nuevo, se peinó con cuidado, se lavó las rodillas y se marchó a casa del Indiano a llevar los quesos. Daniel, el Mochuelo, se maravilló ante el lujo inusitado de la vivienda de la Mica. Todos los muebles brillaban y su superficie era lisa y suave, como si también ellos tuvieran cutis.

Al aparecer la Mica, el Mochuelo perdió el poco aplomo almacenado durante el camino. La Mica, mientras observaba y pagaba los quesos, le hizo muchas preguntas. Desde luego era una muchacha sencilla y simpática y no se acordaba en absoluto del desagradable episodio de las manzanas.

—¿Cómo te llamas? —dijo.

—Da... Daniel.

—¿Vas a la escuela?

—Ssssí.

—¿Tienes amigos?

—Sí.

—¿Cómo se llaman tus amigos?

—El Mo... Moñigo y el Ti... Tiñoso.

Ella hizo un mohín de desagrado.

—¡Uf, qué nombres tan feos! ¿Por qué llamas a tus amigos por unos nombres tan feos? —dijo.

Daniel, el Mochuelo, se azoró. Comprendía ahora que había contestado estúpidamente, sin reflexionar. A ella debió decirle que sus amigos se

87 *was at sixes and sevens.*

115

llamaban Roquito y Germanín.[88] La Mica era una muchacha muy fina y delicada y con aquellos vocablos había herido su sensibilidad. En lo hondo de su ser lamentó su ligereza. Fue en ese momento, ante el sonriente y atractivo rostro de la Mica, cuando se dio cuenta de que le agradaba la idea de marchar al colegio y progresar. Estudiaría denodadamente y quizá ganase luego mucho dinero. Entonces la Mica y él estarían ya en un mismo plano social y podrían casarse y, a lo mejor, la Uca-uca, al saberlo, se tiraría desnuda al río desde el puente, como la Josefa el día de la boda de Quino. ⸻
Era agradable y estimulante pensar en la ciudad y pensar que algún día podría ser él un honorable caballero y pensar que, con ello, la Mica perdía su inasequibilidad y se colocaba al alcance de su mano. Dejaría, entonces, de decir motes y palabras feas y de agredirse con sus amigos con boñigas resecas y hasta olería a perfumes caros en lugar de a requesón. La Mica, en tal caso, cesaría de tratarle como a un rapaz maleducado y pueblerino.

Cuando abandonó la casa del Indiano era ya de noche. Daniel, el Mochuelo, pensó que era grato pensar en la oscuridad. Casi se asustó al sentir la presión de unos dedos en la carne de su brazo. Era la Uca-uca.

—¿Por qué has tardado tanto en dejarle los quesos a la Mica, Mochuelo? —inquirió la niña.

Le dolió que la Uca-uca vulnerase con este desparpajo su intimidad, que no le dejase tranquilo ni para madurar y reflexionar sobre su porvenir.

Adoptó un gracioso aire de superioridad.

—¿Vas a dejarme en paz de una vez, mocosa?

Andaba de prisa y la Mariuca-uca casi corría, a su lado, bajando la varga.

—¿Por qué te pusiste el traje nuevo para subirle los quesos, Mochuelo? Di —insistió ella.

Él se detuvo en medio de la carretera, exasperado. Dudó, por un momento, si abofetear a la niña.

—A ti no te importa nada de lo mío, ¿entiendes? —dijo, finalmente.

Le tembló la voz a la Uca-uca al indagar:

—¿Es que te gusta más la Mica que yo?

El Mochuelo soltó una carcajada. Se aproximó mucho a la niña para gritarle:

—¡Óyeme! La Mica es la chica más guapa del valle y tiene cutis y tú eres fea como un coco de luz y tienes la cara llena de pecas. ¿No ves la diferencia?

Reanudó la marcha hacia su casa. La Mariuca-uca ya no le seguía. Se había sentado en la cuneta derecha del camino y, ocultando la pecosa carita entre las manos, lloraba con un hipo atroz.

88 Prettifying diminutives of his friends' names.

XIV

Podían decir lo que quisieran; eso no se lo impediría nadie. Pero lo que decían de ellos no se ajustaba a la verdad. Ni Roque, el Moñigo, tenía toda la culpa, ni ellos hacían otra cosa que procurar pasar el tiempo de la mejor manera posible. Que a la Guindilla mayor, al quesero, o a don Moisés, el maestro, no les agradase la forma que ellos tenían de pasar el tiempo era una cosa muy distinta. Mas ¿quién puede asegurar que ello no fuese una rareza de la Guindilla, el quesero y el Peón y no una perversidad diabólica por su parte?

La gente en seguida arremete contra los niños, aunque muchas veces el enojo de los hombres proviene de su natural irritable y suspicaz y no de las travesuras de aquéllos. Ahí estaba Paco, el herrero. Él les comprendía porque tenía salud y buen estómago, y si el Peón no hacía lo mismo era por sus ácidos y por su rostro y su hígado retorcidos. Y su mismo padre, el quesero, porque el afán ávido de ahorrar le impedía ver las cosas en el aspecto optimista y risueño que generalmente ofrecen. Y la Guindilla mayor, porque, a fin de cuentas, ella era la dueña del gato y le quería como si fuese una consecuencia irracional de su vientre seco. Mas tampoco ellas eran culpables de que la Guindilla mayor sintiera aquel afecto entrañable y desordenado por el animal, ni de que el gato saltara al escaparate en cuanto el sol, aprovechando cualquier descuido de las nubes, asomaba al valle su rostro congestionado y rubicundo. De esto no tenía la culpa nadie, ésa es la verdad. Pero Daniel, el Mochuelo, intuía que los niños tienen ineluctablemente la culpa de todas aquellas cosas de las que no tiene la culpa nadie.

Lo del gato tampoco fue una hazaña del otro jueves. Si el gato hubiera sido de Antonio, el Buche, o de las mismas Lepóridas, no hubiera ocurrido nada. Pero Lola, la Guindilla mayor, era una escandalosa y su amor por el gato una inclinación evidentemente enfermiza y anormal. Porque, vamos a ver, si la trastada hubiese sido grave o ligeramente pecaminosa, ¿se hubiera reído don José, el cura, con las ganas que se rió[89] cuando se lo contaron?

---

89 *would Don José, the priest, have laughed as heartily as he did ...?*

Seguramente, no. Además, ¡qué diablo!, el bicho se lo buscaba por salir al escaparate a tomar el sol. Claro que esta costumbre, por otra parte, representaba para Daniel, el Mochuelo, y sus amigos, una estimable ventaja económica. Si deseaban un real de galletas tostadas, en la tienda de las Guindillas, la mayor decía:

—¿De las de la caja o de las que ha tocado el gato?

—De las que ha tocado el gato —respondían ellos, invariablemente.

Las que «había tocado el gato» eran las muestras del escaparate y, de éstas, la Guindilla mayor daba cuatro por un real, y dos, por el mismo precio, de las de la caja. A ellos no les importaba mucho que las galletas estuvieran tocadas por el gato. En ocasiones estaban algo más que tocadas por el gato, pero tampoco en esos casos les importaba demasiado. Siempre, en cualesquiera condiciones, serían preferibles cuatro galletas que dos.

En lo concerniente a la lupa, fue Germán, el Tiñoso, quien la llevó a la escuela una mañana de primavera. Su padre la guardaba en el taller para examinar el calzado, pero Andrés, «el hombre que de perfil no se le ve», apenas la utilizaba porque tenía buena vista. La hubiera usado si las lupas poseyeran la virtud de levantar un poco las sayas de las mujeres, pero lo que él decía: «Para ver las pantorrillas más gordas y accidentadas de lo que realmente son, no vale la pena emplear artefactos».

Con la lupa de Germán, el Tiñoso, hicieron aquella mañana toda clase de experiencias. Roque, el Moñigo, y Daniel, el Mochuelo, encendieron, concentrando con ella los rayos de sol, dos defectuosos pitillos de follaje de patata. Después se analizaron minuciosamente las cicatrices que, agrandadas por el grueso del cristal, asumían una topografía irregular y monstruosa. Luego, se miraron los ojos, la lengua y las orejas y, por último, se cansaron de la lupa y de las extrañas imágenes que ella provocaba.

Fue al cruzar el pueblo hacia sus casas, de regreso de la escuela, que vieron el gato de las Guindillas, enroscado sobre el plato de galletas, en un extremo de la vitrina. El animal ronroneaba voluptuoso, con su negra y peluda panza expuesta al sol, disfrutando de las delicias de una cálida temperatura. Al aproximarse ellos, abrió, desconfiado, un redondo y terrible ojo verde, pero al constatar la protección de la luna del escaparate, volvió a cerrarlo y permaneció inmóvil, dulcemente transpuesto.

Nadie es capaz de señalar el lugar del cerebro donde se generan las grandes ideas. Ni Daniel, el Mochuelo, podría decir, sin mentir, en qué recóndito pliegue nació la ocurrencia de interponer la lupa entre el sol y la negra panza del animal. La idea surgió de él espontánea y como naturalmente. Algo así a como fluye el agua de un manantial. Lo cierto es que durante unos segundos los rayos de sol convergieron en el cuerpo del gato formando sobre su negro pelaje un lunar brillante. Los tres amigos observaban expectantes el proceso físico. Vieron cómo los pelos más superficiales chisporroteaban sin que el bicho modificara su postura soñolienta y voluptuosa. El lunar de fuego permanecía inmóvil sobre su oscura panza. De repente brotó de allí una tenue hebra de humo y el gato de las Guindillas dio, simultáneamente, un acrobático salto acompañado de rabiosos maullidos:

—¡¡Marramiauuuu!! ¡¡Miauuuuuuuu!!

Los maullidos agudos y lastimeros se diluían, poco a poco, en el fondo del establecimiento.

Sin acuerdo previo, los tres amigos echaron a correr. Pero la Guindilla fue más rápida que ellos y su rostro descompuesto asomó a la puerta antes de que los tres rapaces se perdieran varga abajo. La Guindilla blandía el puño en el aire y lloraba de rabia e impotencia:

¡Golfos! ¡Sinvergüenzas! ¡Vosotros teníais que ser! ¡Me habéis abrasado el gato! ¡Pero ya os daré yo![90] ¡Os vais a acordar de esto!

Y, efectivamente, se acordaron, ya que fue más leonino lo que don Moisés, el Peón, hizo con ellos que lo que ellos habían hecho con el gato. Así y todo, en ellos se detuvo la cadena de escarmientos. Y Daniel, el Mochuelo, se preguntaba: «¿Por qué si quemamos un poco a un gato nos dan a nosotros una docena de regletazos en cada mano, y nos tienen todo un día sosteniendo con el brazo levantado el grueso tomo de la Historia Sagrada, con más de cien grabados a todo color, y al que a nosotros nos somete a esta caprichosa tortura no hay nadie que le imponga una sanción, consecuentemente más dura, y así, de sanción en sanción, no nos plantamos en la pena de muerte?». Pero, no. Aunque el razonamiento no era desatinado, el castigo se acababa en ellos. Este era el orden pedagógico establecido y había que acatarlo con sumisión. Era la caprichosa, ilógica y desigual justicia de los hombres.

Daniel, el Mochuelo, pensaba, mientras pasaban lentos los minutos y le dolían las rodillas y le temblaba y sentía punzadas nerviosas en el brazo levantado con la Historia Sagrada en la punta, que el único negocio en la vida era dejar cuanto antes de ser niño y transformarse en un hombre. Entonces se podía quemar tranquilamente a un gato con una lupa sin que se conmovieran los cimientos sociales del pueblo y sin que don Moisés, el maestro, abusara impunemente de sus atribuciones.

90 *But I'll get you for this!*

¿Y lo del túnel? Porque todavía en lo de la lupa hubo una víctima inocente: el gato; pero en lo del túnel no hubo víctimas y de haberlas habido,[91] hubieran sido ellos y encima vengan regletazos en la palma de la mano y vengan horas de rodillas, con el brazo levantado con la Historia Sagrada sobrepasando siempre el nivel de la cabeza. Esto era inhumano, un evidente abuso de autoridad, ya que, en resumidas cuentas, ¿no hubiera descansado don Moisés, el Peón, si el rápido se los lleva a los tres aquella tarde por delante? Y, si era así, ¿por qué se les castigaba? ¿Tal vez porque el rápido no se les llevó por delante? Aviados estaban entonces; la disyuntiva era ardua: o morir triturados entre los ejes de un tren o tres días de rodillas con la Historia Sagrada y sus más de cien grabados a todo color, izada por encima de la cabeza.

Tampoco Roque, el Moñigo, acertaría a explicarse en qué región de su cerebro se generó la idea estrambótica de esperar al rápido dentro del túnel con los calzones bajados. Otras veces habían aguantado en el túnel el paso del mixto o del tranvía interprovincial. Mas estos trenes discurrían cachazudamente y su paso, en la oscuridad del agujero, apenas si les producía ya emoción alguna. Era preciso renovarse. Y Roque, el Moñigo, les exigió este nuevo experimento: aguardar al rápido dentro del túnel y hacer los tres, simultáneamente, de vientre, al paso del tren.

Daniel, el Mochuelo, antes de aceptar, apuntó algunos sensatos inconvenientes.

—¿Y el que no tenga ganas? —dijo.[92]

El Moñigo arguyó, contundente:

—Las sentirá en cuanto oiga acercarse la máquina.

El detalle que descuidaron fue el depósito de los calzones. De haber atado este cabo, nada se hubiera descubierto. Como no hubiera pasado nada tampoco si el día que el Tiñoso llevó la lupa a la escuela no hubiera habido sol. Pero existen, flotando constantemente en el aire, unos entes diabólicos que gozan enredando los actos inocentes de los niños, complicándoles las situaciones más normales y simples.

¿Quién pensaba, en ese momento, en la suerte de los calzones estando en juego la propia suerte? ¿Se preocupa el torero del capote cuando tiene las astas a dos cuartas de sus ingles? Y aunque al torero le rasgue el toro el capote no le regaña su madre, ni le aguarda un maestro furibundo que le dé dos docenas de regletazos y le ponga de rodillas con la Historia Sagrada

91 *if there had been any.*
92 *And what if we don't need to* (i.e. defecate)*?*

levantada por encima de la cabeza. Y, además, al torero le dan bastante dinero. Ellos arriesgaban sin esperar una recompensa ni un aplauso, ni la chimenea ni una rueda del tren tan siquiera.[93] Trataban únicamente de autoconvencerse de su propio valor. ¿Merece esta prueba un suplicio tan refinado?

El rápido entró en el túnel silbando, bufando, echando chiribitas, haciendo trepidar los montes y las piedras. Los tres rapaces estaban pálidos, en cuclillas, con los traseritos desnudos a medio metro de la vía. Daniel, el Mochuelo, sintió que el mundo se dislocaba bajo sus plantas, se desintegraba sin remedio y, mentalmente, se santiguó. La locomotora pasó bufando a su lado y una vaharada cálida de vapor le lamió el trasero. Retemblaron las paredes del túnel, que se llenó de unas resonancias férreas estruendosas. Por encima del fragor del hierro y la velocidad encajonada, llegó a su oído la advertencia del Moñigo, a su lado:

—¡Agarraos a las rodillas!

Y se agarró ávidamente, porque lo ordenaba el jefe y porque la atracción del convoy era punto menos que irresistible. Se agarró a las rodillas, cerró los ojos y contrajo el vientre. Fue feliz al constatar que había cumplido ce por be lo que Roque les había exigido.[94]

Se oyeron las risas sofocadas de los tres amigos al concluir de desfilar el tren. El Tiñoso se irguió y comenzó a toser ahíto de humo. Luego tosió el Mochuelo y, el último, el Moñigo. Jamás el Moñigo rompía a toser el primero, aunque tuviese ganas de hacerlo. Sobre estos extremos existía siempre una competencia inexpresada.

Se reían aún cuando Roque, el Moñigo, dio la voz de alarma.

—No están aquí los pantalones — dijo.

Cedieron las risas instantáneamente.

—Ahí tenían que estar —corroboró el Mochuelo, tanteando en la oscuridad.

El Tiñoso dijo:

—Tened cuidado, no piséis ...

El Moñigo se olvidó, por un momento, de los pantalones.

—¿Lo habéis hecho? —inquirió.

Se fundieron en la tenebrosa oscuridad del túnel las afirmaciones satisfechas del Mochuelo y el Tiñoso.

—¡Sí!

93 Before its carcass is removed from the arena, an audience may request that a bull's ears, and sometimes its tail, be removed and awarded to the bullfighter as a trophy.
94 *he had complied in every detail with what Moñigo had demanded of them.*

121

—También yo —confesó Roque, el Moñigo; y rió en torno al comprobar la rara unanimidad de sus vísceras.

Los pantalones seguían sin aparecer. Tanteando llegaron a la boca del túnel. Tenían los traseros salpicados de carbonilla y el temor por haber extraviado los calzones plasmaba en sus rostros una graciosa expresión de estupor. Ninguno se atrevió a reír, sin embargo. El presentimiento de unos padres y un maestro airados e implacables no dejaba mucho lugar al alborozo.

De improviso divisaron, cuatro metros por delante, en medio del senderillo que flanqueaba la vía, un pingajo informe y negruzco. Lo recogió Roque, el Moñigo, y los tres lo examinaron con detenimiento. Sólo Daniel, el Mochuelo, osó, al fin, hablar:

—Es un trozo de mis pantalones — balbuceó con un hilo de voz.

El resto de la ropa fue apareciendo, disgregada en minúsculos fragmentos, a lo largo del sendero. La onda de la velocidad había arrebatado las prendas, que el tren deshizo entre sus hierros como una fiera enfurecida.

De no ser por este inesperado contratiempo nadie se hubiera enterado de la aventura. Pero esos entes siniestros que constantemente flotan en el aire, les enredaron el asunto una vez más. Claro que, ni aun sopesando la diablura en toda su dimensión, se justificaba el castigo que les impuso don Moisés, el maestro. El Peón siempre se excedía, indefectiblemente. Además, el castigar a los alumnos parecía procurarle un indefinible goce o, por lo menos, la comisura derecha de su boca se distendía, en esos casos, hasta casi morder la negra patilla de bandolero.

¿Que habían escandalizado entrando en el pueblo sin calzones? ¡Claro! Pero, ¿qué otra cosa cabía hacer en un caso semejante? ¿Debe extremarse el pudor hasta el punto de no regresar al pueblo por el hecho de haber perdido los calzones? Resultaba tremendo para Daniel, el Mochuelo; Roque, el Moñigo, y Germán, el Tiñoso, tener que decidir siempre entre unas disyuntivas tan penosas. Y era aún más mortificante la exacerbación que producían en don Moisés, el maestro, sus cosas, unas cosas que ni de cerca, ni de lejos, le atañían.

XV

Don Moisés, el maestro, decía a menudo que él necesitaba una mujer más que un cocido. Pero llevaba diez años en el pueblo diciéndolo y aún seguía sin la mujer que necesitaba. Las Guindillas, las Lepóridas y don José, el cura, que era un gran santo, reconocían que el Peón necesitaba una mujer. Sobre todo por dignidad profesional. Un maestro no puede presentarse en la escuela de cualquier manera; no es lo mismo que un quesero o un herrero, por ejemplo. El cargo exige. Claro que lo primero que exige el cargo es una remuneración suficiente, y don Moisés, el Peón, carecía de ella. Así es que tampoco tenía nada de particular que don Moisés, el Peón, se embutiese cada día en el mismo traje con que llegó al pueblo, todo tazado y remendado, diez años atrás, e incluso que no gastase ropa interior. La ropa interior costaba un ojo de la cara y el maestro precisaba los dos ojos de la cara para desempeñar su labor.

Camila, la Lepórida, se portó mal con él; eso desde luego; don Moisés, el maestro, anduvo enamoriscado de ella una temporada y ella le dio calabazas, porque decía que era rostritorcido y tenía la boca descentrada. Esto era una tontería, y Paco, el herrero, llevaba razón al afirmar que eso no constituía inconveniente grave, ya que la Lepórida, si se casaba con él, podría centrarle la boca y enderezarle la cara a fuerza de besos. Pero Camila, la Lepórida, no andaba por la labor y se obstinó en que para besar la boca del maestro habría de besarla en la oreja y esto le resultaba desagradable. Paco, el herrero, no dijo que sí ni que no, pero pensó que siempre sería menos desagradable besar la oreja de un hombre que besar los hocicos de una liebre. Así que la cosa se disolvió en agua de borrajas. Camila, la Lepórida, continuó colgada del teléfono y don Moisés, el maestro, acudiendo diariamente a la escuela sin ropa interior, con la vuelta de los puños tazada y los codos agujereados.

El día que Roque, el Moñigo, expuso a Daniel, el Mochuelo, y Germán, el Tiñoso, sus proyectos fue un día soleado de vacación, en tanto Pascual, el del molino, y Antonio, el Buche, disputaban una partida en el corro de bolos.

—Oye, Mochuelo —dijo de pronto—; ¿por qué no se casa la Sara con el Peón?

Por un momento, Daniel, el Mochuelo, vio los cielos abiertos. ¿Cómo siendo aquello tan sencillo y pertinente no se le ocurrió antes a él?

—¡Claro! —replicó—. ¿Por qué no se casan?

—Digo —agregó a media voz el Moñigo—, que para casarse dos basta con que se entiendan en alguna cosa. La Sara y el Peón se parecen en que ninguno de los dos me puede ver a mí ni en pintura.

A Daniel, el Mochuelo, iba pareciéndole el Moñigo un ser inteligente. No veía manera de cambiar de exclamación, tan perfecto y sugestivo le parecía todo aquello.

—¡Claro! —dijo.

Prosiguió el Moñigo:

—Figúrate lo que sería vivir yo en mi casa con mi padre, los dos solos, sin la Sara. Y en la escuela, don Moisés siempre me tendría alguna consideración por el hecho de ser hermano de su mujer e incluso a vosotros por ser los mejores amigos del hermano de su mujer. Creo que me explico, ¿no?

De la contumacia del Mochuelo se infería su desbordado entusiasmo.

—¡Claro! —volvió a decir.

—¡Claro! —adujo el Tiñoso, contagiado.

El Moñigo movió la cabeza dubitativamente:

—El caso es que ellos se quieran casar —dijo.

—¿Por qué no van a querer? —afirmó el Mochuelo—. El Peón hace diez años que necesita una mujer y a la Sara no la disgustaría que un hombre le dijese cuatro cosas. Tu hermana no es guapa.

—Es fea como un diablo, ya lo sé; pero también es fea la Lepórida.

—¿Es escrupulosa la Sara? —dijo el Tiñoso.

—Qué va; si le cae una mosca en la leche se ríe y le dice: «Prepárate, que vas de viaje», y se la bebe con la leche como si nada. Luego se ríe otra vez —dijo Roque, el Moñigo.

—¿Entonces? —dijo el Tiñoso.

—La mosca ya no vuelve a darle guerra; es cosa de un momento. Casarse es diferente —dijo el Moñigo.

Los tres permanecieron un rato silenciosos. Al cabo, Daniel, el Mochuelo, dijo:

—¿Por qué no hacemos que se vean?

—¿Cómo? —inquirió el Moñigo.

El Mochuelo se levantó de un salto y se palmeó el polvo de las posaderas:

—Ven, ya verás.

124

Salieron de la bolera a la carretera. La actitud del Mochuelo revelaba una febril excitación.

—Escribiremos una nota al Peón como si fuera la propia Sara, ¿me entiendes? Tu hermana sale todas las tardes a la puerta de casa para ver pasar la gente. Le diremos que le espera a él y cuando él vaya y la vea creerá que le está esperando de verdad.

Roque, el Moñigo, adoptaba un gesto hosco, enfurruñado, habitual en él cuando algo no le convencía plenamente.

Daniel —¿Y si el Peón conoce la letra? —arguyó.

—La desfiguraremos —intervino, entusiasmado, el Tiñoso.

Añadió el Moñigo:

—¿Y si le enseña la carta a la Sara?

Daniel caviló un momento.

—Le diremos que queme la carta antes de ir a verla y que jamás le hable de esa carta si no quiere que se muera de vergüenza y que no le vuelva a mirar a la cara.

—¿Y si no la quema? —argumentó, obstinado, el Moñigo.

—La quemará. El asqueroso Peón tiene miedo de quedarse sin mujer. Ya es un poco viejo y él sabe que tuerce la boca. Y que eso hace feo. Y que a las mujeres no les gusta besar la boca de un hombre en la oreja. Ya se lo dijo la Lepórida bien claro —dijo el Mochuelo.

Roque, el Moñigo, añadió como hablando consigo mismo:

—Él no dirá nada por la cuenta que le tiene;[95] le queda canguelo desde que la Camila le dio calabazas. Tienes razón.

Paulatinamente renacía la confianza en el ancho pecho del Moñigo. Ya se veía sin la Sara, sin la constante amenaza de la regla del Peón sobre su cabeza en la escuela; disfrutando de una independencia que hasta entonces no había conocido.

—¿Cuándo le escribimos la carta, entonces?

—dijo.

—Ahora.

Estaban frente a la quesería y entraron en ella. El Mochuelo tomó un lápiz y un papel y escribió con caracteres tipográficos: «Don Moisés, si usted necesita una mujer, yo necesito un hombre. Le espero a las siete en la puerta de mi casa. No me hable jamás de esta carta y quémela. De otro modo me moriría de vergüenza y no volvería a mirarle a usted a la cara. Tropiécese conmigo como por casualidad. Sara».

95 *Because of what's at stake he won't say anything.*

125

A la hora de comer, Germán, el Tiñoso, introdujo la carta al maestro por debajo de la puerta de su casa y a las siete menos cuarto de aquella misma tarde entraba con Daniel, el Mochuelo, en casa del Moñigo a esperar los acontecimientos desde el ventanuco del pajar.

El asunto estaba bien planeado y todo, mas a pique estuvo de venirse abajo. La Sara, como de costumbre, tenía encerrado al Moñigo en el pajar cuando ellos llegaron. Y eran las siete menos cuarto. Daniel, el Mochuelo, presumía que, necesitando como necesitaba el Peón una mujer desde hacía diez años, no se retrasaría ni un solo minuto.

La voz de la Sara se desgranaba por el hueco de la escalera. A pesar de haber oído un millón de veces aquella retahíla, Daniel, el Mochuelo, no pudo evitar ahora un estremecimiento:

—Cuando mis ojos vidriados y desencajados por el horror de la inminente muerte filen en Vos sus miradas lánguidas y moribundas ...

El Moñigo debía saber que eran cerca de las siete, porque respondía atropelladamente, sin dar tiempo a la Sara a concluir la frase:

—Jesús misericordioso, tened compasión de mí.

La Sara se detuvo al oír que alguien subía la escalera. Eran el Mochuelo y el Tiñoso.

—Hola, Sara —dijo el Mochuelo, impaciente—. Perdona al Moñigo, no lo volverá a hacer.

—Qué sabes tú lo que ha hecho, zascandil —dijo ella.

—Algo malo será. Tú no le castigas nunca sin un motivo. Tú eres justa.

La Sara sonrió, complacida.

—Aguarda un momento —dijo, y prosiguió rápidamente, ansiando dar cuanto antes cima a su castigo:

—Cuando perdido el uso de los sentidos, el mundo todo desaparezca de mi vista y gima yo entre las angustias de la última agonía y los afanes de la muerte ...

—Jesús misericordioso, tened compasión de mí. Sara, ¿has terminado? Ella cerró el devocionario.

—Sí.

—Hale, abre.

—¿Escarmentaste?

—Sí, Sara; hoy me metiste mucho miedo.

Se levantó la Sara y abrió la puerta del pajar visiblemente satisfecha. Comenzó a bajar la escalera con lentitud. En el primer rellano se volvió.

—Ojo y no hagáis porquerías —dijo, como estremecida por un difuso presentimiento.

El Moñigo, el Mochuelo y el Tiñoso se precipitaron hacia el ventanuco del pajar sin cambiar una palabra. El Moñigo retiró las telarañas de un manotazo y se asomó a la calle. Inquirió angustiado el Mochuelo:

—¿Salió ya?

—Está sacando la silla y la labor. Ya se sienta —su voz se hizo repentinamente apremiante—. ¡El Peón viene por la esquina de la calle!

El corazón del Mochuelo se puso a bailar locamente, más locamente aún que cuando oyó silbar al rápido a la entrada del túnel y él le esperaba dentro con los calzones bajados, o cuando su madre preguntó a su padre, con un extraño retintín, si tenían al Gran Duque como un huésped de lujo. Lo de hoy era aún mucho más emocionante y trascendental que todo aquello. Puso su cara entre las del Moñigo y el Tiñoso y vio que don Moisés se detenía frente a la Sara, con el cuerpo un poco ladeado y las manos en la espalda, y le guiñaba reiteradamente un ojo y le sonreía hasta la oreja por el extremo izquierdo de la boca. La Sara le miraba atónita y, al fin, azorada por tantos guiños y tantas medias sonrisas, balbuceó:

—Buenas tardes, don Moisés, ¿qué dice de bueno?[96] *Sara*

Él entonces se sentó en el banco de piedra junto a ella. Tornó a hacer una serie de muecas veloces con la boca, con lo que demostraba su contento.

La Sara le observaba asombrada.

—Ya estoy aquí, nena —dijo él—. No he sido moroso, ¿verdad? De lo demás no diré ni una palabra. No te preocupes.

Don Moisés hablaba muy bien. En el pueblo no se ponían de acuerdo sobre quién era el que mejor hablaba de todos, aunque en los candidatos, coincidían: don José, el cura; don Moisés, el maestro, y don Ramón, el alcalde.

La melosa voz del Peón a su lado y el lenguaje abstruso que empleaba desconcertaron a la Sara.

—¿Le ... le pasa a usted hoy algo, don Moisés? —dijo.

Él tornó a guiñarle el ojo con un sentido de entendimiento y complicidad y no contestó.

Arriba, en el ventanuco del pajar, el Moñigo susurró en la oreja del Mochuelo:

—Es un cochino charlatán. Está hablando de lo que no debía.

—¡Chist!

El Peón se inclinó ahora hacia la Sara y la cogió osadamente una mano.

—Lo que más admiro en las mujeres es la sinceridad, Sara; gracias. Tú y yo no necesitamos de recovecos ni de disimulos —dijo.

96 how are things?

127

Tan roja se le puso la cara a la Sara que su pelo parecía menos rojo. Se acercaba la Chata, con un cántaro de agua al brazo, y la Sara se deshizo de la mano del Peón.

—¡Por Dios, don Moisés! —cuchicheó en un rapto de inconfesada complacencia—. ¡Pueden vernos!

Arriba, en el ventanuco del pajar, Roque, el Moñigo, y Daniel, el Mochuelo, y Germán, el Tiñoso, sonreían bobamente, sin mirarse.

Cuando la Chata dobló la esquina, el Peón volvió a la carga.

—¿Quieres que te ayude a coser esa prenda? —dijo.

Ahora le cogía las dos manos. Forcejearon. La Sara, en un movimiento instintivo, ocultó la prenda tras de sí, atosigada de rubores.

—Las manos quietas, don Moisés —rezongó.

Arriba, en el pajar, el Moñigo rió quedamente:

—Ji, ji, ji. Es una braga —dijo.

El Mochuelo y el Tiñoso rieron también. La confusión y el aparente enojo de la Sara no ocultaban un vehemente regodeo. Entonces el Peón comenzó a decirle sin cesar cosas bonitas de sus ojos y de su boca y de su pelo, sin darle tiempo a respirar, y a la legua se advertía que el corazón virgen de la Sara, huérfana aún de requiebros, se derretía como el hielo bajo el sol. Al concluir la retahíla de piropos, el maestro se quedó mirando de cerca, fijamente, a la Sara.

—¿A ver si has aprendido ya cómo son tus ojos, nena? —dijo.

Ella rió, entontecida.

—¡Qué cosas tiene, don Moisés! —dijo.

Él insistió. Se notaba que la Sara evitaba hablar para no defraudar con sus frases vulgares al Peón, que era uno de los que mejor hablaban en el pueblo. Sin duda la Sara quería recordar algo bonito que hubiese leído, algo elevado y poético, pero lo primero que le vino a las mientes fue lo que más veces había repetido.

—Pues ... mis ojos son ... son... vidriados y desencajados, don Moisés —dijo, y tornó a reír en corto, crispadamente.

La Sara se quedó tan terne. La Sara no era lista. Entendía que aquellos adjetivos por el mero hecho de venir en el devocionario debían ser más apropiados para aplicarlos a los ángeles que a los hombres y se quedó tan a gusto. Ella interpretó la expresión de asombro que se dibujó en la cara del maestro favorablemente, como un indicio de sorpresa al constatar que ella no era tan zafia y ruda como seguramente había él imaginado. En cambio, el Moñigo, allá arriba, receló algo:

—La Sara ha debido decir una bobada, ¿no?

128

El Mochuelo aclaró:

—Los ojos vidriados y desencajados son los de los muertos.

El Moñigo sintió deseos de arrojar un ladrillo sobre la cabeza de su hermana. No obstante, el Peón sonrió hasta la oreja derecha después de su pasajero estupor. Debía de necesitar mucho una mujer cuando transigía con aquello sin decir nada. Tornó a requebrar a la Sara con mayor ahínco y al cuarto de hora, ella estaba como abobada, con las mejillas rojas y la mirada perdida en el vacío, igual que una sonámbula. El Peón quiso asegurarse la mujer que necesitaba:

—Te quiero, ¿sabes, Sara? Te querré hasta el fin del mundo. Vendré a verte todos los días a esta misma hora. Y tú, tú, dime —le cogía una mano otra vez, aparentando un efervescente apasionamiento—, ¿me querrás siempre?

La Sara le miró como enajenada. Las palabras le acudían a la boca con una fluidez extraña; era como si ella no fuese ella misma; como si alguien hablase por ella desde dentro de su cuerpo.

—Le querré, don Moisés —dijo—, hasta que, perdido el uso de los sentidos, el mundo todo desaparezca de mi vista y gima yo entre las angustias de la última agonía y los afanes de la muerte.

—¡Así! —dijo el maestro, entusiasmado, y le oprimió las manos y guiñó dos veces los ojos, y otras cuatro se le distendió la boca hasta la oreja y, al fin, se marchó y antes de llegar a la esquina volvió varias veces el rostro y sonrió convulsivamente a la Sara.

Así se hicieron novios la Sara y el Peón. Con Daniel, el Mochuelo, estuvieron un poco desconsiderados, teniendo en cuenta la parte que él había jugado en aquel entendimiento. Habían sido novios año y medio y ahora que él tenía que marchar al colegio a empezar a progresar se les ocurría fijar la boda para el dos de noviembre, el día de las Ánimas Benditas. Andrés, «el hombre que de perfil no se le ve», tampoco aprobó aquella fecha y lo dijo así sin veladuras:

—Los hombres que van buscando la mujer se casan en primavera; los que van buscando la fregona se casan en invierno. No falla nunca.

A la Nochebuena siguiente, la Sara estaba de muy buen humor. Desde que se hiciera novia del Peón se había suavizado su carácter. Hasta tal punto que, desde entonces, sólo dos veces había encerrado al Moñigo en el pajar para leerle las recomendaciones del alma. Ya era ganar algo. Por añadidura, el Moñigo sacaba mejores notas en la escuela y ni una sola vez tuvo que levantar la Historia Sagrada, con sus más de cien grabados a todo color, por encima de la cabeza.

Daniel, el Mochuelo, en cambio, sacó bien poco de todo aquello.

A veces lamentaba haber intervenido en el asunto, pues siempre resultaba más confortador sostener la Historia Sagrada viendo que el Moñigo hacía otro tanto[97] a su lado, que tener que sostenerla sin compañía.

El día de Nochebuena, la Sara andaba de muy buen talante y le preguntó al Moñigo mientras daba vuelta al pollo que se asaba en el horno:

—Dime, Roque, ¿escribiste tú una carta al maestro diciéndole que yo le quería?

—No, Sara —dijo el Moñigo.

—¿De veras? —dijo ella.

—Te lo juro, Sara —añadió.

Ella se llevó un dedo que se había quemado a la boca y cuando lo sacó dijo:

—Ya decía yo. Sería lo único bueno que hubieras hecho en tu vida. Anda. Aparta de ahí, zascandil.

[97] *was doing the same.*

XVI

Don José, el cura, que era un gran santo, utilizaba, desde el púlpito, todo género de recursos persuasivos: crispaba los puños, voceaba, reconvenía, sudaba por la frente y el pescuezo, se mesaba los escasos cabellos blancos, recorría los bancos con su índice acusador e incluso una mañana se rasgó la sotana de arriba abajo en uno de los párrafos más patéticos y violentos que recordaría siempre la historia del valle. Así y todo, la gente, particularmente los hombres, no le hacían demasiado caso. La misa les parecía bien, pero al sermón le ponían mala cara y le fruncían el ceño. La Ley de Dios no ordenaba oír sermón entero todos los domingos y fiestas de guardar. Por lo tanto, don José, el cura, se sobrepasaba en el cumplimiento de la Ley Divina. Decían de él que pretendía ser más papista que el Papa y que eso no estaba bien y menos en un sacerdote; y todavía menos en un sacerdote como don José, tan piadoso y comprensivo, de ordinario, para las flaquezas de los hombres.

Eran un poco torvos y adustos y desagradecidos los hombres del valle. No obstante, un franco espíritu deportivo les infundía un notorio aliento humano. Los detractores de don José, el cura, como orador, decían que no se podía estimar que hablase bien un hombre que a cada dos por tres[98] decía «en realidad». Esto era cierto. Claro que puede hablarse bien diciendo «en realidad» a cada dos por tres. Ambas cosas, a juicio de Daniel, el Mochuelo, resultaban perfectamente compatibles. Mas algunos no lo entendían así y si asistían a un sermón de don José era para jugarse el dinero a pares o nones, sobre las veces que el cura decía, desde el púlpito, «en realidad». La Guindilla mayor aseguraba que don José decía «en realidad» adrede y que ya sabía que los hombres tenían por costumbre jugarse el dinero durante los sermones a pares o nones, pero que lo prefería así, pues siquiera de esta manera le escuchaban y entre «en realidad» y «en realidad» algo de fundamento les quedaría. De otra forma se exponía a que los hombres pensaran en la hierba, la lluvia, el maíz o las vacas,

98 *every other minute.*

mientras él hablaba, y esto ya sería un mal irremediable.

La gente del valle era obstinadamente individualista. Don Ramón, el alcalde, no mentía cuando afirmaba que cada individuo del pueblo preferiría morirse antes que mover un dedo en beneficio de los demás. La gente vivía aislada y sólo se preocupaba de sí misma. Y a decir verdad, el individualismo feroz del valle sólo se quebraba las tardes de los domingos, al caer el sol. Entonces los jóvenes se emparejaban y escapaban a los prados o a los bosques y los viejos se metían en las tascas a fumar y a beber. Esto era lo malo. Que la gente sólo perdiese su individualismo para satisfacer sus instintos más bajos.

Don José, el cura, que era un gran santo, arremetió una mañana contra las parejas que se marchaban a los prados o a los bosques los domingos, al anochecer; contra las que se apretujaban en el baile cerrado; contra los que se emborrachaban y se jugaban hasta los pelos[99] en la taberna del Chano y, en fin, contra los que durante los días festivos segaban el heno o cavaban las patatas o cuchaban los maizales. Fue aquél el día en que don José, el cura, en un arrebato, se rasgó la sotana de arriba abajo. En definitiva, el cura no dejó títere con cabeza, ya que en el valle podían contarse con los dedos de la mano los que dejaban transcurrir una festividad sin escapar a los prados o a los bosques, apretujarse en el baile cerrado, emborracharse y jugar en la tasca del Chano o segar el heno, cuchar los maizales o cavar las patatas. El señor cura afirmó que, «en realidad, el día del Juicio Final habría muy poca gente del pueblo a la derecha de Nuestro Señor, si las actuales costumbres no se enmendaban radicalmente».

Una comisión, presidida por la Guindilla mayor, visitó al cura en la sacristía al concluir la misa.

—Díganos, señor cura, ¿está en nuestras manos cambiar estas costumbres tan corrompidas? —dijo la Guindilla.

El anciano párroco carraspeó, sorprendido. No esperaba una reacción tan rápida. Escrutó, uno tras otro, aquellos rostros predilectos del Señor y volvió a carraspear. Ganaba tiempo.

—Hijas mías —dijo, al fin—, está en vuestras manos, si estáis bien dispuestas.

En el atrio, Antonio, el Buche, abonaba dos pesetas a Andrés, el zapatero, porque don José había dicho «en realidad» cuarenta y dos veces y él había jugado a nones.

En la sacristía, don José, el cura, agregó:

99 *gambled away their last penny/cent.*

132

—Podemos organizar un centro donde la juventud se distraiga sin ofender al Señor. Con buena voluntad eso no sería difícil. Un gran salón con toda clase de entretenimientos. A las seis podríamos hacer cine los domingos y días festivos. Claro que proyectando solamente películas morales, católicas a machamartillo.

La Guindilla mayor hizo palmitas.

—El local podría ser la cuadra de Pancho. No tiene ganado ya y quiere venderla. Podríamos tomarla en arriendo, don José —dijo con entusiasmo.

Catalina, la Lepórida, intervino:

—El Sindiós no cederá la cuadra, señor cura. Es un tunante sin fe. Antes morirá que dejarnos la cuadra para un fin tan santo.

Daniel, el Mochuelo, que había ayudado a misa, escuchaba boquiabierto la conversación de don José con las mujeres. Pensó marcharse, pero la idea de que en el pueblo iba a montarse un cine lo contuvo.

Don José, el cura, apaciguó a Catalina, la Lepórida:

—No formes juicios temerarios, hija. Pancho, en el fondo, no es malo.

La Guindilla mayor saltó, como si la pinchasen:

—Padre, ¿es que se puede ser bueno sin creer en Dios? —dijo.

Camila, la otra Lepórida, infló su exuberante pechuga y cortó:

—Pancho por ganar una peseta sería capaz de vender el alma al diablo. Lo sé porque lo sé.

Intervino, toda excitada, Rita, la Tonta, la mujer del zapatero:

—El alma se la ha regalado ya ese tunante.[100] El diablo no necesita darle ni dos reales por ella. Eso lo sabemos todos.

Don José, el cura, impuso, finalmente, su autoridad. Nombró una comisión, presidida por la Guindilla, que llevaría a cabo las gestiones con Pancho, el Sindiós, y se desplazaría a la ciudad para adquirir un proyector cinematográfico. A todos les pareció de perlas la decisión. Al terminar su perorata, don José anunció que las próximas colectas durante dos meses tendrían por finalidad adquirir una sotana nueva para el párroco. Todos elogiaron la idea y la Guindilla, creyéndose obligada, inició la suscripción con un duro.

Tres meses después, la cuadra de Pancho, el Sindiós, bien blanqueada y desinfectada, se inauguró como cine en el valle. La primera sesión fue un gran éxito. Apenas quedó en los montes o en los bosques alguna pareja recalcitrante. Mas a las dos semanas surgió el problema. No había disponibles más películas «católicas a machamartillo». Se abrió un poco

100 *That rascal has already given his soul away.*

133

la mano[101] y hubo necesidad de proyectar alguna que otra frivolidad. Don José, el cura, tranquilizaba su conciencia, asiéndose, como un náufrago a una tabla, a la teoría del mal menor.

—Siempre estarán mejor recogidos aquí que sobándose en los prados —decía.

Tanscurrió otro mes y la frivolidad de las películas que enviaban de la ciudad iba en aumento. Por otro lado, las parejas que antes marchaban a los prados o a los bosques al anochecer aprovechaban la penumbra de la sala para arrullarse descomedidamente.

Una tarde se dio la luz en plena proyección y Pascualón, el del molino, fue sorprendido con la novia sentada en las rodillas. La cosa iba mal, y a finales de octubre, don José, el cura, que era un gran santo, convocó en su casa a la comisión.

—Hay que tomar medidas urgentes. En realidad ni las películas son ya morales, ni los espectadores guardan en la sala la debida compostura. Hemos caído en aquello contra lo que luchábamos —dijo.

—Pongamos luz en la sala y censuremos duramente las películas —arguyó la Guindilla mayor.

A la vuelta de muchas discusiones se aprobó la sugerencia de la Guindilla. La comisión de censura quedó integrada por don José, el cura, la Guindilla mayor y Trino,[102] el sacristán. Los tres se reunían los sábados en la cuadra de Pancho y pasaban la película que se proyectaría al día siguiente.

Una tarde detuvieron la prueba en una escena dudosa.

—A mi entender esa marrana enseña demasiado las piernas, don José —dijo la Guindilla.

—Eso me estaba pareciendo a mí —dijo don José. Y volviendo el rostro hacia Trino, el sacristán, que miraba la imagen de la mujer sin pestañear y boquiabierto, le conminó—: Trino, o dejas de mirar así o te excluyo de la comisión de censura.

Trino era un pobre hombre de escaso criterio y ninguna voluntad. Poseía una mirada blanda y acuosa y carecía de barbilla. Todo ello daba a su rostro una torpe y bobalicona expresión. Cuando andaba se acentuaba su torpeza, como si le costase un esfuerzo desplazar a cada paso el volumen de aire que necesitaba su cuerpo. Una completa calamidad. Claro que hasta el más simple sirve para algo y Trino, el sacristán, era casi un virtuoso tocando el armonio.

---

101 *They relaxed the rules a bit.*
102 Short for Trinidad.

Ante la reprimenda del párroco, Trino humilló los ojos y sonrió bobamente, contristado. Al cura le asistía la razón, pero ¡caramba!, aquella mujer de la película tenía unas pantorrillas admirables, como no se veían frecuentemente por el mundo.

Don José, el cura, veía que cada día crecían las dificultades. Resultaba peliagudo luchar contra las apetencias instintivas de todo el valle. Trino mismo, a pesar de ser censor y sacristán, pecaba de deseo y pensamiento con aquellas mujeronas que mostraban con la mayor desvergüenza las piernas en la pantalla. Era una tarea ímproba y él se encontraba ya muy viejo y cansado.

El pueblo acogió con destemplanza las bombillas distribuidas por la sala y encendidas durante la proyección. El primer día las silbaron; el segundo las rompieron a patatazos. La comisión se reunió de nuevo. Las bombillas debían de ser rojas para no perturbar la visibilidad. Mas entonces la gente la tomó con los cortes. Fue Pascualón, el del molino, quien inició el plante.

—Mire, doña Lola, para mí si me quitan las piernas y los besos se acabó el cine —dijo.

Otros mozos le secundaron:

—O dan las películas sin cortar o volvemos a los bosques.

Otra vez se reunió la comisión. Don José, el cura, estaba excitadísimo:

—Se acabó el cine y se acabó todo. Propongo a la comisión que ofrezca el aparato de cine a los Ayuntamientos de los alrededores.

La Guindilla chilló:

—Venderemos una ocasión próxima de pecado, don José.

El párroco inclinó la cabeza abatido. La Guindilla tenía razón, le sobraba razón esta vez. Vender la máquina de cine era comerciar con el pecado.

—Lo quemaremos entonces —dijo, sombrío.

Y al día siguiente, reunidos en el corral del párroco los elementos de la comisión, se quemó el aparato proyector. Junto a sus cenizas, la Guindilla mayor, en plena fiebre inquisidora, proclamó su fidelidad a la moral y su decisión inquebrantable de no descansar hasta que ella reinase sobre el valle.

—Don José —le dijo al cura, al despedirse—, seguiré luchando contra la inmoralidad. No lo dude. Yo sé el modo de hacerlo.

Y al domingo siguiente, al anochecer, tomó una linterna y salió sola a recorrer los prados y los montes. Tras los zarzales y en los lugares más recónditos y espesos encontraba alguna pareja de tórtolos arrullándose. Proyectaba sobre los rostros confundidos el haz luminoso de la linterna.

—Pascualón, Elena, estáis en pecado mortal —decía tan sólo. Y se retiraba.

Así recorrió los alrededores sin fatigarse, repitiendo incansablemente su terrible admonición:

—Fulano, Fulana, estáis en pecado mortal.

«Ya que los mozos y mozas del pueblo tienen la conciencia acorchada, yo sustituiré a la voz de su conciencia», se decía. Era una tarea ardua la que echaba sobre sí, pero al propio tiempo no estaba exenta de atractivos.[103]

Los mozos del pueblo soportaron el entrometimiento de la Guindilla en sus devaneos durante tres domingos consecutivos. Pero al cuarto llegó la insurrección. Entre todos la rodearon en un prado. Unos querían pegarla, otros desnudarla y dejarla al relente, amarrada a un árbol, toda la noche. Al fin se impuso un tercer grupo, que sugirió echarla de cabeza a El Chorro. La Guindilla, abatida, dejó caer la linterna al suelo y se dispuso a entrar en las largas listas del martirologio cristiano; aunque, de vez en cuando, lloriqueaba, y pedía, entre hipo e hipo, un poquitín de clemencia.

Profiriendo gritos e insultos, la condujeron hasta el puente. La corriente de El Chorro vertía el agua con violencia en la Poza del Inglés. Flotaba, sobre la noche del valle, un ambiente tétrico y siniestro. La multitud parecía enloquecida. Todo estaba dispuesto para su fin y la Guindilla, mentalmente, rezó un acto de contrición.

Y, a fin de cuentas, si la Guindilla no compartió aquella noche el lecho del río, a Quino, el Manco, había de agradecérselo, aunque él y la difunta Mariuca hubieran comido, según ella, el cocido antes de las doce. Más, por lo visto, el Manco aún conservaba en su pecho un asomo de dignidad, un vivo rescoldo de nobleza. Se interpuso con ardor entre la Guindilla y los mozos y la defendió como un hombre. Hasta se enfureció y agitó el muñón en el aire como si fuera el mástil de una bandera arriada. Los mozos, cuyos malos humos se habían desvanecido en el trayecto, consideraron suficiente el susto y se retiraron.

La Guindilla se quedó sola, frente por frente del Manco. No sabía qué hacer. La situación resultaba para ella un poco embarazosa. Soltó una risita de compromiso y luego se puso a mirarse la punta de los pies. Volvió a reír y dijo «bueno», y, al fin, sin darse bien cuenta de lo que hacía, se inclinó y besó con fuerza el muñón de Quino. Inmediatamente echó a correr, asustada, carretera adelante, como una loca.

103 The censor removed the next 29 lines. See Note D.

Al día siguiente, antes de la misa, la Guindilla mayor se acercó al confesonario de don José.

—Ave María Purísima, padre —dijo.

—Sin pecado concebida,[104] hija.

—Padre, me acuso ... me acuso de haber besado a un hombre en la oscuridad de la noche —añadió la Guindilla.

Don José, el cura, se santiguó y alzó los ojos al techo del confesonario, resignado.

—Alabado sea el Señor —musitó. Y sintió una pena inmensa por aquel pueblo.

---

104 'Ave María Purísima', 'Sin pecado concebida': a standard greeting and response, once commonly used in the countryside.

XVII

Daniel, el Mochuelo, le perdonaba todo a la Guindilla menos el asunto
del coro; la despiadada forma en que le puso en evidencia ante los ojos del
pueblo entero y el convencimiento de ella de su falta de definición sexual.

Esto no podría perdonárselo por mil años que viviera. El asunto del
coro era un baldón; el mayor oprobio que puede soportar un hombre.
La infamia exigía contramedidas con las que demostrar su indiscutible
virilidad.

En la iglesia ya le esperaban todos los chicos y chicas de las escuelas, y
Trino, el sacristán, que arrancaba agrias y gemebundas notas del armonio
cuando llegaron. Y la asquerosa Guindilla también estaba allí, con una
varita en la mano, erigida, espontáneamente, en directora.

Al entrar ellos, les ordenó a todos por estatura; después levantó la varita
por encima de la cabeza y dijo:

—Veamos. Quiero ensayar con vosotros el «Pastora Divina» para
cantarlo el día de la Virgen. Veamos —repitió.

Hizo una señal a Trino y luego bajó la varita y los niños y niñas cantaron
cada uno por su lado:

> Pas-to-ra Di-vi-naaa
> Seee-guir-te yo quie-rooo ...

Cuando ya empezaban a sintonizar las cuarenta y dos voces, la Guindilla
mayor puso un cómico gesto de desolación y dijo:

—¡Basta, basta! No es eso. No es «Pas», es «Paaas». Así:

«Paaas-to-ra Di-vi-na; Seee-guir-te yo quierooo; poor va-lles y o-te-
roos; Tuuus hue-llas en pooos». Veamos —repitió.

Dio con la varita en la cubierta del armonio y de nuevo atrajo la atención
de todos. Los muros del templo se estremecieron bajo los agudos acentos
infantiles. Al poco rato, la Guindilla puso un acusado gesto de asco. Luego
señaló al Moñigo con la varita.

—Tú puedes marcharte, Roque; no te necesito. ¿Cuándo cambiaste la
voz?

Roque, el Moñigo, humilló la mirada:

—¡Qué sé yo! Dice mi padre que ya de recién nacido berreaba con voz de hombre.

Aunque cabizbajo, el Moñigo decía aquello con orgullo, persuadido de que un hombre bien hombre debe definirse desde el nacimiento. Los primeros de la escuela acusaron su manifestación con unas risitas de superioridad. En cambio, las niñas miraron al Moñigo con encendida admiración.

Al concluir otra prueba, doña Lola prescindió de otros dos chicos porque desafinaban. Una hora después, Germán, el Tiñoso, fue excluido también del coro porque tenía una voz en transición y la Guindilla «quería formar un coro sólo de tiples». Daniel, el Mochuelo, pensó que ya no pintaba allí nada y deseó ardientemente ser excluido. No le gustaba, además, tener voz de tiple. Pero el ensayo del primer día terminó sin que la Guindilla estimara necesario prescindir de él.

Volvieron al día siguiente y la Guindilla siguió sin excluirle. Aquello se ponía feo. Permanecer en el coro suponía, a estas alturas, una deshonra. Era casi como dudar de la hombría de uno, y Daniel, el Mochuelo, estimaba demasiado la hombría para desentenderse de aquella selección. Mas a pesar de sus deseos y a pesar de no quedar ya más que seis varones en el coro, Daniel, el Mochuelo, continuó formando parte de él. Aquello era el desastre. Al cuarto día la Guindilla mayor, muy satisfecha, declaró:

—Ha terminado la selección. Quedáis sólo las voces puras. —Eran quince niñas y seis niños—. Espero —se dirigía ahora a los seis niños— que a ninguno de vosotros se le vaya a ocurrir cambiar la voz de aquí al día de la Virgen.

Sonrieron los niños y las niñas, tomando a orgullo aquello de tener «las voces puras». Sólo se desesperó, por lo bajo, inútilmente, Daniel, el Mochuelo. Pero ya la Guindilla estaba golpeando la cubierta del armonio para llamar la atención de Trino, el sacristán, y las veintiuna voces puras difundían por el ámbito del templo las plegarias a la Virgen:

Paaas-to-ra Di-vi-naaa
Seee-guir-te yo quie-rooo
Pooor va-lles y o-te-rooos
Tuuus hue-llas en pooos.

Daniel, el Mochuelo, intuía lo que aquella tarde ocurrió a la salida. Los chicos descartados, capitaneados por el Moñigo, les esperaban en el atrio y al verles salir, formaron corro alrededor de los seis «voces puras» y comenzaron a chillar de un modo reiterativo y enojoso:

139

—¡Niñas, maricas! ¡Niñas, maricas! ¡Niñas, maricas!

De nada valió la intercesión de la Guindilla ni los débiles esfuerzos de Trino, el sacristán, que era ya viejo y estaba como envarado. Tampoco valieron de nada las miradas suplicantes que Daniel, el Mochuelo, dirigía a su amigo Roque. En este trance, el Moñigo olvidaba hasta las más elementales normas de la buena amistad. En el fondo del grupo agresor borboteaba un despecho irreprimible por haber sido excluidos del coro que cantaría el día de la Virgen. Pero esto no importaba nada ahora. Lo importante era que la virilidad de Daniel, el Mochuelo, estaba en entredicho y que había que sacarla con bien de aquel embrollo.

Aquella noche al acostarse tuvo una idea. ¿Por qué no ahuecaba la voz al cantar el «Pastora Divina»? De esta manera la Guindilla le excluiría como a Roque, el Moñigo, y como a Germán, el Tiñoso. Bien pensado era la exclusión de éste lo que más le molestaba. Después de todo, Roque, el Moñigo, siempre había estado por encima de él. Pero lo de Germán era distinto. ¿Cómo iba a conservar, en adelante, su rango y su jerarquía ante un chico que tenía la voz más fuerte que él? Decididamente había que ahuecar la voz y ser excluido del coro antes del día de la Virgen.

Al día siguiente, al comenzar el ensayo, Daniel, el Mochuelo, carraspeó, buscando un efecto falso a su voz. La Guindilla tocó el armonio con la punta de la varita y el cántico se inició:

Paaas-to-ra Di-vi-naaa
Seee-guir-te yo quie-rooo ...

La Guindilla se detuvo en seco. Arrugaba la nariz, larguísima, como si la molestase un mal olor. Luego frunció el ceño igual que si algo no respondiera a lo que ella esperaba y se sintiera incapaz de localizar la razón de la deficiencia. Pero al segundo intento apuntó con la varita al Mochuelo, y dijo, molesta:

—Daniel, ¡caramba!, deja de engolar la voz o te doy un sopapo.

Había sido descubierto. Se puso encarnado al solo pensamiento de que los demás pudieran creer que pretendía ser hombre mediante un artificio. Él, para ser hombre, no necesitaba de fingimientos. Lo demostraría en la primera oportunidad.

A la salida, Roque, el Moñigo, capitaneando el grupo de «voces impuras», les rodeó de nuevo con su maldito estribillo:

—¡Niñas, maricas! ¡Niñas, maricas! ¡Niñas, maricas!

Daniel, el Mochuelo, experimentaba deseos de llorar. Se contuvo, sin embargo, porque sabía que su vacilante virilidad acabaría derrumbándose

140

con el llanto ante el grupo de energúmenos, de «las voces impuras».

Así llegó el día de la Virgen. Al despertarse aquel día, Daniel, el Mochuelo, pensó que no era tan descorazonador tener la voz aguda a los diez años y que tiempo sobrado tendría de cambiarla. No había razón por la que sentirse triste y humillado. El sol entraba por la ventana de su cuarto y a lo lejos el Pico Rando parecía más alto y majestuoso que de ordinario. A sus oídos llegaba el estampido ininterrumpido de los cohetes y las notas desafinadas de la charanga bajando la varga. A lo lejos, a intervalos, se percibía el tañido de la campana, donada por don Antonino, el marqués, convocando a misa mayor. A los pies de la cama tenía su traje nuevo, recién planchado, y una camisa blanca, escrupulosamente lavada, que todavía olía a añil y a jabón. No. La vida no era triste. Ahora, acodado en la ventana, podía comprobarlo. No era triste, aunque media hora después tuviera que cantar el «Pastora Divina» desde el coro de las «voces puras». No lo era, por más que a la salida «las voces impuras» les llamasen niñas y maricas.

Un polvillo dorado, de plenitud vegetal, envolvía el valle, sus dilatadas y vastas formas. Olía al frescor de los prados, aunque se adivinaba en el reposo absoluto del aire un día caluroso. Debajo de la ventana, en el manzano más próximo del huerto, un mirlo hacía gorgoritos y saltaba de rama en rama. Ahora pasaba la charanga por la carretera, hacia El Chorro y la casa de Quino, el Manco, y un grupo de chiquillos la seguía profiriendo gritos y dando volteretas. Daniel, el Mochuelo, se escondió disimuladamente, porque casi todos los chiquillos que acompañaban a la charanga pertenecían al grupo de «voces impuras».

En seguida se avió y marchó a misa. Los cirios chisporroteaban en el altar y las mujeres lucían detonantes vestidos. Daniel, el Mochuelo, subió al coro y desde allí miró fijamente a los ojos de la Virgen. Decía don José que, a veces, la imagen miraba a los niños que eran buenos. Podría ser debido a las llamas tembloteantes de las velas, pero a Daniel, el Mochuelo, le pareció que la Virgen aquella mañana volvía los ojos a él y le miraba. Y su boca sonreía. Sintió un escalofrío y entonces le dijo, sin mover los labios, que le ofrecía el «Pastora Divina» para que las «voces impuras» no se rieran de él ni le motejaran.

Después del Evangelio, don José, el cura, que era un gran santo, subió al púlpito y empezó el sermón. Se oyó un carraspeo prolongado en los bancos de los hombres e instintivamente Daniel, el Mochuelo, comenzó a contar las veces que don José, el cura, decía «en realidad». Aunque él no jugaba a pares o nones. Pero don José decía aquella mañana cosas tan bonitas, que el Mochuelo perdió la cuenta.

—Hijos, en realidad, todos tenemos un camino marcado en la vida. Debemos seguir siempre nuestro camino, sin renegar de él —decía don José—. Algunos pensaréis que eso es bien fácil, pero, en realidad, no es así. A veces el camino que nos señala el Señor es áspero y duro. En realidad eso no quiere decir que ése no sea nuestro camino. Dios dijo: «Tomad la cruz y seguidme».

—Una cosa os puedo asegurar —continuó—. El camino del Señor no está en esconderse en la espesura al anochecer los jóvenes y las jóvenes. En realidad, tampoco está en la taberna, donde otros van a buscarlo los sábados y los domingos; ni siquiera está en cavar las patatas o afeitar los maizales durante los días festivos. Dios mismo, en realidad, creó el mundo en seis días y al séptimo descansó. Y era Dios. Y como Dios que era, en realidad, no estaba cansado. Y, sin embargo, descansó. Descansó para enseñarnos a los hombres que el domingo había que descansar.

Don José, el cura, hablaba aquel día, sin duda, inspirado por la Virgen, y hablaba suavemente, sin estridencias. Prosiguió diciendo cosas del camino de cada uno, y luego pasó a considerar la infelicidad que en ocasiones traía el apartarse del camino marcado por el Señor por ambición o sensualidad. Dijo cosas inextricables y confusas para Daniel. Algo así como que un mendigo podía ser más feliz sin saber cada día si tendría algo que llevarse a la boca, que un rico en un suntuoso palacio lleno de mármoles y criados. «Algunos —dijo— por ambición, pierden la parte de felicidad que Dios les tenía asignada en un camino más sencillo. La felicidad —concluyó— no está, en realidad, en lo más alto, en lo más grande, en lo más apetitoso, en lo más excelso; está en acomodar nuestros pasos al camino que el Señor nos ha señalado en la Tierra. Aunque sea humilde.»

Acabó don José y Daniel, el Mochuelo, persiguió con los ojos su menuda silueta hasta el altar. Quería llenarse los ojos de él, de su presencia carnal, pues estaba seguro que un día no lejano ocuparía una hornacina en la parroquia. Pero no sería él mismo, entonces, sino una talla en madera o una figura en escayola detestablemente pintada.

Casi le sorprendió el ruido del armonio, activado por Trino, el sacristán. La Guindilla estaba ante ellos, con la varita en la mano. Los «voces puras» carraspearon un momento. La Guindilla golpeó el armonio con la varita y Trino acometió los compases preliminares del «Pastora Divina». Luego sonaron las voces puras, acompasadas, meticulosamente controladas por la varita de la Guindilla:

Paaas-to-ra Di-vi-naaa
Seee-guir-te yo quie-rooo
Pooor va-lles y o-te-rooos
Tuuus hue-llas en pooos.

Tuuu grey des-va-li-da
Gi-mien-do te im-plo-ra
Es-cu-cha, Se-ño-ra,
Su ar-dien-te cla-mor.

Paaas-to-ra Di-vi-naaa
Seee-guir-te yo quie-rooo
Pooor va-lles y o-te-rooos
Tuuus hue-llas en pooos.

Cuando terminó la misa, la Guindilla les felicitó y les obsequió con un chupete a cada uno. Daniel, el Mochuelo, lo guardó en el bolsillo subrepticiamente, como una vergüenza.

Ya en el atrio, dos envidiosos le dijeron al pasar «niña, marica», pero Daniel, el Mochuelo, no les hizo ningún caso. Ciertamente, sin el Moñigo guardándole las espaldas, se sentía blando y como indefenso. A la puerta de la iglesia la gente hablaba del sermón de don José. Un poco apartada, a la izquierda, Daniel, el Mochuelo, divisó a la Mica. Le sonrió ella.

—Habéis cantado muy bien, muy bien —dijo, y le besó en la frente.

Los diez años del Mochuelo se pusieron ansiosamente de puntillas. Pero fue en vano. Ella ya le había besado. Ahora la Mica volvía a sonreír, pero no era a él. Se acercaba a ella un hombre joven, delgado y vestido de luto. Ambos se cogieron de las manos y se miraron de un modo que no le gustó al Mochuelo.

—¿Qué te ha parecido? —dijo ella.

—Encantador; todo encantador —dijo él.

Y entonces, Daniel, el Mochuelo, acongojado por no sabía qué extraño presentimiento, se apartó de ellos y vio que toda la gente se daba codazos y golpecitos y miraban de un lado a otro de reojo y se decían con voz queda: «Mira, es el novio de la Mica», «Mira, es el novio de la Mica», «¡Caramba! Ha venido el novio de la Mica», «Es guapo el novio de la Mica», «No está mal el novio de la Mica». Y ninguno quitaba el ojo del hombre joven delgado y vestido de luto, que tenía entre las suyas las manos de la Mica.

Comprendió entonces Daniel, el Mochuelo, que sí había motivos suficientes para sentirse atribulado aquel día, aunque el sol brillase en un cielo esplendente y cantasen los pájaros en la maleza, y agujereasen la atmósfera con sus melancólicas campanadas los cencerros de las vacas y la Virgen le hubiera mirado y sonreído. Había motivos para estar triste y para desesperarse y para desear morir y algo notaba él que se desgajaba amenazadoramente en su interior.

Por la tarde, bajó a la romería. Roque, el Moñigo, y Germán, el Tiñoso, le acompañaban. Daniel, el Mochuelo, seguía triste y deprimido; sentía la necesidad de un desahogo. En el prado olía a churros y a aglomeración humana; a alegría congestiva y vital. En el centro estaba la cucaña, diez metros más alta que otros años. Se detuvieron ante ella y contemplaron los intentos fallidos de dos mozos que no pasaron de los primeros metros. Un hombre borracho señalaba con un dedo la punta de la cucaña y decía:

—Hay allí cinco duros. El que suba y los baje que me convide.

Y se reía con un cloqueo contagioso. Daniel, el Mochuelo, miró a Roque, el Moñigo.

—Voy a subir yo —dijo.

Roque le acució:

—No eres hombre.

Germán, el Tiñoso, se mostraba extrañamente precavido:

—No lo hagas. Te puedes matar.

Le empujó su desesperación, un vago afán de emular al joven enlutado, a los niños del grupo de «los voces impuras». Saltó sobre el palo y ascendió, sin esfuerzo, los primeros metros. Daniel, el Mochuelo, tenía como un fuego muy vivo en la cabeza, una mezcla rara de orgullo herido, vanidad despierta y desesperación. «Adelante —se decía—. Nadie será capaz de hacer lo que tú hagas.» «Nadie será capaz de hacer lo que tú hagas.» Y seguía ascendiendo, aunque los muslos le escocían ya. «Subo porque no me importa caerme.» «Subo porque no me importa caerme», se repetía, y al llegar a la mitad miró hacia abajo y vio que toda la gente del prado pendía de sus movimientos y experimentó vértigo y se agarró afanosamente al palo. No obstante, siguió trepando. Los músculos comenzaban a resentirse del esfuerzo, pero él continuaba subiendo. Era ya como una cucarachita a los ojos de los de abajo. El palo empezó a oscilar como un árbol mecido por el viento. Pero no sentía miedo. Le gustaba estar más cerca del cielo, poder tratar de tú al Pico Rando. Se le enervaban los brazos y las piernas. Oyó un grito a sus pies y volvió a mirar abajo.

—¡Daniel, hijo!

Era su madre, implorándole. A su lado estaba la Mica, angustiada. Y Roque, el Moñigo, disminuido, y Germán, el Tiñoso, sobre quien acababa de recobrar la jerarquía, y el grupo de «los voces puras» y el grupo de «los voces impuras», y la Guindilla mayor y don José, el cura, y Paco, el herrero, y don Antonino, el marqués, y también estaba el pueblo, cuyos tejados de pizarra ofrecían su mate superficie al sol. Se sentía como embriagado; acuciado por una ambición insaciable de dominio y potestad. Siguió trepando sordo a las reconvenciones de abajo. La cucaña era allí más delgada y se tambaleaba con su peso como un hombre ebrio. Se abrazó al palo frenéticamente, sintiendo que iba a ser impulsado contra los montes como el proyectil de una catapulta. Ascendió más. Casi tocaba ya los cinco duros donados por «los Ecos del Indiano». Pero los muslos le escocían, se le despellejaban, y los brazos apenas tenían fuerzas. «Mira, ha venido el novio de la Mica», «Mira, ha venido el novio de la Mica», se dijo, con rabia mentalmente, y trepó unos centímetros más. ¡Le faltaba tan poco! Abajo reinaba un silencio expectante. «Niña, marica; niña, marica», murmuró, y ascendió un poco más. Ya se hallaba en la punta. La oscilación de la cucaña aumentaba allí. No se atrevía a soltar la mano para asir el galardón. Entonces acercó la boca y mordió el sobre furiosamente. No se oyó abajo ni un aplauso, ni una voz. Gravitaba sobre el pueblo el presagio de una desgracia. Daniel, el Mochuelo, empezó a descender. A mitad del palo se sintió exhausto, y entonces dejó de hacer presión con las extremidades y resbaló rápidamente sobre el palo encerado, y sintió abrasársele las piernas y que la sangre saltaba de los muslos en carne viva.

De improviso se vio en tierra firme, rodeado de un clamor estruendoso, palmetazos que le herían la espalda y cachetes y besos y lágrimas de su madre, todo mezclado. Vio al hombre enlutado que llevaba del brazo a la Mica y que le decía, sonriente: «Bravo, muchacho». Vio al grupo de «los voces impuras» alejarse cabizbajos. Vio a su padre, haciendo aspavientos y reconviniéndole y soltando chorros de palabras absurdas que no entendía. Vio, al fin, a la Uca-uca correr hacia él, abrazársele a las piernas magulladas y prorrumpir en un torrente de lágrimas incontenibles ...

Luego, de regreso a casa, Daniel, el Mochuelo, cambió otra vez de parecer en el día y se confesó que no tenía ningún motivo para estar atribulado. Después de todo, el día estaba radiante, el valle era hermoso y el novio de la Mica le había dicho sonriente: «¡Bravo, muchacho!»

XVIII

Como otras muchas mujeres, la Guindilla mayor despreció el amor mientras ningún hombre le propuso amar y ser amada. A veces, la Guindilla se reía de que el único amor de su vida hubiera nacido precisamente de su celo moralizador. Sin su afán de recorrer los montes durante las anochecidas de los domingos no hubiera soliviantado a los mozos del pueblo, y, sin soliviantar a los mozos del pueblo, no hubiera dado a Quino, el Manco, oportunidad de defenderla y sin esta oportunidad, jamás se hubiera conmovido el seco corazón de la Guindilla mayor, demasiado ceñido y cerrado entre las costillas. Era, la de su primer y único amor, una cadena de causalidad y casualidad que si pensaba en ella la abrumaba. Son infinitos los caminos del Señor.

Los amores de la Guindilla y Quino, el Manco, tardaron en conocerse en el pueblo. Además, progresaron con una lentitud crispante. Era un paso definitivo, a la postre. Quino, el Manco, ya había pensado en ella, en la Guindilla, antes del incidente con los mozos. La Guindilla no era joven y él tampoco. Por otro lado, la Guindilla era enjuta y delgada y poseía un negocio en marcha; y un evidente talento comercial. Precisamente de lo que él carecía. Últimamente, Quino estaba asfixiado por las hipotecas. Bien mirado, propiedad de él, lo que se dice de él, no restaba ni un hierbajo del huerto. Además, la Guindilla era delgada y tenía los muslos escurridos. Vamos, al parecer. Naturalmente, ni él ni nadie vieron nunca los muslos a la Guindilla. En fin, la Guindilla mayor constituía para él una solución congruente y pintiparada.

Cuando Quino, el Manco, la defendió de los mozos en el puente no lo hizo con miras egoístas. Lo hizo porque era un hombre noble y digno y detestaba la violencia, sobre todo con las mujeres. ¿Que luego se enredó la cosa y la Guindilla le miró de éste u otro modo, y le besó ardorosamente el muñón y él, al beso, sintió como el cosquilleo de un calambre a lo largo del brazo y se conmovió? Bien. Eslabones de una misma cadena. Incidencias necesarias para abordar un fin ineluctable. Designios de Dios.

El beso en la carne retorcida del muñón sirvió también para que Quino, el Manco, constatase que aún existía en su cuerpo pujanza y la eficacia de la virilidad. Aún no estaba neutralizado como sexo; contaba todavía. Y se dio en pensar en eventualidades susceptibles de ser llevadas a la práctica. Y así nació la idea de introducir una flor cada mañana a la Guindilla, por debajo de la puerta de la tienda, antes de que el pueblo despertase.

Quino, el Manco, sabía que en esta ocasión había que obrar con tiento. El pueblo aborrecía a la Guindilla y la Guindilla era una puritana y la otra Guindilla un gato escaldado. Tenía que actuar, pues, con cautela, sigilo y discreción.

Cambiaba de flor cada día y si la flor era grande introducía solamente un pétalo. Quino, el Manco, no ignoraba que una flor sin intención se la lleva el viento y una flor intencionada encierra más fuerza persuasiva que un filón de oro. Sabía también que la asiduidad y la constancia terminan por mellar el hierro.

Al mes, todo este caudal de ternuras acabó revertiendo, como no podía menos, en don José, el cura, que era un gran santo.

Dijo la Guindilla:

—Don José, ¿es pecado desear desmayarse en los brazos de un hombre?

—Depende de la intención —dijo el párroco.

—Sin más intención que desmayarse, don José.

—Pero, hija, ¿a tus años?

—Qué quiere, señor cura. Ninguna sabe cuándo le va a llegar la hora. El amor y la muerte, a traición.[105] Y si es pecado desear desmayarse en los brazos de un hombre, yo vivo empecatada, don José, se lo advierto. Y lo mío no tiene remedio. Yo no podré desear otra cosa aunque usted me diga que ése es el mayor pecado del mundo. Ese deseo puede más que yo.

Y lloraba.

Don José movía la cabeza de un lado a otro maquinalmente, como un péndulo.

—Es Quino, ¿verdad? —dijo.

El pellejo de la Guindilla mayor se ahogó en rubores.

—Sí, él es, don José.

—Es un buen hombre, hija; pero es una calamidad —dijo el cura.

—No importa, don José. Todo tiene remedio.

—¿Qué dice tu hermana?

—No sabe nada aún. Pero ella no tiene fuerza moral para hablarme. Sería inútil que me diera consejos.

105 *treacherously* (i.e. when least expected).

Irene, la Guindilla menor, se enteró al fin.

—Parece mentira, Lola. ¿Has perdido el juicio? —dijo.

—¿Por qué me dices eso?

—¿No lo sabes?

—No. Pero tú tampoco ignoras que en casa necesitamos un hombre.

—Cuando lo mío con Dimas[106] no necesitábamos un hombre en casa.

—Es distinto, hermana.

—Ahora la que ha perdido la cabeza has sido tú; no hay otra diferencia.

—Quino tiene vergüenza.

—También Dimas parecía que la tenía.

—Iba por tu dinero. Dimas duró lo que las cinco mil pesetas. Tú lo dijiste.

—¿Es que crees que Quino va por tu persona?

La Guindilla mayor saltó, ofendida:

—¿Qué motivos tienes para dudarlo?

La Guindilla menor concedió:

—A la vista ninguno, desde luego.

—Además, yo no he de esconderme como tú. Yo someteré mi cariño a la ley de Dios.

Le brillaban los ojos a la Guindilla menor:

—No me hables de aquello; te lo pido por la bendita memoria de nuestros padres.

Aún en el pueblo no se barruntaba nada del noviazgo. Fue preciso que la Guindilla y Quino, el Manco, recorrieran las calles emparejados, un domingo por la tarde, para que el pueblo se enterase al fin. Y contra lo que Quino, el Manco, suponía, no se marchitaron los geranios en los balcones, ni se estremecieron las vacas en sus establos, ni se hendió la tierra, ni se desmoronaron las montañas al difundirse la noticia. Apenas unas sonrisas incisivas y unas insinuaciones de doble sentido. Menos no podía esperarse.

Dos semanas después, la Guindilla mayor fue a ver de nuevo a don José.

—Señor cura, ¿es pecado desear que un hombre nos bese en la boca y nos estruje entre sus brazos con todo su vigor, hasta destrozarnos?

—Es pecado.

—Pues yo no puedo remediarlo, don José. Peco a cada minuto de mi vida.

—Tú y Quino debéis casaros —dijo, sin más, el cura.

106 *When I had my relationship with Dimas.*

148

Irene, la Guindilla menor, puso el grito en el cielo al conocer la sentencia de don José:

—Le llevas diez años, Lola; y tú tienes cincuenta. Sé sensata; reflexiona. Por amor de Dios, vuelve en ti antes de que sea tarde.

La Guindilla mayor acababa de descubrir que había una belleza en el sol escondiéndose tras los montes y en el gemido de una carreta llena de heno, y en el vuelo pausado de los milanos bajo el cielo límpido de agosto, y hasta en el mero y simple hecho de vivir. No podía renunciar a ella ahora que acababa de descubrirla.

—Estoy decidida, hermana. Tú tienes la puerta abierta para marchar cuando lo desees —dijo.

La Guindilla menor rompió a llorar, luego le dio un ataque de nervios, y, por último, se acostó con fiebre. Así estuvo una semana. El domingo había desaparecido la fiebre. La Guindilla mayor entró en la habitación de puntillas y descorrió las cortinas alborozada.

—Vamos, hermana, levántate —dijo—. Don José leerá hoy, en la misa, mi primera amonestación. Hoy debe ser para ti y para mí un día inolvidable.

La Guindilla menor se levantó sin decir nada, se arregló y marchó con su hermana a oír la primera amonestación. De regreso, ya en casa, Lola dijo:

—Anímate, hermana; tú serás mi madrina de boda.

Y, efectivamente, la Guindilla menor hizo de madrina de boda. Todo ello sin rechistar. A los pocos meses de casada, la Guindilla mayor, extrañada de la sumisión y mudez de Irene, mandó llamar a don Ricardo, el médico.

—Esta chica ha sufrido una impresión excesiva. No razona. De todos modos no es peligrosa. Su trastorno no da muestra alguna de violencia —dijo el médico. Luego le recetó unas inyecciones y se marchó.

La Guindilla mayor se puso a llorar acongojada.

Pero a Daniel, el Mochuelo, nada de esto le causó sorpresa. Empezaba a darse cuenta de que la vida es pródiga en hechos que antes de acontecer parecen inverosímiles y luego, cuando sobrevienen, se percata uno de que no tienen nada de inextricables ni de sorprendentes. Son tan naturales como que el sol asome cada mañana, o como la lluvia, o como la noche, o como el viento.

Él siguió la marcha de las relaciones de la Guindilla y Quino, el Manco, por la Uca-uca. Fue un hecho curioso que tan pronto conoció estas relaciones, sintió que se desvanecía totalmente su vieja aversión por la chiquilla.

149

Y en su lugar brotaba como un vago impulso de compasión.

Una mañana la encontró hurgando entre la maleza, en la ribera del río.

—Ayúdame, Mochuelo. Se ha escondido aquí un malvís que casi no vuela.

Él se afanó por atrapar al pájaro. Al fin lo consiguió, pero el animalito, forcejeando por escapar, se precipitó insensatamente en el río y se ahogó en un instante. Entonces la Mariuca-uca se sentó en la orilla, con los pies sumergidos en la corriente. El Mochuelo se sentó a su lado. A ambos les entristecía la inopinada muerte del pájaro. Luego, la tristeza se disipó.

—¿Es verdad que tu padre se va a casar con la Guindilla? —dijo el Mochuelo.

—Eso dicen.

—¿Quién lo dice?

—Ellos.

—¿Tú qué dices?

—Nada.

—Tu padre, ¿qué dice?

—Que se casa para que yo tenga una madre.

—Ni pintada querría yo una madre como la Guindilla —dijo el Mochuelo.

—El padre dice que ella me lavará la cara y me peinará las trenzas.

Volvió a insistir el Mochuelo:

—Y tú, ¿qué dices?

—Nada.

Daniel, el Mochuelo, presentía la tribulación inexpresada de la pequeña, el valor heroico de su hermetismo, tan dignamente sostenido.

La niña preguntó de pronto:

—¿Es cierto que tú te marchas a la ciudad?

—Dentro de tres meses. He cumplido ya once años. Mi padre quiere que progrese.

—Y tú, ¿qué dices?

—Nada.

Después de hablar se dio cuenta el Mochuelo de que se habían cambiado las tornas; de que era él, ahora, el que no decía nada. Y comprendió que entre él y la Uca-uca surgía de repente un punto común de rara afinidad. Y que no lo pasaba mal charlando con la niña, y que los dos se asemejaban en que tenían que acatar lo que más convenía a sus padres sin que a ellos se les pidiera opinión. Y advirtió también que estando así, charlando de unas cosas y otras, se estaba bien y no se acordaba para nada de la Mica. Y,

150

sobre todo, que la idea de marchar a la ciudad a progresar, volvía a hacérsele ardua e insoportable. Cuando quisiera volver de la ciudad de progresar, la Mica, de seguro, habría perdido el cutis y tendría, a cambio, una docena de chiquillos.

Ahora se encontraba con la Uca-uca con más frecuencia y ya no la rehuía con la hosquedad que lo hacía antes.

—Uca-uca, ¿cuándo es la boda?

—Para julio.

—Y tú, ¿qué dices?

—Nada.

—Y ella, ¿qué dice?

—Que me llevará a la ciudad, cuando sea mi madre, para que me quiten las pecas.

—Y tú, ¿quieres?

Se azoraba la Uca-uca y bajaba los ojos:

—Claro.

El día de la boda, Mariuca-uca no apareció por ninguna parte. Al anochecer, Quino, el Manco, se olvidó de la Guindilla mayor y de todo y dijo que había que buscar a la niña costara lo que costase.[107] Daniel, el Mochuelo, observaba fascinado los preparativos en su derredor. Los hombres con palos, faroles y linternas, con los pies embutidos en gruesas botas claveteadas que producían un ruido chirriante al moverse en la carretera.

Daniel, el Mochuelo, al ver que se pasaba el tiempo sin que los hombres regresaran de las montañas, se fue llenando de ansiedad. Su madre lloraba a su lado y no cesaba de decir: «Pobre criatura». Por lo visto no era partidaria de dar a la Uca-uca una madre postiza. Cuando Rafaela, la Chancha,[108] la mujer del Cuco, el factor, pasó a la quesería diciendo que era probable que a la niña la hubiera devorado un lobo, Daniel, el Mochuelo, tuvo ganas de gritar con toda su alma. Y fue en ese momento cuando se confesó que si a la Uca-uca le quitaban las pecas, le quitaban la gracia y que él no quería que a la Uca-uca le quitaran las pecas y tampoco que la devorase un lobo.

A las dos de la madrugada regresaron los hombres con los palos, las linternas y los faroles y la Mariuca-uca en medio, muy pálida y desgreñada. Todos corrieron a casa de Quino, el Manco, a ver llegar á la niña y a besarla

107 *at all costs.*
108 This character's nickname: *The Sow.*

y a estrujarla y a celebrar la aparición. Pero la Guindilla se adelantó a todos y recibió a la Uca-uca con dos sopapos, uno en cada mejilla. Quino, el Manco, contuvo a duras penas una blasfemia, pero llamó la atención a la Guindilla y le dijo que no le gustaba que golpeasen a la niña y doña Lola le contestó irritada que «desde la mañana era ya su madre y tenía el deber de educarla». Entonces Quino, el Manco, se sentó en una banqueta de la tasca y se echó de bruces sobre el brazo que apoyaba en la mesa, como si llorara, o como si acabara de sobrevenirle una gran desgracia.

XIX

Germán, el Tiñoso, levantó un dedo, ladeó un poco la cabeza para facilitar la escucha, y dijo:

—Eso que canta en ese bardal es un rendajo. El Mochuelo dijo:

—No. Es un jilguero.

Germán, el Tiñoso, le explicó que los rendajos tenían unas condiciones canoras tan particulares, que podían imitar los gorjeos y silbidos de toda clase de pájaros. Y los imitaban para atraerlos y devorarlos luego. Los rendajos eran pájaros muy poco recomendables, tan hipócritas y malvados.

El Mochuelo insistió:

—No. Es un jilguero.

Encontraba un placer en la contradicción aquella mañana. Sabía que había una fuerza en su oposición, aunque ésta fuese infundada. Y hallaba una satisfacción morbosa y oscura en llevar la contraria.

Roque, el Moñigo, se incorporó de un salto y dijo:

—Mirad; un tonto de agua.

Señalaba a la derecha de la Poza, tres metros más allá de donde desaguaba El Chorro. En el pueblo llamaban tontos a las culebras de agua. Ignoraban el motivo, pero ellos no husmeaban jamás en las razones que inspiraban el vocabulario del valle. Lo aceptaban, simplemente, y sabían por eso que aquella culebra que ganaba la orilla a coletazos espasmódicos era un tonto de agua. El tonto llevaba un pececito atravesado en la boca. Los tres se pusieron en pie y apilaron unas piedras.

Germán, el Tiñoso, advirtió:

—No dejarle subir. Los tontos en las cuestas se hacen un aro y ruedan más de prisa que corre una liebre. Y atacan, además.

Roque, el Moñigo, y Daniel, el Mochuelo, miraron atemorizados al animal. Germán, el Tiñoso, saltó de roca en roca para aproximarse con un pedrusco en la mano. Fue una mala pisada o un resbalón en el légamo que recubría las piedras, o un fallo de su pierna coja. El caso es que Germán, el Tiñoso, cayó aparatosamente contra las rocas, recibió un golpe en la cabeza, y de allí se deslizó, como un fardo sin vida, hasta la

153

Poza. El Moñigo y el Mochuelo se arrojaron al agua tras él, sin titubeos. Braceando desesperadamente lograron extraer a la orilla el cuerpo de su amigo. El Tiñoso tenía una herida enorme en la nuca y había perdido el conocimiento. Roque y Daniel estaban aturdidos. El Moñigo se echó al hombro el cuerpo inanimado del Tiñoso y lo subió hasta la carretera. Ya en casa de Quino, la Guindilla le puso unas compresas de alcohol en la cabeza. Al poco tiempo pasó por allí Esteban, el panadero, y lo transportó al pueblo en su tartana.

Rita, la Tonta, prorrumpió en gritos y ayes al ver llegar a su hijo en aquel estado. Fueron unos instantes de confusión. Cinco minutos después, el pueblo en masa se apiñaba a la puerta del zapatero. Apenas dejaban paso a don Ricardo, el médico; tal era su anhelante impaciencia. Cuando éste salió, todos los ojos le miraban, pendientes de sus palabras:

—Tiene fracturada la base del cráneo. Está muy grave. Pidan una ambulancia a la ciudad —dijo el médico.

De repente, el valle se había tornado gris y opaco a los ojos de Daniel, el Mochuelo. Y la luz del día se hizo pálida y macilenta. Y temblaba en el aire una fuerza aún mayor que la de Paco, el herrero. Pancho, el Sindiós, dijo de aquella fuerza que era el Destino, pero la Guindilla dijo que era la voluntad del Señor. Como no se ponían de acuerdo, Daniel se escabulló y entró en el cuarto del herido. Germán, el Tiñoso, estaba muy blanco y sus labios encerraban una suave y diluida sonrisa.

El Tiñoso sirvió de campo de batalla, durante ocho horas, entre la vida y la muerte. Llegó la ambulancia de la ciudad con Tomás, el hermano del Tiñoso, que estaba empleado en una empresa de autobuses. El hermano entró en la casa como loco y en el pasillo se encontró con Rita, la Tonta, que salía despavorida de la habitación del enfermo. Se abrazaron madre e hijo de una manera casi eléctrica. La exclamación de la Tonta fue como un chispazo fulminante.

—Tomás, llegas tarde. Tu hermano acaba de morir —dijo.

Y a Tomás se le saltaron las lágrimas y juró entre dientes como si se rebelara contra Dios por su impotencia. Y a la puerta de la vivienda las mujeres empezaron a hipar y a llorar a gritos, y Andrés, «el hombre que de perfil no se le ve», salió también de la habitación, todo encorvado, como si quisiera ver las pantorrillas de la enana más enana del mundo. Y Daniel, el Mochuelo, sintió que quería llorar y no se atrevió a hacerlo porque Roque, el Moñigo, vigilaba sus reacciones sin pestañear, con una rigidez despótica. Pero le extrañó advertir que ahora todos querían al Tiñoso. Por los hipos y gemiqueos se diría que Germán, el Tiñoso, era hijo de cada una de las mujeres del pueblo. Mas a Daniel, el Mochuelo, le consoló, en cierta manera, este síntoma de solidaridad.

Mientras amortajaban a su amigo, el Moñigo y el Mochuelo fueron a la fragua.

—El Tiñoso se ha muerto, padre —dijo el Moñigo. Y Paco, el herrero, hubo de sentarse a pesar de lo grande y fuerte que era, porque la impresión lo anonadaba. Dijo, luego, como si luchase contra algo que le enervara:

—Los hombres se hacen; las montañas están hechas ya.

El Moñigo dijo:

—¿Qué quieres decir, padre?

—¡Que bebáis! —dijo Paco, el herrero, casi furioso, y le extendió la bota de vino.

Las montañas tenían un cariz entenebrecido y luctuoso aquella tarde y los prados y las callejas y las casas del pueblo y los pájaros y sus acentos. Entonces, Paco, el herrero, dijo que ellos dos debían encargar una corona fúnebre a la ciudad como homenaje al amigo perdido y fueron a casa de las Lepóridas y la encargaron por teléfono. La Camila estaba llorando también, y aunque la conferencia fue larga no se la quiso cobrar. Luego volvieron a casa de Germán, el Tiñoso. Rita, la Tonta, se abrazó al cuello del Mochuelo y le decía atropelladamente que la perdonase, pero que era como si pudiese abrazar aún a su hijo, porque él era el mejor amigo de su hijo. Y el Mochuelo se puso más triste todavía, pensando que cuatro semanas después él se iría a la ciudad a empezar a progresar y la Rita, que no era tan tonta como decían, habría de quedarse sin el Tiñoso y sin él para enjugar sus pobres afectos truncados. También el zapatero les pasó la mano por los hombros y les dijo que les estaba agradecido porque ellos habían salvado a su hijo en el río, pero que la muerte se empeñó en llevárselo y contra ella, si se ponía terca, no se conocía remedio.

Las mujeres seguían llorando junto al cadáver y, de vez en cuando; alguna tenía algún arranque y besaba y estrujaba el cuerpecito débil y frío del Tiñoso, en tanto sus lágrimas y alaridos se incrementaban.

Los hermanos de Germán anudaron una toalla a su cráneo para que no se vieran las calvas y Daniel, el Mochuelo, experimentó más pena porque, de esta guisa, su amigo parecía un niño moro, un infiel. El Mochuelo esperaba que a don José, el cura, le hiciese el mismo efecto y mandase quitar la toalla. Pero don José llegó; abrazó al zapatero y administró al Tiñoso la Santa Unción sin reparar en la toalla.

Los grandes raramente se percatan del dolor acerbo y sutil de los pequeños. Su mismo padre, el quesero, al verle, por primera vez, después del accidente, en vez de consolarle, se limitó a decir:

—Daniel, para que veas en lo que acaban todas las diabluras. Lo mismo que le ha ocurrido al hijo del zapatero podría haberte sucedido a ti. Espero que esto te sirva de escarmiento.

Daniel, el Mochuelo, no quiso hablar, pues barruntaba que de hacerlo terminaría llorando. Su padre no quería darse cuenta de que cuando sobrevino el accidente no intentaban diablura alguna, sino, simplemente, matar un tonto de agua. Ni advertía tampoco que lo mismo que él le metió la perdigonada en el carrillo la mañana que mataron el milano con el Gran Duque, podría habérsela metido en la sien y haberle mandado al otro barrio. Los mayores atribuían las desgracias a las imprudencias de los niños, olvidando que estas cosas son siempre designios de Dios y que los grandes también cometen, a veces, imprudencias.

Daniel, el Mochuelo, pasó la noche en vela, junto al muerto. Sentía que algo grande se velaba dentro de él y que en adelante nada sería como había sido. Él pensaba que Roque, el Moñigo, y Germán, el Tiñoso, se sentirían muy solos cuando él se fuera a la ciudad a progresar, y ahora resultaba que el que se sentía solo, espantosamente solo, era él, y sólo él. Algo se marchitó de repente muy dentro de su ser: quizá la fe en la perennidad de la infancia. Advirtió que todos acabarían muriendo, los viejos y los niños. Él nunca se paró a pensarlo y al hacerlo ahora, una sensación punzante y angustiosa casi le asfixiaba. Vivir de esta manera era algo brillante, y a la vez, terriblemente tétrico y desolado. Vivir era ir muriendo día a día, poquito a poco, inexorablemente. A la larga, todos acabarían muriendo: él, y don José, y su padre, el quesero, y su madre, y las Guindillas, y Quino, y las cinco Lepóridas, y Antonio, el Buche, y la Mica, y la Mariuca-uca, y don Antonino, el marqués, y hasta Paco, el herrero. Todos eran efímeros y transitorios y a la vuelta de cien años no quedaría rastro de ellos sobre las piedras del pueblo. Como ahora no quedaba rastro de los que les habían precedido en una centena de años. Y la mutación se produciría de una manera lenta e imperceptible. Llegarían a desaparecer del mundo todos, absolutamente todos los que ahora poblaban su costra y el mundo no advertiría el cambio. La muerte era lacónica, misteriosa y terrible.

Con el alba, Daniel, el Mochuelo, abandonó la compañía del muerto y se dirigió a su casa a desayunar. No tenía hambre, pero juzgaba una medida prudente llenar el estómago ante las emociones que se avecinaban. El pueblo asumía a aquella hora una quietud demasiado estática, como si todo él se sintiera recorrido y agarrotado por el tremendo frío de la muerte. Y los árboles estaban como acorchados. Y el quiquiriquí de los gallos resultaba fúnebre, como si cantasen con sordina o no se atreviesen a mancillar el ambiente de duelo y recogimiento que pesaba sobre el valle. Y las montañas enlutaban, bajo un cielo plomizo, sus formas colosales. Y hasta en las vacas que pastaban en los prados se acentuaba el aire cansino y soñoliento que en ellas era habitual.

Daniel, el Mochuelo, apenas desayunó regresó al pueblo.[109] Al pasar frente a la tapia del boticario divisó un tordo picoteando un cerezo silvestre junto a la carretera. Se reavivó en él el sentimiento del Tiñoso, el amigo perdido para siempre. Buscó el tirachinas en el bolsillo y colocó una piedra en la badana. Luego apuntó al animal cuidadosamente y estiró las gomas con fuerza. La piedra, al golpear el pecho del tordo, produjo un ruido seco de huesos quebrantados. El Mochuelo corrió hacia el animal abatido y las manos le temblaban al recogerlo. Después reanudó el camino con el tordo en el bolsillo.

Germán, el Tiñoso, ya estaba dentro de la caja cuando llegó. Era una caja blanca, barnizada, que el zapatero había encargado a una funeraria de la ciudad. También había llegado la corona encargada por ellos con la leyenda que dispuso el Moñigo: «Tiñoso, tus amigos Mochuelo y Moñigo no te olvidarán jamás». Rita, la Tonta, volvió a abrazarle con énfasis, diciéndole, en voz baja, que era muy bueno. Pero Tomás, el hermano colocado en una empresa de autobuses, se enfadó al ver la leyenda y cortó el trozo donde decía «Tiñoso», dejando sólo: «tus amigos Mochuelo y Moñigo no te olvidarán jamás».

Mientras Tomás cortaba la cinta y los demás le contemplaban, Daniel, el Mochuelo, depositó con disimulo el tordo en el féretro, junto al cadáver de su amigo. Había pensado que su amigo, que era tan aficionado a los pájaros, le agradecería, sin duda, desde el otro mundo, este detalle. Mas Tomás, al volver a colocar la corona fúnebre a los pies del cadáver, reparó en el ave, incomprensiblemente muerta junto a su hermano. Acercó mucho los ojos para cerciorarse de que era un tordo lo que veía, pero después de comprobarlo no se atrevió a tocarlo. Tomás se sintió recorrido por una corriente supersticiosa.

—¿Qué ... quién ... cómo demonios está aquí esto? —dijo.

Daniel, el Mochuelo, después del enfado de Tomás por lo de la corona, no se atrevió a declarar su parte de culpa en esta nueva peripecia. El asombro de Tomás se contagió pronto a todos los presentes que se acercaban a contemplar el pájaro. Ninguno, empero, osaba tocarlo.

109 *No sooner had Daniel, El Mochuelo, eaten than he returned to the village.*

—¿Cómo hay un tordo ahí dentro?

Rita, la Tonta, buscaba una explicación razonable en el rostro de ca
uno de sus vecinos. Pero en todos leía un idéntico estupor.

—Mochuelo, ¿sabes tú ...?

—Yo no sé nada. No había visto el tordo hasta que lo dijo Tomás.

Andrés, «el hombre que de perfil no se le ve», entró en aq
momento. Al ver el pájaro se le ablandaron los ojos y comenzó a llo
silenciosamente.

—Él quería mucho a los pájaros; los pájaros han venido a morir c
él —dijo.

El llanto se contagió a todos y a la sorpresa inicial sucedió pronto
creencia general en una intervención ultraterrena. Fue Andrés, «el homb
que de perfil no se le ve», quien primero lo insinuó con voz tembloros

—Esto ... es un milagro.

Los presentes no deseaban otra cosa sino que alguien expresase en a
voz su pensamiento para estallar. Al oír la sugerencia del zapatero se o
un grito unánime y desgarrado, mezclado con ayes y sollozos:

—¡Un milagro!

Varias mujeres, amedrentadas, salieron corriendo en busca de don Jo
Otras fueron a avisar a sus maridos y familiares para que fueran testig
del prodigio. Se organizó un revuelo caótico e irrefrenable.

Daniel, el Mochuelo, tragaba saliva incesantemente en un rincón
la estancia. Aun después de muerto el Tiñoso, los entes perversos q
flotaban en el aire seguían enredándole los más inocentes y bien inte
cionados asuntos. El Mochuelo pensó que tal como se habían puesto
cosas, lo mejor era callar. De otro modo, Tomás, en su excitación, se
muy capaz de matarlo.

Entró apresuradamente don José, el cura.

—Mire, mire, don José —dijo el zapatero.

Don José se acercó con recelo al borde del féretro y vio el tordo junt
la yerta mano del Tiñoso.

—¿Es un milagro o no es un milagro? —dijo la Rita, toda exaltada,
ver la cara de estupefacción del sacerdote.

Se oyó un prolongado murmullo en torno.

Don José movió la cabeza de un lado a otro mientras observaba l
rostros que le rodeaban.

Su mirada se detuvo un instante en la carita asustada del Mochuel
Luego dijo:

—Sí que es raro todo esto. ¿Nadie ha puesto ahí ese pájaro?

—¡Nadie, nadie! —gritaron todos.

Daniel, el Mochuelo, bajó los ojos. La Rita volvió a gritar, entre carcajadas histéricas, mientras miraba con ojos desafiadores a don José:

—¡Qué! ¿Es un milagro o no es un milagro, señor cura?

Don José intentó apaciguar los ánimos, cada vez más excitados.

—Yo no puedo pronunciarme ante una cosa así. En realidad es muy posible, hijos míos, que alguien, por broma o con buena intención, haya depositado el tordo en el ataúd y no se atreva a declararlo ahora por temor a vuestras iras. —Volvió a mirar insistentemente a Daniel, el Mochuelo, con sus ojillos hirientes como puntas de alfileres. El Mochuelo, asustado, dio media vuelta y escapó a la calle. El cura prosiguió:—De todas formas yo daré traslado al Ordinario de lo que aquí ha sucedido. Pero os repito que no os hagáis ilusiones. En realidad, hay muchos hechos de apariencia milagrosa que no tienen de milagro más que eso: la apariencia. —De repente cortó, seco—: A las cinco volveré para el entierro.

En la puerta de la calle, don José, el cura, que era un gran santo, se tropezó con Daniel, el Mochuelo, que le observaba a hurtadillas, tímidamente. El párroco oteó las proximidades y como no viera a nadie en derredor, sonrió al niño, le propinó unos golpecitos paternales en el cogote, y le dijo en un susurro:

—Buena la has hecho, hijo; buena la has hecho.[110]

Luego le dio a besar su mano y se alejó, apoyándose en la cachaba, a pasitos muy lentos.

110 *you've really done it now.*

XX

Es expresivo y cambiante el lenguaje de las campanas; su vibración es capaz de acentos hondos y graves y livianos y agudos y sombríos. Nunca las campanas dicen lo mismo. Y nunca lo que dicen lo dicen de la misma manera.

Daniel, el Mochuelo, acostumbraba a dar forma a su corazón por el tañido de las campanas. Sabía que el repique del día de la Patrona sonaba a cohetes y a júbilo y a estupor desproporcionado e irreflexivo. El corazón se le redondeaba, entonces, a impulsos de un sentimiento de alegría completo y armónico. Al concluir los bombardeos, durante la guerra, las campanas también repicaban alegres, mas con un deje de reserva, precavido y reticente. Había que tener cuidado. Otras veces, los tañidos eran sordos, opacos, oscuros y huecos como el día que enterraron a Germán, el Tiñoso, por ejemplo. Todo el valle, entonces, se llenaba hasta impregnarse de los tañidos sordos, opacos, oscuros y huecos de las campanas parroquiales. Y el frío de sus vibraciones pasaba a los estratos de la tierra y a las raíces de las plantas y a la medula de los huesos de los hombres y al corazón de los niños. Y el corazón de Daniel, el Mochuelo, se tornaba mollar y maleable —blando como el plomo derretido— bajo el solemne tañir de las campanas.

Estaba lloviznando y tras don José, revestido de sobrepelliz y estola, caminaban los cuatro hijos mayores del zapatero, el féretro en hombros, con Germán, el Tiñoso, y el tordo dentro. A continuación marchaba el zapatero con el resto de sus familiares, y detrás, casi todos los hombres y las mujeres y los niños del pueblo con rostros compungidos, notando en sus vísceras las resonancias de las campanas, vibrando en una modulación lenta y cadenciosa. Daniel, el Mochuelo, sentía aquel día las campanas de una manera especial. Se le antojaba que él era como uno de los insectos que coleccionaba en una caja el cura de La Cullera. Se diría que, lo mismo que aquellos animalitos, cada campanada era como una aguja afiladísima que le atravesaba una zona vital de su ser. Pensaba en Germán, el Tiñoso, y pensaba en él mismo, en los nuevos rumbos que a su vida imprimían las circunstancias. Le dolía que los hechos pasasen con esa facilidad a ser recuerdos; notar la sensación de que nada, nada de lo pasado, podría reproducirse. Era aquélla una sensación angustiosa de dependencia y sujeción. Le ponía nervioso la imposibilidad de dar marcha atrás en el reloj del tiempo y resignarse a saber que nadie volvería a hablarle, con la precisión y el conocimiento con que el Tiñoso lo hacía, de los rendajos y las perdices y los martines pescadores y las pollas de agua. Había de avenirse a no volver a oír jamás la voz de Germán, el Tiñoso; a admitir como un suceso vulgar y cotidiano que los huesos del Tiñoso se transformasen en cenizas junto a los huesos de un tordo; que los gusanos agujereasen ambos cuerpos simultáneamente, sin predilecciones ni postergaciones.

Se confortó un poco tanteando en su bolsillo un cuproníquel con el agujerito en medio. Cuando concluyese el entierro iría a la tienda de Antonio, el Buche, a comprarse un adoquín. Claro que a lo mejor no estaba bien visto que se endulzase así después de enterrar a un buen amigo. Habría de esperar al día siguiente.

Descendían ya la varga por su lado norte, hacia el pequeño camposanto del lugar. Bajo la iglesia, los tañidos de las campanas adquirían una penetración muy viva y dolorosa. Doblaron el recodo de la parroquia y entraron en el minúsculo cementerio. La puerta de hierro chirrió soñolienta y enojada. Apenas cabían todos en el pequeño recinto. A Daniel, el Mochuelo, se le aceleró el corazón al ver la pequeña fosa, abierta a sus pies. En la frontera este del camposanto, lindando con la tapia, se erguían adustos y fantasmales, dos afilados cipreses. Por lo demás, el cementerio del pueblo era tibio y recoleto y acogedor. No había mármoles, ni estatuas, ni panteones, ni nichos, ni tumbas revestidas de piedra. Los muertos eran tierra y volvían a la tierra, se confundían con ella en un impulso directo, casi vicioso, de ayuntamiento. En derredor de las múltiples cruces, crecían y se desarrollaban los helechos, las ortigas, los acebos, la hierbabuena y todo género de hierbas silvestres. Era un consuelo, al fin, descansar allí, envuelto día y noche en los aromas penetrantes del campo.

El cielo estaba pesado y sombrío. Seguía lloviznando. Y el grupo, bajo los paraguas, era una estampa enlutada de estremecedor y angustioso simbolismo. Daniel, el Mochuelo, sintió frío cuando don José, el cura, que era un gran santo, comenzó a rezar responsos sobre el féretro depositado a los pies de la fosa recién cavada. Había, en torno, un silencio abierto sobre cien sollozos reprimidos, sobre mil lágrimas truncadas, y fue entonces cuando Daniel, el Mochuelo, se volvió, al notar sobre el calor de su mano el calor de una mano amiga. Era la Uca-uca. Tenía la niña un grave gesto

161

adosado a sus facciones pueriles, un ademán desolado de impotencia y resignación. Pensó el Mochuelo que le hubiera gustado estar allí solo con el féretro y la Uca-uca y poder llorar a raudales sobre las trenzas doradas de la chiquilla; sintiendo en su mano el calor de otra mano amiga. Ahora, al ver el féretro a sus pies, lamentó haber discutido con el Tiñoso sobre el ruido que las perdices hacían al volar, sobre las condiciones canoras de los rendajos o sobre el sabor de las cicatrices. Él se hallaba indefenso, ahora, y Daniel, el Mochuelo, desde el fondo de su alma, le daba, incondicionalmente, la razón. Vibraba con unos acentos lúgubres la voz de don José, esta tarde, bajo la lluvia, mientras rezaba los responsos:

—*Kirie, eleison. Christie, eleison.*[111] *Kirie, eleison. Pater noster qui es in cœlis* ...

A partir de aquí, la voz del párroco se hacía un rumor ininteligible. Daniel, el Mochuelo, experimentó unas ganas enormes de llorar al contemplar la actitud entregada del zapatero. Viéndole en este instante no se dudaba de que jamás Andrés, «el hombre que de perfil no se le ve», volvería a mirar las pantorrillas de las mujeres. De repente, era un anciano tembloteante y extenuado, sexualmente indiferente. Cuando don José acabó el tercer responso, Trino, el sacristán, extendió una arpillera al lado del féretro y Andrés arrojó en ella una peseta. La voz de don José se elevó de nuevo:

—*Kirie, eleison. Christie, eleison. Kirie, eleison. Pater noster qui es in cœlis* ...

Luego fue el Peón quien echó unas monedas sobre la arpillera, y don José, el cura, que era un gran santo, rezó otro responso. Después se acercó Paco, el herrero, y depositó veinte céntimos. Y más tarde, Quino, el Manco, arrojó otra pequeña cantidad. Y luego Cuco, el factor, y Pascualón, el del molino, y don Ramón, el alcalde, y Antonio, el Buche, y Lucas, el Mutilado, y las cinco Lepóridas, y el ama de don Antonino, el marqués, y Chano y todos y cada uno de los hombres y las mujeres del pueblo y la arpillera iba llenándose de monedas livianas, de poco valor, y a cada dádiva, don José, el cura, que era un gran santo, contestaba con un responso, como si diera las gracias.

—*Kirie, eleison. Christie, eleison. Kirie, eleison. Pater noster qui es in cœlis* ...

Daniel, el Mochuelo, aferraba crispadamente su cuproníquel, con la mano embutida en el bolsillo del pantalón. Sin querer, pensaba en el

---

111 *Lord have mercy. Christ have mercy.* Greek words of invocation used in the Mass, sung by the choir immediately after the Introit.

adoquín de limón que se comería al día siguiente, pero, inmediatamente, relacionaba el sabor de su presunta golosina con el letargo definitivo del Tiñoso y se decía que no tenía ningún derecho a disfrutar un adoquín de limón mientras su amigo se pudría en un agujero. Extraía ya lentamente el cuproníquel, decidido a depositarlo en la arpillera, cuando una voz interior le contuvo: «¿Cuánto tiempo tardarás en tener otro cuproníquel, Mochuelo?». Le soltó compelido por un sórdido instinto de avaricia. De improviso rememoró la conversación con el Tiñoso sobre el ruido que hacían las perdices al volar y su pena se agigantó de nuevo. Ya Trino se inclinaba sobre la arpillera y la agarraba por las cuatro puntas para recogerla, cuando Daniel, el Mochuelo, se desembarazó de la mano de la Uca-uca y se adelantó hasta el féretro:

—¡Espere! —dijo.

Todos los ojos le miraban. Notó Daniel, el Mochuelo, en sí, las miradas de los demás, con la misma sensación física que percibía las gotas de la lluvia. Pero no le importó. Casi sintió un orgullo tan grande como la tarde que trepó a lo alto de la cucaña al sacar de su bolsillo la moneda reluciente, con el agujerito en medio, y arrojarla sobre la arpillera. Siguió el itinerario de la moneda con los ojos, la vio rodar un trecho y, luego, amontonarse con las demás produciendo, al juntarse, un alegre tintineo. Con la voz apagada de don José, el cura, que era un gran santo, le llegó la sonrisa presentida del Tiñoso, desde lo hondo de su caja blanca y barnizada.

—*Kirie, eleison. Christie, eleison. Kirie, eleison. Pater noster qui es in cœlis* ...

Al concluir don José, bajaron la caja a la tumba y echaron mucha tierra encima. Después, la gente fue saliendo lentamente del camposanto. Anochecía y la lluvia se intensificaba. Se oía el arrastrar de los zuecos de la gente que regresaba al pueblo. Cuando Daniel, el Mochuelo, se vio solo, se aproximó a la tumba y luego de persignarse dijo:

—Tiñoso, tenías razón, las perdices al volar hacen «Prrrr» y no «Brrrr».

Ya se alejaba cuando una nueva idea le impulsó a regresar sobre sus pasos. Volvió a persignarse y dijo:

—Y perdona lo del tordo.

La Uca-uca le esperaba a la puerta del cementerio. Le cogió de la mano sin decirle una palabra. Daniel, el Mochuelo, notó que le ganaba de nuevo un amplio e inmoderado deseo de sollozar. Se contuvo, empero, porque diez pasos delante avanzaba el Moñigo, y de cuando en cuando volvía la cabeza para indagar si él lloraba.

XXI

En torno a Daniel, el Mochuelo, se hacía la luz de un modo imperceptible. Se borraban las estrellas del cuadrado de cielo delimitado por el marco de la ventana y sobre el fondo blanquecino del firmamento la cumbre del Pico Rando comenzaba a verdear. Al mismo tiempo, los mirlos, los ruiseñores, los verderones y los rendajos iniciaban sus melodiosos conciertos matutinos entre la maleza. Las cosas adquirían precisión en derredor; definían, paulatinamente, sus volúmenes, sus tonalidades y sus contrastes. El valle despertaba al nuevo día con una fruición aromática y vegetal. Los olores se intensificaban, cobraban densidad y consistencia en la atmósfera circundante, reposada y queda.

Entonces se dio cuenta Daniel, el Mochuelo, de que no había pegado un ojo en toda la noche. De que la pequeña y próxima historia del valle se reconstruía en su mente con un sorprendente lujo de pormenores. Lanzó su mirada a través de la ventana y la posó en la bravía y aguda cresta del Pico Rando. Sintió entonces que la vitalidad del valle le penetraba desordenada e íntegra y que él entregaba la suya al valle en un vehemente deseo de fusión, de compenetración íntima y total. Se daban uno al otro en un enfervorizado anhelo de mutua protección, y Daniel, el Mochuelo, comprendía que dos cosas no deben separarse nunca cuando han logrado hacerse la una al modo y medida de la otra.

No obstante, el convencimiento de una inmediata separación le desasosegaba, aliviando la fatiga de sus párpados. Dentro de dos horas, quizá menos, él diría adiós al valle, se subiría en un tren y escaparía a la ciudad lejana para empezar a progresar. Y sentía que su marcha hubiera de hacerse ahora, precisamente ahora que el valle se endulzaba con la suave melancolía del otoño y que a Cuco, el factor, acaban de uniformarle con una espléndida gorra roja. Los grandes cambios rara vez resultan oportunos y consecuentes con nuestro particular estado de ánimo.

A Daniel, el Mochuelo, le dolía esta despedida como nunca sospechara. Él no tenía la culpa de ser un sentimental. Ni de que el valle estuviera ligado a él de aquella manera absorbente y dolorosa. No le interesaba el progreso. El progreso, en verdad, no le importaba un ardite. Y, en cambio, le importaban los trenes diminutos en la distancia y los caseríos blancos y los prados y los maizales parcelados; y la Poza del Inglés, y la gruesa y enloquecida corriente del Chorro; y el corro de bolos; y los tañidos de las campanas parroquiales; y el gato de la Guindilla; y el agrio olor de las encellas sucias; y la formación pausada y solemne y plástica de una boñiga; y el rincón melancólico y salvaje donde su amigo Germán, el Tiñoso, dormía el sueño eterno; y el chillido reiterado y monótono de los sapos bajo las piedras en las noches húmedas; y las pecas de la Uca-uca y los movimientos lentos de su madre en los quehaceres domésticos; y la entrega confiada y dócil de los pececillos del río; y tantas y tantas otras cosas del valle. Sin embargo, todo había de dejarlo por el progreso. Él no tenía aún autonomía ni capacidad de decisión. El poder de decisión le llega al hombre cuando ya no le hace falta para nada; cuando ni un solo día puede dejar de guiar un carro o picar piedra si no quiere quedarse sin comer. ¿Para qué valía, entonces, la capacidad de decisión de un hombre, si puede saberse? La vida era el peor tirano conocido. Cuando la vida le agarra a uno, sobra todo poder de decisión. En cambio, él todavía estaba en condiciones de decidir, pero como solamente tenía once años, era su padre quien decidía por él. ¿Por qué, Señor, por qué el mundo se organizaba tan rematadamente mal?

El quesero, a pesar del estado de ánimo de Daniel, el Mochuelo, se sentía orgulloso de su decisión y de poder llevar a cabo su decisión. Lo que no podían otros. La víspera habían recorrido juntos el pueblo, padre e hijo, para despedirse.

—El chico se va mañana a la ciudad. Tiene ya once años y es hora de que empiece el grado.

Y el quesero se quedaba plantado, mirándole a él, como diciendo: «¿Qué dice el estudiante?».

Pero él miraba al suelo entristecido. No había nada que decir. Bastaba con obedecer.

Pero en el pueblo todos se mostraban muy cordiales y afectuosos, algunos en exceso, como si les aligerase no poco el saber que al cabo de unas horas iban a perder de vista a Daniel, el Mochuelo, para mucho tiempo. Casi todos le daban palmaditas en el cogote y expresaban, sin rebozo, sus esperanzas y buenos deseos:

—A ver si vuelves hecho un hombre.

—¡Bien, muchacho! Tú llegarás a ministro. Entonces daremos tu nombre a una calle del pueblo. O a la Plaza. Y tú vendrás a descubrir la lápida y luego comeremos todos juntos en el Ayuntamiento. ¡Buena borrachera ese día!

Y Paco, el herrero, le guiñaba un ojo y su pelo encarnado despedía un vivo centelleo.

La Guindilla mayor fue una de las que más se alegraron con la noticia de la marcha de Daniel, el Mochuelo.

—Bien te viene que te metan un poco en cintura, hijo. La verdad. Ya sabes que yo no tengo pelos en la lengua. A ver si en la ciudad te enseñan a respetar a los animales y a no pasear en cueros por las calles del pueblo. Y a cantar el «Pastora Divina» como Dios manda. —Hizo una pausa y llamó—: ¡Quino! Daniel se va a la ciudad y viene a despedirse.

Y bajó Quino. Y a Daniel, el Mochuelo, al ver de cerca el muñón, se le revivían cosas pasadas y experimentaba una angustiosa y sofocante presión en el pecho. Y a Quino, el Manco, también le daba tristeza perder aquel amigo y para disimular su pena se golpeaba la barbilla con el muñón reiter-adamente y sonreía sin cesar:

—Bueno, chico... ¡Quién pudiera hacer otro tanto...! Nada... lo dicho. —En su turbación Quino, el Manco, no advertía que no había dicho nada—. Que sea para tu bien.

Y después, Pancho, el Sindiós, se irritó con el quesero porque mandaba a su hijo a un colegio de frailes. El quesero no le dio pie para desahogarse:

—Traigo al chico para que te diga adiós a ti y a los tuyos. No vengo a discutir contigo sobre si debe estudiar con un cura o con un seglar.

Y Pancho se rió y soltó una palabrota y le dijo a Daniel que a ver si estudiaba para médico y venía al pueblo a sustituir a don Ricardo, que ya estaba muy torpe y achacoso. Luego le dijo al quesero, dándole un golpe en el hombro:

—Chico, cómo pasa el tiempo.

Y el quesero dijo:

—No somos nadie.[112]

Y también el Peón estuvo muy simpático con ellos y le dijo a su padre que Daniel tenía un gran porvenir en los libros si se decidía a estudiar con ahínco. Añadió que se fijasen en él.[113] También salió de la nada. Él no era nadie y a fuerza de puños y de cerebro había hecho una carrera y había triunfado. Y tan orgulloso se sentía de sí mismo, que empezó a torcer la boca de una manera espasmódica, y cuando ya se mordía casi la negra

112 A popular Spanish saying: *We are as dust.*
113 *He added that they should take a look at him* (i.e. El Peón).

166

patilla se despidieron de él y le dejaron a solas con sus muecas, su orgullo íntimo y sus frenéticos aspavientos.

Don José, el cura, que era un gran santo, le dio buenos consejos y le deseó los mayores éxitos. A la legua se advertía que don José tenía pena por perderle. Y Daniel, el Mochuelo, recordó su sermón del día de la Virgen. Don José, el cura, dijo entonces que cada cual tenía un camino marcado en la vida y que se podía renegar de ese camino por ambición y sensualidad y que un mendigo podía ser más rico que un millonario en su palacio, cargado de mármoles y criados.

Al recordar esto, Daniel, el Mochuelo, pensó que él renegaba de su camino por la ambición de su padre. Y contuvo un estremecimiento. Le anegó la tristeza al pensar que a lo mejor, a su vuelta, don José ya no estaría en el confesonario ni podría llamarle «gitanón», sino en una hornacina de la parroquia, convertido en un santo de corona y peana. Pero, en ese caso, su cuerpo corrupto se pudriría junto al de Germán, el Tiñoso, en el pequeño cementerio de los dos cipreses rayanos a la iglesia. Y miró a don José con insistencia, agobiado por la sensación de que no volvería a verle hablar, accionar, enfilar sus ojillos pitañosos y agudos.

Y, al pasar por la finca del Indiano, quiso ponerse triste al pensar en la Mica, que iba a casarse uno de aquellos días, en la ciudad. Pero no sintió pesadumbre por no poder ver a la Mica, sino por la necesidad de abandonar el valle sin que la Mica le viese y le compadeciese y pensase que era desgraciado.

El Moñigo no había querido despedirse porque Roque bajaría a la estación a la mañana siguiente. Le abrazaría en último extremo y vigilaría si sabía ser hombre hasta el fin. Con frecuencia le había advertido el Moñigo:

—Al marcharte no debes llorar. Un hombre no debe llorar aunque se le muera su padre entre horribles dolores.

Daniel, el Mochuelo, recordaba con nostalgia su última noche en el valle. Dio media vuelta en la cama y de nuevo atisbó la cresta del Pico Rando iluminada por los primeros rayos del Sol. Se le estremecieron las aletillas de la nariz al percibir una vaharada intensa a hierba húmeda y a boñiga. De repente, se sobresaltó. Aún no se sentía movimiento en el valle y, sin embargo, acababa de oír una voz humana. Escuchó. La voz le llegó de nuevo, intencionadamente amortiguada:

—¡Mochuelo!

Se arrojó de la cama, exaltado, y se asomó a la carretera. Allí abajo, sobre el asfalto, con una cantarilla vacía en la mano, estaba la Uca-uca. Le brillaban los ojos de una manera extraña.

—Mochuelo, ¿sabes? Voy a La Cullera a por la leche. No te podré decir adiós en la estación.

Daniel, el Mochuelo, al escuchar la voz grave y dulce de la niña, notó que algo muy íntimo se le desgarraba dentro del pecho. La niña hacía pendulear la cacharra de la leche sin cesar de mirarle. Sus trenzas brillaban al sol.

—Adiós, Uca-uca —dijo el Mochuelo. Y su voz tenía unos trémolos inusitados.

—Mochuelo, ¿te acordarás de mí?

Daniel apoyó los codos en el alféizar y se sujetó la cabeza con las manos. Le daba mucha vergüenza decir aquello, pero era ésta su última oportunidad.

—Uca-uca ... —dijo, al fin—. No dejes a la Guindilla que te quite las pecas, ¿me oyes? ¡No quiero que te las quite!

Y se retiró de la ventana violentamente, porque sabía que iba a llorar y no quería que la Uca-uca le viese. Y cuando empezó a vestirse le invadió una sensación muy vívida y clara de que tomaba un camino distinto del que el Señor le había marcado. Y lloró, al fin.

Notes

A. el Bachillerato. A seven-year period of secondary schooling, provided by the church and culminating in a State examination that went by the same name. In the early post-Civil War era in which the novel is set, secondary education in Spain was neither free nor obligatory, and was therefore strongly associated with the middle classes. The school-leaving age, raised to 12 years old by 1909, remained unchanged until 1964, when it was set at 14. Progressive governments during the Second Republic (1931–36) had sought to expand education at all levels. The reference to 'los nuevos edificios de las escuelas' in Chapter III (p. 50) of *El camino* is possibly an indication of that recent historical impetus, for example. However, the Franco regime did much to reverse such trends, returning education to the control of the Catholic Church, suppressing coeducation, and giving the syllabus of the *bachillerato* a decidedly classical and religious flavour.

B. el apodo. A vivid account of how nicknames functioned in an Andalusian rural setting is provided by J. Pitt-Rivers, *The People of the Sierra*, Chicago, 1961, pp. 160–9. Though seldom used in direct forms of address, nicknames were common currency within the community, and were typically known more widely than a person's surnames. Whereas some were malicious, others offered neutral descriptions of a person's trade or physical characteristics, or could be transmitted as family heirlooms, so that one could be known as El Calvo, for instance, in spite of having a full head of hair. Officialdom tended to treat the nickname as a sign of backwardness, and therefore as an obstacle to social progress. As in *El camino* (Don Antonino, Don José, for example), individuals enjoying elevated status or holding positions of authority in the community were unlikely to receive such names. In Delibes's novel those with the most graphic, cheerfully borne and freely exchanged nicknames are the three boys. Other names are merely factual (Lucas, el Mutilado); possibly inappropriate (Rita, la Tonta); or comically derogatory and therefore never uttered (unless by the narrator) in the presence of their owners (las Guindillas, las Lepóridas).

169

Whereas Don José, a character whose role prevents him from partaking fully in what Pitt-Rivers terms the 'compactness of the *pueblo*' (p. 168) is capable of using a nickname to refer to an absent third party, the practice is alien to Mica, whose wealth consigns her to the margins of her beloved community. With the acquisition of status through education, Delibes implies that Daniel is destined to lose his nickname irretrievably.

C. un Gran Duque. An eagle owl: a widespread nocturnal raptor that was often persecuted by hunters in Spain on account of its voracious appetite for small game. Salvador's plan is to lure red kites, which will not tolerate the presence of an eagle owl in their territory. Since, according to Spanish hunting laws, the red kite was classed as vermin, the local council would pay a bounty upon submission of the bird's head and claws. The tactic is explained in the Ministerio de Agricultura's *Vocabulario español de la caza*, Madrid, 1950, and glossed by M. Fernández Martínez, *Léxico venatorio en la obra de Miguel Delibes*, Madrid, 1988:

> El gran duque es muy acometedor y no rehuye el combate con grandes águilas, a las que en bastantes ocasiones consigue vencer. La aversión que por los búhos sienten todas las aves diurnas la aprovecha el hombre en plan deportivo o para destruir aves perjudiciales a la caza. Vivo o disecado, el gran duque es un reclamo de resultados seguros. Debidamente emplazado, bien oculto el cazador en el puesto, a él acudirán las águilas reales, imperiales y perdiceras, todas las rapaces de los contornos, y aun las grajas, cuervos, chovas y urracas. (pp. 552–3)

D. no estaba exenta de atractivos. The offending passage is reproduced in Miguel Delibes, *El camino (edición facsímil)*, ed. R. García Domínguez, Barcelona, 2000, p. xx. For unknown reasons, Delibes has omitted to reinstate the excerpt in more recent editions of the novel:

En el fondo le gustaba sorprender a las parejas en plena fiebre de amor.

Una noche, el haz de su linterna topó, en lo más intrincado de un bosque de castaños, con el Cuco, el factor, y su mujer:

—Cuco, Rafaela —dijo—, estáis en pecado mortal.

El Cuco se puso en pie:

¡Qué demonios dices, catacaldos! Ella es mi mujer —aclaró.

La Guindilla no perdió la serenidad.

—¿Y por qué no hacéis en casa lo que tengáis que hacer? —dijo.

Rafaela, la Chancha, intervino conciliadora:

—Deje usted, doña Lola. Él dice que sólo disfruta en el bosque porque entonces las caricias le saben a prohibidas. A él le quita usted la prohibición y asunto concluido.

La Guindilla se retiró sin entender bien las razones que asistían a Cuco, el factor, para esconderse con su mujer en la espesura, teniendo una casita tan linda como tenían a orilla de la vía.

Cuando el Cuco le contó a Andrés, «el hombre que de perfil no se le ve», este episodio, el zapatero meneó la cabeza y dijo:

—La Guindilla, como todas las mujeres que sólo tienen costillas en el pecho, es una intransigente.

E. la cucaña. A long pole, mounted vertically (in *El camino*) or horizontally, coated in grease or soap, at the tip of which is placed a prize in the form of money or food. On festive occasions, the custom of ascending a climbing mast, or greasy pole, is present in several European cultures and appears to have arisen in Naples during the sixteenth century. However, the word Cuccagna (or Cockaigne, in English) is of Medieval origin and refers to a mythical land of plenty (Lubberland, or the Land of Cakes), an abode of sensuous idleness where lavish feasting on edible surroundings and unresisting animals takes place. According to the *Enciclopedia Espasa-Calpe*, the Neapolitans used to construct a model of Vesuvius which, as it erupted, spewed forth delicious foods, whereupon the townspeople would clamber up its steep, mouth-watering flanks in order to be the first to retrieve them. Eventually, a greasy pole was substituted for this slithery volcano. In modern Spanish a *cucaña* can be used colloquially to refer to something that is easily achieved or, in English, *a piece of cake*. In Chapter XVII of *El camino*, the *cucaña* has a complex symbolic function. On one level it parodies Salvador's idea of education as a smooth and rapid social elevator capable of transporting Daniel to a utopia of wealth and prestige. On another, it signals Daniel's moral trajectory in ensuing chapters as an inverted *cucaña*, one pointing earthward to the alternative utopian space of the village itself. However, Daniel ends *El camino* caught between utopias, in limbo between progress and the status quo. Like Tom Sawyer and Huckleberry Finn before him, Daniel has a boyhood impulse to renounce the high life in favour of freedom. The narrator's precise attitude is perhaps not so easily pinpointed as that of the young protagonist.

Temas de debate y discusión

1 ¿Crees que el narrador coincide plenamente con las opiniones de Daniel sobre el progreso?

2 Describe la función del entorno natural y físico del pueblo – su geografía y símbolos.

3 A lo largo de la narración se destaca la problemática relación entre Daniel y su padre. Identifica y analiza los episodios o capítulos más significativos de esta relación.

4 Haz una comparación de los retratos de Lola Guindilla y Don José a través de la novela. ¿Hasta qué punto crees que *El camino* es una sátira de la iglesia católica bajo el régimen de Franco?

5 En los primeros capítulos el joven héroe está obsesionado con el problema del *vientre seco* y del *aborto*. ¿Por qué te parece que Delibes inicia la novela con el protagonista inmerso en tales pensamientos?

6 ¿Cómo interpretas la historia de Gerardo (Capítulo IX)? ¿Qué relevancia tiene para Daniel?

7 ¿Cómo interpretas la historia de Quino y Josefa (Capítulo XI)? ¿El lector comparte completamente la percepción de Daniel sobre la moraleja de esta historia?

8 La pandilla de Daniel, Roque y Germán, ¿es nada más que una imagen en pequeño de la sociedad adulta, o tiene su propio sistema de reglas y valores?

9 Haz un análisis detenido del Capitulo XVII. ¿Cómo interpretas este episodio? ¿Cómo lo relacionas con los temas principales de la novela?

10 ¿Por qué te parece que el texto no revela la muerte de Germán hasta el final de la novela? ¿Cuál es el efecto de este retraso?

11 *El camino*, ¿es tragedia o comedia?

12 *El camino* pertenece al género novelesco, pero de forma un poco insólita. ¿En qué medida se diferencia de una novela convencional?

13 Según esta novela, ¿cómo deberían ser la educación y desarrollo psíquico del individuo?

14 *El camino* es una novela en que el héroe no quiere ir a ninguna parte. Además, la novela parece carecer de trama y de estructura. ¿Te parece, por tanto, que lleva un buen título?

Selected vocabulary

The following have in general been omitted from the vocabulary:

1 words that a sixth-former can reasonably be expected to know with all meanings relevant to the text (e.g. **cuarto**, *room, quarter*; **enseñar**, *to teach, show*; but *not* **banco**, *bank, shoal*; **comer**, *to eat, take* (*in chess*);

2 words that are similar in form and relevant meaning to the English (e.g. **minúsculo**, *minuscule*; **profeta**, *prophet*; but *not* **embarazada**, *pregnant*; **vulgar**, ordinary);

3 words whose meaning can be inferred from the context or from a mixture of form and content (e.g. **bautizar**, *to christen*; **chimenea**, *funnel*);

4 words that are dealt with in footnotes or Notes.

The meanings given are those most helpful for a translation in the relevant context. Asterisked words are not in the text of *El camino* but appear in the Introduction or Notes.

abarcarse, to be grasped, be comprehended
abasto: dar —, to be enough
abatido, dejected, downcast
abatir, to knock down
ablandar, to soften (of eyes) become watery
abobado, stupefied
abochornar, to embarrass, shame
abofetar, to slap
abogado, lawyer
abonar, to pay
abordar, to reach, approach
aborrecer, to detest
aborto, miscarriage
abrasar, to burn, scorch
abrazarse (a), to embrace, cling (to)
abreviar, to cut short

abrir en canal, to cut from top to bottom, tear to shreds; **— la mano**, relax the rules
abrumar, to overwhelm
abrupto, steep, sheer
absoluto: no ... en —, not in the slightest
abstenerse, to refrain
abstruso, puzzling, hard to understand
abultado, bulging
abultarse, to bulge
acaecer, to happen, befall
acallar, to quieten down, quell
acalorado, heated
acampar, to camp
acariciar, to cherish; caress, stroke
acarrear, to lead to, entail

174

acartonado (made of) cardboard
acatar, to respect; put up with
acceder, to consent
acceso, attack
accidentado, rough, bumpy
accionar, to gesticulate; act
acebo, holly
acechante, watchful
acechar, to watch, spy on
aceleradamente, swiftly
acelerarse, to speed up
acento, tone, call
acentuar, to exaggerate, emphasize
acerbo, harsh, cruel
acercar, to bring near;
—**se a**, approach, go up to
acertar a, to manage to
achacable a, attributable to
achacoso, ailing, poorly
acitara, parapet
aclarar, to clarify
acodado, leaning on one's elbows
acogedor, welcoming
acoger, to welcome
acogida, reception
*****acometedor**, attacking, aggressive
acometer, to tackle
acomodado, settled
acomodar, to adapt to, match
acompasado, rhythmic
acongojado, distressed, strained
acontecer, to happen
acontecimiento, event
acorchado, shrivelled up, decayed
acostumbrado, customary, usual
acostumbrar (a hacer algo), to be
in the habit of doing something
acrecer, to increase
acremente, sharply
acritud, bitterness
actual, present
actuar, to act
acuciar, to urge on, provoke

acudir, to come, attend
acuerdo, agreement
acuoso, bleary, watery
acurrucarse, to huddle
acusado, marked
acusar, to accuse, receive; —**se**,
confess
adecuado, true, proper
adelantar, to put forward; —**se**, go
forward, get there first
adelante: en —, henceforth, from
then on
adelgazar, to lose weight
ademán, gesture, expression
adentrarse, to enter
adherirse a, to cling
adivinar, to guess
admirado, admiring
admitir, to allow
admonición, warning
adobadera = adobera, brick-shaped
cheese mould with handles on
either side
adoquín, kind of sweet (paving
stone)
adormilado, dozing, drowsy
adosado a, fixed to
adrede, on purpose
aducir, to adduce
adueñarse, to take hold of, take
possession of
adusto, austere, sullen, forbidding
advertencia, remark, warning,
signal
advertir, to warn; notice; —**se**, be
visible
afán, anxiety, eagerness, desire;
labour
afanado, busy, working hard
afanarse, to slave away, work hard
afanosamente, eagerly
afecto, affection
afectuoso, affectionate

afeitar, to shave; trim
aferrar, to clutch
afianzar, to shore up
afición, fondness, passion
aficionado a, fond of
afilado, thin, penetrating, pointed
afilarse, to grow thin
afinar, to be precise
afrentar, to insult
***afrontar**, to confront, face (up to)
agachar, to lower; —**se**, crouch,
  bend down
agarrado a, clutching
agarrar, to seize; —**se a**, grasp
agarrotar, to grip
agazapado, crouching
agigantarse, to grow big
agitar, to wave
agobiado, overwhelmed, overawed
***agonizar**, to be in the throes of
  death
agradar, to please
agradecer, to be grateful (for)
agrandado, magnified
agredir, to attack
agregar, to add
agriar, to sour
agrio, sour, harsh
aguantar, to withstand, endure,
  hold firm
aguardar, to wait for
aguardiente, cheap brandy, eau-de-
  vie
agudo, sharp, high-pitched
aguja, needle
agujereado, full of holes
agujerear, to pierce, puncture, make
  holes in
agujero, hole
ahilado, light, gentle
ahínco, enthusiasm, zeal
ahíto, full, stuffed
ahogado, stifled, muffled

ahogarse, to suffocate, drown
ahogo, shortness of breath
ahorrar, to save
ahuecar, to deepen
airado, irate
aislado, isolated
ajeno, other people's
ajustarse a, to be in keeping with, fit
ala, wing
***alabanza**, praise
alabar, to praise
alambre, wire
alarde, boast
alargado, elongated
alarido, howl
alba, dawn
albedrío, free will
albores, dawn
alborozado, overjoyed
alborozo, joy
alcalde, mayor
alcanzar, to reach
alcance, reach, importance
aldea, village
ale (hala), 'come on (then)'
alelado, in a daze, dumbstruck
aleta, wing (of a car)
aletear, to flutter
aletilla, nostril
alféizar, window ledge
alfiler, pin
algarabía, racket, din
alianza, wedding ring
aliento, breath, spirit
aligerar, to relieve, ease
alimento, food
aliviado, relieved
alma, soul
almacenado, stored up
almadreña, clog, wooden shoe
almohada, pillow
alquiler, rent
alrededores, area, neighbourhood

altura, height; **a estas —s**, at this stage, even now
aludir, to allude
alumbramiento, childbirth
alumbrar, to give birth to
alzar, to raise; **—se**, get up
ama, housekeeper
amargar, to spoil
amarrar, to tie up
ambiente, atmosphere
ámbito, area, scope
ambos, both
amedrentado, frightened
amedrentador, threatening, intimidating
amedrentamiento, fright
amenaza, threat
amenazador, threatening
amenazar, to threaten
amistad, friendship
amistoso, friendly
amodorrado, drowsy
amonestación, reading of the banns
amontonarse, to pile up
amoratado, blue (in the face)
amortajar, to shroud
amortiguar, to muffle, lessen, stifle
amparo, protection
amplio, wide, great
amuleto, amulet, charm
anciano, old man
anchura, width
andar, to go, walk; **— por**, fancy; **anda ésta**, 'hark at her'
andas, religious float
andén, platform
anegar, to flood
anexo, adjoining
angustia, pang
angustiado, anxious
anhelante, panting, eager
anhelo, desire, longing
Ánimas Benditas, All Souls

animar, to encourage; **—se**, cheer up
ánimo, mind, spirit
anochecer, dusk, nightfall
anochecida, nightfall
anonadar, to crush, overwhelm
ansia, anxiety
ansiar, to long to
ansiedad, anxiety
ansiosamente, eagerly
anteanoche, the night before last
antebrazo, forearm
antemano: de —, beforehand
antepasado, ancestor
anteponer, to prefer
antes bien, but rather
antiguo, former
antipático, unpleasant, disagreeable
antojársele a uno, to seem to one
antojo, fancy; **a su —**, as one pleases
anudar, to tie, knot
anular: dedo —, ring finger
añadidura, addition; **por —**, in addition
añil, blue, indigo
añoso, aged
apaciguar, to calm, pacify
apagado, faint, indistinct
apagar, to put out
apagarse, to fade out
apalear, to beat up, thrash
aparatosamente, spectacularly
aparentar, to appear, seem
apartado, to one side
apartar, to remove; **—se**, turn away, move away
apasionado, passionate
apear, to dissuade; **—se**, alight
apelar a, to resort to
apelmazado, stocky
apestar, to stink
apetencia, appetite
apetitoso, desirable

177

apilar, to pile up
apiñarse, to crowd
aplanado, overwhelmed
aplastar, to flatten
aplomo, composure
apodo, nickname
apolillado, moth-eaten
aportar, to bring
apoyar, to support, back up; **—se**, lean, rest
apremiante, urgent
apresar, to grasp
aprestar, to make ready
apresurarse, to hurry
apretado, compact, heavy (teardrop)
apretar, to squeeze
apretujar, to squeeze, hold tight
aprisa, quickly
aprobar, to approve
apropiado, appropriate
aprovechar, to profit from, take advantage of
aproximarse a, to approach
apuesto, dapper, smart
apuntar, to point out; aim
aquejar, to afflict
arañar, to scratch
arcón, chest
ardite: no le importaba un —, he could not care less about
argüir, to argue
armar, to stir up, raise (noise)
armónico, harmonious
armonio harmonium
aro, hoop
arpillera, sackcloth
*arraigar, to put down roots
arrancar, to draw out/from
arranque, sudden impulse
arrasar, to raze to the ground
arrastrado, slurred
arrastrar, to drag

arrebatar, to snatch, carry off
arrebato, fit of rage
arreglar, to arrange
arremeter contra, to attack
arrepentido, penitent
arriado, lowered
arribar, to arrive
arriendo, lease
arriesgado, risky
arriesgar, to risk
arrimarse a, to look to for protection, seek the company of
arrobo, rapture
arrojar, to fling, toss
arropar, to wrap up
arroz, rice
arrugar, to wrinkle
arrullar, to lull; coo; **—se**, whisper sweet nothings
arrumaco, caress, hug
artefacto, instrument, appliance
artificio, trick, deception
asaltar, to attack
asar, to roast
asco, disgust
ascua, ember
asemejar, to resemble
asentar, to settle down
asentir, to agree, nod
asesino, murderer
asir, to grasp; **—se a**, latch on to
asistir a, to be present at; to help, encourage
asomar, to show, stick out; **—se a**, look out on
asombro, amazement
asomo, mark, sign
aspaviento, fuss, excitement; **hacer —s**, to gesticulate
áspero, gruff; harsh, unyielding
asqueroso, revolting
asta, horn
astilla, splinter

astucia, cunning
asunto, matter, business
asustar, to startle, alarm, scare
atajar, to interrupt, butt in
atañer, to concern
atar, to tie
atarantar, to freeze, paralyse
atardecer, dusk
ataúd, coffin
atemorizado, fearful
atención: en — a, for the sake of;
    en — a que, in view of the fact
    that
atender, to take care of
atento, attentive
atisbar, to glimpse, espy
atosigado, overcome
atractivo, charm, attraction
atraer, to attract
atrapar, to catch
atravesado (held) sideways
atravesar, to cross
atreverse, to dare
atribuciones, powers
atribulado, despondent
atrio, atrium, church entrance
atropelladamente, in a great rush;
    decir —, to reel off
aturdir, to bewilder, stun
aullar, to yell, cry
aumentar, to increase
autoconvencerse, to convince
    oneself
autoritario, commanding
ave, bird
avecinarse, to approach
avellana, hazelnut
avenirse a, to resign oneself to
aventajar, to surpass
avergonzarse, to be ashamed
averiguar, to ascertain, discover
aviado: estar —, to be in a fix
aviarse, to get ready

avidez, greed, eagerness
ávido, rapt, eager
avisar, to announce, warn of, inform
avivar, to arouse, heighten
axila, armpit
ayuntamiento, town hall, council;
    joining together
azar, chance
azorado, embarrassed, flustered
azorarse, to feel disturbed
azúcar, sugar
azulado, bluish

baba, dribble, drooling
bache, rut, pothole
Bachillerato, secondary educa-
    tion, qualification awarded on
    completion of one's secondary
    education
badana, leather part of catapult
baile cerrado, indoor dance
bajo: por lo —, secretly
bala, bullet
balbucear, to stammer
balbucir, to stammer
balde: en —, in vain
baldón, insult
banco, bench; bank; shoal
banda, side
bandera, flag
bandolero, bandit
banqueta, bench
barbilla, chin
barbudo, bearded
barco, boat
bardal, thatched wall
barnizado, varnished
barriga, belly
barril, barrel
barrio, district; **mandar al otro —**,
    to send into the next world
barro, earthenware
barruntar, to detect, surmise

basto, coarse, rough

batida, hunting party; **dar la — a**, to go hunting for

bazar, store

bendecir, to bless

bendito, holy, blessed

beneficio, benefit

berrear, to bellow

biberón, baby's bottle

bicho, creature, beastie

bienvenida, welcome

bigote, moustache

bilis, bile, anger

billete de cien, 100-peseta note

bisturí, scalpel

bizco, cross-eyed

blanco, target

blanco: poner los ojos en —, to roll one's eyes

blandir, to brandish

blando, soft, gentle

blanqueado, whitewashed

blanquecino, whitish

bobada, foolish remark

bobalicón, half-witted, silly

bobamente, dimwittedly

bocaza, big mouth

boda, wedding

bofetada, blow

boina, beret

bolera, bowling alley

bolos, ninepin bowling

bombilla, lightbulb

boñiga, cowpat

boñigazo, blow from a cowpat

boquiabierto, open-mouthed, flabbergasted

borbotear, to bubble, seethe

borbotón, bubble

borrachera, binge

borraja: disolverse en agua de —s, to come to nothing

borrar, to erase

boruga, whipped and sweetened curds and whey

bosque, wood

bota, wineskin

bote, tin box

botica, chemist's shop

boticario, chemist

bóveda, vault

bracear, to flail (about)

bracero, day labourer

braga, pair of knickers

bragazas, coward

bravío, wild, untamed

brazada, armful

brinco, leap

brisa, breeze

broma, joke

brotar, to spring (forth), sprout

bruces: de —, face down

bruja, witch

bruma, mist

buche, crop (of bird)

bueno: de buenas a primeras, all of a sudden

buey, ox

bufar, to hiss, spit

***búho**, owl

bullir, to well up, seethe, stir

bulto, bulky shape

burbujeo, bubbling

burlarse de, to make fun of

burlón, mocking, sneering

burro, donkey

buscar: —selo, to be asking for it, bring it on oneself

cabal, with integrity, proper

caber, to fit; be possible

cabeza: de —, head first

cabizbajo, with head hanging, shamefaced

cabo, end; corporal; **estar al — de la calle**, be in the know

cabotaje, coastal shipping trade
cabra, goat
cacería, hunting
cachaba = cachava, staff, walking stick
cacharra, jug
cachazudamente, slowly
cachete, blow, pat
cada cual, each one
cadena, chain; **picar en —,** dive one after the other
cadencioso, lilting, cadent
cadera, hip
cagajón, horse manure
caja, box; takings
calabaza: dar —s a, to jilt
calambre, cramp
cálido, warm
calleja, side street, alley
calva, bald patch
calzado, shoe
calzones, short trousers
calzoncillo, underpants
camastro, tatty old bed
cambera, cart track
cambiar la voz, to have one's voice break
camiseta, vest
camorra, quarrel
camorrista, quarrelsome
campana, bell
campanada, ringing, chime
campanario, belfry
campeonato, championship
campaña, countryside
camposanto, cemetery
¡canalla!, the swine!
candente, red hot
cangrejo, crayfish
canguelo, fear; **le queda canguelo** (coll.), he's scared
canícula: en plena —, in the heat of the summer/day

canoro, singing
cansino, weary (of animals)
cántara, milk churn
cántaro, jug
caño, spout
caparazón, shell
capitanear, to lead
capote, cape
caracol, snail
carantoñas, caresses, endearments; **hacer —,** to fawn
carbonilla coal dust
carburar, to light, fuel
carcajada, burst of laughter, guffaw
cárcel, prison
carecer de, to lack
carencia, lack
carga, cargo, freight; attack
cargador, porter
cargo, post, job, office; **hacerse —,** to take charge
caridad, charity
cariño, affection
cariz, appearance
carne, flesh, meat
carnicero, butcher
carnicería, butcher's shop
carnoso, fleshy, pudgy
carraspear, to clear one's throat
carrera, passage; race; career
carreta, cart
carrillo, cheek
carro, cart
cartoncito, bit of cardboard
cartucho, cone (paper bag); cartridge
casa de vecinos, tenement
caserío, group of houses
caso: hacer —, to pay attention; **si es —,** perhaps; if anything
casta, caste, class
castaño, chestnut tree
castigar, to punish

castrense, military
casualidad, chance
*****catacaldo**, snoop, nosey Parker
catarata, waterfall
caudal, wealth, abundance
cautela, caution
cauto, cautious
cavar, to dig
cavilar, to hesitate, reflect
caza, hunting, shooting
cazador, hunter
cebo, bait
ceder, to peter out
celo, zeal
cencerro, cowbell
ceniza, ash
censurar, to censure, criticize; censor
centelleo, glint, flash
centena, hundred
centenar, hundred
centrado, focused
ceñido, hemmed in, squashed up
cerca, fence
cercenar, to chop off, lop
cerciorarse, to verify
cerco, ring, encirclement
cerebro brain
cerezo, cherry tree
cero, zero; **— a la izquierda**, of no importance
cese, end, cessation
chapuzarse, to dive, take a dip
charanga, brass band
charco, puddle
charlar, to chat
charlatán, chatterbox
chasquido, snap
chato, blunt; flat-nosed
chillar, to scream
chillido, loud croak
chillán, loud, showy
chiribitas, sparks

chirriante, creaking, rasping
chirriar, to creak, squeak
chispazo, spark
chisporrotear, to sputter, sizzle
chocar, to collide
choque, collision
chorro, jet; stream; **irse a —s**, to pour out
*****chova**, chough (crow)
chupar, to suck
chupete, lollipop
churro, cylindrical strip of fried dough
cicatriz, scar
ciegamente, blindly
ciencia: a — cierta, for certain
cifra, figure, amount
*****cifrar**, to pin hopes on
cigüeña, stork
cima, summit; **dar — a**, to complete
cimientos, foundations
cinegético, for hunting, of a hunter
cinta, ribbon
cintura, waist, belt; **meter en —**, to rein in, keep under control
ciprés, cypress
circuir, to surround, encircle
circundante, surrounding
circunstancialmente, as chance would have it
cirio, candle (church)
clasificarse, to be placed
clavado, nailed, fixed
claveteado, nailed, studded
clavo, nail; **dar en el —**, to hit the nail on the head
claxón, horn
cloqueo, cackle
cluac-cluac, clip-clop
cobrar, to get, acquire; charge
cocido, stew
cochino, vile, filthy
codiciado, coveted, sought after

182

codazo, nudge (with an elbow)
codorniz, quail
cogote, back of the neck
cohete, rocket
cohibido, embarrassed, bashful
coincidir, to coincide, agree
cojera, lameness
cojo, lame
cola, tail
colarse, to slip in
colecta, collection (in church)
colegio, school
coletazo, wriggle; **a —s**, wriggling
colgado, hanging
colgante, overhanging
colgar, to hang
colindante, adjoining, neighbouring
colocado, with a job
colocar, to place; arrange
colonia, eau-de-Cologne
coloradito, reddish
colorado, red
coloso, colossus
comadre, village woman
comarca, region, district
comedido, polite
comedimiento, moderation,
  prudence
comer, to eat; take (in chess)
comerciar con, to trade in
comisura, corner (of mouth)
cómoda, chest of drawers
cómodo, convenient
compadecer, to sympathize with,
  pity
compartir, to share
compás, bar (in music)
compasivamente, attentively,
  tenderly
competencia, competition
complacencia, pleasure
complacer, to please, delight

complexión, physique
cómplice, accomplice
componente, member
compostura, composure
comprensivo, understanding
compresa, compress (bandaging)
comprobación, proof, verification;
  de difícil —, difficult to check
comprobar, to prove
comprometido, compromising,
  awkward
compromiso, embarrassment
compungido, sorrowful
compungirse, to feel remorse
comulgar, to take communion
concha, shell
concienzudo, thorough, conscien-
  tious
concurrido, crowded, well patron-
  ized
concurso, contest
condecoración (military) decora-
  tion, badge
condición, condition; aptitude,
  skill
conejo, rabbit
confesonario, confessional
confiado, trusting
confluencia, confluence, junction
conformarse con, to resign oneself
  to, be content with
confundido, bewildered, confused
confundirse, to be mingled
congestionado, flushed
congestivo, congested
conglomerado, conglomeration
congruente, suitable
conminación, threat, warning
conmoverse, to be shaken; to be
  stirred, moved
conmutador, switch
conocimiento, consciousness;
  knowledge

conque, and so
consecuente, consistent
consecuentemente, appropriately
consejo, advice
consistencia, solidity, substance;
  cobrar —, to thicken
constatar, to ascertain, confirm
consuelo, consolation, comfort
consumido, emaciated, drawn
contador, meter
contagiar, to infect; **—se de**,
  become infected with
contenido, contents
contextura, build
contingencia, unforeseen event,
  incident
continuación: a —, after that
*****contorno**, surrounding area
contramedida, countermeasure
contrapuesto, opposing
contrario, opposite
contratiempo, mishap
contristado, dejected, saddened
contumacia, persistence, obstinacy
contundente, emphatic
convecino, neighbour
convencimiento, conviction
convenir, to suit
convidar, to invite; stand a drink
convoy, train
cooperar a, to contribute to
cordero, lamb
cordón, cord
corito, naked
coro, choir
corona fúnebre, wreath
corpulencia, beefiness, bulkiness
corral, yard
correa: tener —, to have a thick
  skin (if insulted)
corresponder, to belong
*****corretear**, to scamper, run about
corrido: de —, fluently

corriente, current; **— de fondo**,
  undercurrent
corro, group, circle; **— de bolos**,
  bowling ground
corroer, to gnaw, eat away
corrompido, corrupt
corte, cut
corto, short; **en —**, shortly
coser, to sew; **cosido a los pantalones**, hot on his heels
cosquillas, tickling; **hacer —s**, to
  scare, spook (coll.)
cosquilleo, tickling sensation
costado, side
costilla, rib
costoso, expensive
costra, crust
costumbre, habit, way; **de —**, as
  usual
cotidiano, daily, everyday
cotilla, busybody, gossip
cotizarse, to be valued, prized
crecido, large
cría, fledgling
criado, servant
criar, to bring up, grow, raise; **—se**,
  be brought up
criatura, baby, child
cri-cri, chirp
crispadamente, spasmodically;
  tenaciously
crispar, to clench, tense, set on edge
crispante, infuriating
cristal, window (pane); glass
cristiano, person, living soul
criterio, judgement, intelligence
crujir, to rustle
cruz, cross; **hacerse cruces**, to cross
  oneself
cruzar, to pass; cross; **—se con**,
  meet, bump into
cuadra, stable, cowshed
cuadrado, square

cuadrilla, band, troop
cuajada, curd
cuarta, span (of a hand)
cuartos, cash, money; **cuatro —s**, a few cents/pence
cubierta, cover, top
cubo, bucket
cucaña, greasy pole
cucaracha, cockroach
cuchar, to fertilize
cuchichear, to whisper
cuchillada, slash
cuchitril, little room, little workshop
cuclillas: en —, squatting
cuclillo, cuckoo
cuco, cuckoo; **— de luz**, glow worm; **feo como un — de luz**, ugly as sin
cuello, neck; collar
cuenta, count, account; **a fin de —s, en resumidas —s**, after all, in short
cuero, leather; **en —s**, naked
***cuervo**, crow
cuesta, slope
cuidado, care; **¡—!** look out!; **le traía sin —**, it didn't worry him
cuidar, to look after
culebra, snake
culpa, blame, fault
cumbre, summit
cumplimiento, fulfilment
cumplir, to reach (age), fulfil
cuneta, verge
cuproníquel, cupronickel coin (25 *céntimos*)
cura, priest; popular name for a bird common in northern Spain
curiosito, nice and smart, spick-and-span
cutis, complexion

dádiva, donation
dañarse, to hurt oneself
dañino, destructive
daño, harm
dar, to give; hit; **— con**, come across, find; **— la razón a**, agree with, defer to
deber, duty
debido, proper
débil, weak
debilidad, weakness, failing
decadente, fleeting
decantar, to decant, draw off, transfer
decepcionar, to disappoint
defectuoso, faulty, imperfect
definitiva: en —, in short
defraudar, to disappoint
dehesa, cattle farm
dejado, indolent, slovenly
dejar de, to stop, leave off
deje, trace
delator, tell-tale
delgadez, slenderness, leanness
delgado, slender
demás: por lo —, apart from this
demoledor, destructive
demonio, devil; **a —s** like the devil; **¿a por qué —s?** why on earth?
demora, delay
demostración, proof
denodadamente, resolutely
depósito, storage
deprimente, depressing
deprimido, depressed
derecho, right; **— Canónico**, canon law; **—** (adj.), right(-hand)
derramar, to pour, shower down
derredor: en (su) —, around (him)
derretirse, to melt
derrumbarse to crumble, collapse
desafiador, challenging

185

desafiar, to challenge
desafinado, out of tune
desafinar, to sing out of tune
desaforadamente, wildly, outra-
    geously
desagradecido, ungrateful
desagrado, displeasure
desaguar, to drain, flow into
desahogarse, to unburden oneself,
    express one's feelings
desahogo, relief, outlet
desalado, anxious, eager
desarrollar, to develop; spend
    (time)
desasosegar, to disturb, make
    uneasy
desasosiego, uneasiness
desatado, set loose
desatender, to ignore, disregard
desatinado, foolish, illogical
desazón, uneasiness
desazonador, irksome
desazonar, to upset
desbocar, to run amok, bolt
desbordado, overflowing, gushing
descargar, to strike (a blow)
descarnado, lean, skinny
descentrado, off-centre
descoco, cheek, shamelessness
descolgarse, to come down,
    descend
descomedidamente, immodestly
descompuesto, furious
desconcertar, to fluster
desconfiado, wary
descontado, taken for granted
descorazonador, discouraging
descorrer, to draw back
descuidar, to overlook
descuido, oversight
desde luego, of course
desdén, scorn, contempt
desdeñable, despicable

desdoblamiento, doubling, replica-
    tion
desembarazarse de, to release, let
    go of
desembolso, outlay, expenditure
desempeñar, to carry out, perform
desencajado, bulging; con ojos —s,
    wild-eyed
desencanto, disenchantment, disap-
    pointment
desengañarse, to lose one's
    illusions; desengáñate, wise up
desentenderse de, to ignore, pay no
    attention to
desertar de, to abandon the idea of,
    renounce
desesperación, despair
desfigurar, to distort, disguise
desfilar, to file past
desfondado, bottomless
desgajarse, to be torn apart
desganado, casual, offhand
desgarrado, rending
desgarrarse, to be torn apart
desglosado, separated out
desgracia, misfortune; disgrace
desgraciado, unhappy, hapless
desgranarse, to spill out
desgreñado, dishevelled
deshacer, to undo; —se, vanish; —
    se de, free oneself from
deshinchar, to deflate
desidia, laziness, indolence
desigual, unfair
desilusión, disappointment
desinflar, to deflate
desinsectado, fumigated
desleído, diluted, watery
deslindar, to demarcate, determine
deslizarse, to slip, slip by
deslumbrador, dazzling
desmayado, limp
desmayarse, to faint

desmedido, excessive, enormous
desmedrado, run-down
desmelenado, dishevelled
desmentir, to contradict
desmenuzar, to examine closely,
  probe
desmesurado, immeasurable
desmoronarse, to fall, crumble
desnudar, to strip naked
desnudo, naked
desordenado, disorderly; exorbitant, unnatural; wild
despachar, to serve
desparpajo, impudence, imperti-
  nence
desparramar, to scatter
despavorido, aghast, horrified
despecho, spite, grudge
despedida, farewell
despellejar, to skin
despeñarse, to fall headlong, plunge
despiadado, pitiless, ruthless
despierto, lively; awake
desplazar, to move
desplomarse, to collapse, tumble,
  fall
desplumar, to pluck
despreciar, to despise
desprecio, scorn, contempt
desprendido, detached
despreocupado, unprejudiced,
  unbiased; carefree
destacarse, to stand out
destello, flash of light, glint
destemplado, ill-tempered
destemplanza, lack of moderation;
  ill-humour
destreza, skill
destrozar, to destroy, crush
detalle, detail; thoughtful gesture
desválido, helpless, unprotected
desvanecer, to dispel; —se, fade,
  vanish

desviar, to turn aside, deflect
detenimiento, thoroughness: mirar
  con —, look carefully at
determinación, resolve
detonante, brightly coloured, brash
devaneo (idle) pursuit
devocionario, prayer book
devolver, to hand back, return
diablura, mischief, escapade
diariamente, every day
dicha, happiness
difuminarse, to become blurred,
  fade
difundir, to spread
difunto, deceased
difuso, diffuse, vague
dilatado, wide, extensive
dilucidar, to elucidate
diluir, to dilute; —se, fade away
diluviar, to deluge, pour with rain
diluvio, deluge, flood
diñarla, to kick the bucket (coll.)
discernir, to make out, judge
disconforme, dissenting
disculpar, to forgive, excuse
discurrir, to flow; roll by
discutir, to argue
*disecado, stuffed (as in taxidermy)
diseminado, scattered
disensión, discord
disfrutar de, to enjoy
disgregado, scattered
disgustar, to displease
disgusto, annoyance, vexation
disimuladamente, surreptitiously
disimular, to hide (feelings)
disimulo, dissimulation, pretence
dislocarse, to fall away
disminuido, looking small
disparar, to fire
disparate, nonsense
disparo, shot
disperso, scattered

disponer de, to own, have at one's disposal; **disponerse**, get ready

disponible, available

disposición, angle, stance

dispuesto, ready, willing; **bien —**, well-disposed

distanciarse, to move away

distender(se), to stretch

distraer, to distract; **—se**, amuse oneself

disyuntiva, dilemma, alternative

*diurno, diurnal, day

divertir, to amuse

divisar, to catch sight of, make out

doblar, to go round, turn (corner); bend

doler, to hurt, cause pain

dolor, pain

doloroso, painful

dominical (adj.), Sunday

don, gift

donante, donor

donar, to donate

donativo, donation

dorado, golden

dubitativo, doubtful

ductilidad, flexibility, mental agility

dudoso, dubious

duelo, duel; grief

duende, goblin

dueña, owner

dulce: en —, preserved

duo: a —, in a duet

duque, duke; **gran —**, eagle owl

duro, five pesetas; **—** (adj.), hard, severe, stiff, rigorous

ebrio, drunk

echar, to throw; **— a**, start; **— abajo**, knock down; **— de menos**, miss; **— en cara**, throw in one's face, reproach for; **— mano de**, resort to; fall back on;

— sobre sí, take upon oneself; **— una partida**, play a game; **— se encima**, take upon oneself

edificante, edifying

educador, teaching, educative

educar, to bring up

educativo, educational

efectuar, to carry out, perform

efervescente, ardent, vibrant

efímero, ephemeral

efluvio, flow, rush

eje, axle

ejemplar, copy

ejemplar, exemplary

ejercitar, to flex, exercise

elaborado, fashioned

elástico, supple

elegir, to choose

elogiar, to praise

emanar, to emanate, emit

embarazada, pregnant

embarazoso, embarrassing

embargar, to seize, take hold of

embelesar, to fascinate

embobado, 'in a dreamworld', mesmerized

emborracharse, to become intoxicated, get drunk

embriagado, inebriated

embrollo, predicament, tricky situation

embuchar, to stuff

embuste, lie

embutir, to stuff; insert

emocionante, moving, thrilling

empalidecer, to turn pale

empañado, blurred

empapar, to saturate, soak

emparejados, as a couple

emparejarse, to pair off

empecatado, evil, sinful

empedernido, inveterate

empenachado, plumed

empeñarse en, to insist on, persist in

empeño, engagement

emperejilado, dolled up, dressed to the nines

empero, but, however

empingorotado, stuck up, snooty

empleado, employee, office-worker

emplumado, feathered

empresa, company, firm

empujar, to push, drive

enajenación, derangement

enajenado, enraptured

enamorado de, in love with

enamoriscarse de, to take a slight fancy to

enano, dwarf

encadenado, chained

encajonar, to box in

encajonarse, to lodge

encalado, whitewashed

encaminarse, to go, make one's way

encandilado, aflame

encantador, charming, delightful

encanto, enchantment, delight

encararse con, to face, confront

encargar, to order

encariñarse por, to become fond of

encarnado (bright) red

encarnadura: tener —, to have skin that heals quickly

encella, cheese mould

encendido, fervent, ardent

encerado, waxed

encerrar, to enclose, contain

encina, holm oak

encinta, pregnant

encogerse, to shrink

encolerizado, angry

encono, bitterness, resentment

encorvado, hooked, bent over

encrespado, rough, choppy

endeble, frail, feeble

endeblez, weakness, frailty

enderezar, to straighten

endulzar, to sweeten; soften

endurecerse, to stiffen, tense

energúmeno, fiend, wild person

enervar, to weaken, lessen; **—se**, become weak

enfadarse, to become angry

enfado, anger, irritation

enfermedad, illness

enfermizo, sickly, unhealthy

enfervorizado, fervent

enfilar, to direct

enfriarse, to cool off, be chilled

enfurecerse, to become furious

enfurruñado, sullen, sulky

engañar, to deceive, take in

engolado, grandiose, pompous

engolar, to speak in a falsely gruff voice

engordar, to grow fat, put on weight

engrasar, to grease

enjaulado, caged

enjugar, to assuage, staunch

enjuto, lean, skinny

enlace, connection, link

enloquecido, frenzied

enlutado, in mourning

enlutar, to dress in mourning

enmarañado, tangled

enmendar, to correct

enmienda, reform; **sin —**, incorrigible

enojar, to annoy

enojo, anger

enojoso, tiresome, annoying, irksome

enredar, to entangle

enroscado, curled up

ensayar, to try out, rehearse

ensayo, rehearsal

enseñar, to teach; show

enseres, worldly goods
ensombrecerse, to grow dark
entablar, to start
entarimado, floorboards
ente, being
enteco, sickly, weak
entenebrecido, gloomy, dark
enterarse de, to be aware of; find out about
enternecido, moved, touched
enterrar, to bury
entierro, funeral
entonar, to sing, intone
entontecido, dippy, silly
entornado, ajar
entornar, to half close
*entramado, framework
entrañable, deep, intimate
entrañas, insides
entreabrir, to half open
entrechocar, to knock together
entrecortadamente, spasmodically
entrecruzarse, to criss-cross
entredicho: estar en —, to be in doubt, be in question
entrega, yielding, surrender
entregado, beaten, crushed
entregar, to hand over; surrender; **—se**, resign oneself, give in; give oneself to
entremijo=expremijo, low, grooved table for cheese-making
entretenerse, to amuse oneself
entretenimiento, amusement
entrever, to see vaguely, make out
entrevistar, to interview
entristecer, to sadden
entrometerse, to interfere, meddle
enturbiar, to muddy, spoil
entusiasmar, to thrill, delight
envarado, numb, paralysed
envejecer, to grow old
envergadura, span (wings)

envés, back
envidia, envy
envidioso, envious
envolver, to contain, engulf, cloak, wrap
época, time, period
equilibrado, balanced
equilibrio, balance
equivaler, to be equivalent
erguido, erect
erguir, to straighten, draw up
erigido, raised, elevated
erizado de, bristling with
eructar, to burp
esbelto, slender
esbozar, to raise (a smile)
escabullirse, to slip away
escaldado, scalded
escalera, stairs; **— abajo**, downstairs
escalofrío, shiver, chill
escamotear, to screen, conjure away
escandalizar, to cause a scandal
escandalosa, an outrageous woman
escandaloso, hellraiser
escapada, escape
escaparate, shop window
escarbar, to poke (about), dig into
escarmentar, to learn one's lesson
escarmiento, punishment, correction
escarpado, steep
escaso, little, sparse
escayola, plaster
esclavo, slave
escocer, to smart, sting (pain)
escoger, to choose
escolar, pupil
esconder, to hide
escondrijo, hiding place
escopeta, shotgun
escozor, sting, throb
escrupuloso, fussy, picky
escrutar, to scrutinize, examine

escuadrilla, squadron
escúalido, skinny, emaciated
escuchumizado (coll.), scrawny
escudo, shield
escueto, unadorned, plain
escurrido, skinny
ese, letter 's'; hacer —s, to stagger
esforzarse, to make an effort
esfuerzo, effort
eslabón, link
esmirriado, scrawny
espantoso, dreadful
especie, kind, sort
espectral, ghostly
esperanzado, full of hope
esperpento, a grotesque (person)
espeso, thick
espesura, woods, vegetation
espina, thorn
esplendente, radiant, luminous
esponjoso, spongy
espumoso, foamy, frothy
esqueleto, skeleton
esquina, corner
esquirla, splinter
esquivar, to forgo, avoid
establo, cowshed
estación, season; station
estado, state
estallar, to explode, flare up,
    resound, burst out
estampa, print, picture
estampido, bang
estancia, front room
estatura, height
este, east
estela, wake (of ship)
estéril, barren
estilizarse, to become slender
estimable, significant, sizeable,
    worthy
estimar, to consider; rate (highly)
estío, summer

estipendio, fee
estirar, to stretch
estola, stole (Mass vestment)
estorbar, to annoy
estorbo, nuisance
estornudar, to sneeze
estrado, platform
estrambótico, outlandish
estratos, strata
estrellado, starry
estrellarse, to crash
estremecedor, trembling
estremecerse, to shake, shiver
estremecido, frightened, fearful,
    trembling
estremecimiento, tremble, quiver
estribillo, refrain
estribo, stirrup; perder los —s, to
    lose one's cool
estridencia, shrillness
estruendoso, loud, deafening
estrujar, to squeeze
estupefacto, amazed
estupor, amazement; torpor
Evangelio, Gospel
evidencia: poner en —, to make an
    exhibition of
evidenciar, to show, exhibit
evocar, to conjure up, evoke
exacerbación, exasperation
exacerbar, to worsen, aggravate,
    exasperate
exactitud, punctuality
exaltarse, to become overexcited, be
    overcome
excederse, to go too far
excelso, exalted
exento de, without
exigente, exacting, demanding
exigir, to demand
éxito, success
experiencia, experiment; experience
experimentar, to experience

191

expuesto, exposed
extemporáneamente, extempore, impromptu
extender, to spread (out); hold out
extenuado, worn out
extraer, to extract
extrañar, to surprise; **—se**, be surprised
extraño, strange, foreign
extraviar, to mislay
extremado, extreme
extremar, to intensify, carry to extremes
*****extremeño**, from/of Extremadura
extremo, extreme; **en último —**, at the very last moment
extremoso, extreme
exuberante, luxuriant, voluptuous

fábrica, factory
facción, feature
facilitar, to enable, facilitate
factor, freight clerk, station worker
facturado, by registered parcel post
faena, task
fallar, to pass judgement, pronounce sentence; fail
fallecer, to die
fallido, unsuccessful
fallo, failure, failing
faltar, to be lacking
familiar, family member
fango, mud
fantasmal, ghostly
fardo, burden; bundle
faro, headlight
farol, lantern
fastidiar, to annoy
febril, feverish
fecundación, fertilization
feo, ugly
féretro, coffin
férreo, iron

festín, feast
festivo: día —, holiday
fiebre, fever
fiel (pointer of) balance; **en el —**, nicely balanced
fiera, wild animal
fiero, fierce
fiesta de guardar, holy day on which it is obligatory to hear Mass and to do no work
fifiriche, wimp
figurarse, to imagine
fijarse (en), to observe, note
fijeza, steadiness
filón, seam
fin: al — y al cabo, when all's said and done; **a — de cuentas**, after all
finalidad, purpose
finca, farm; estate
fingimiento, pretence
fingir, to pretend
fino, refined
fisgón, nosy parker, snoop
fisonomía (facial) appearance
flaco, weak spot
flaco, skinny, weak
flanquear, to flank, go alongside
flaqueza, weakness
flexión, press-up
flexionar, to flex, bend
fluidez, fluency
fluir, to flow
flujo, ebb and flow
follaje, foliage, leaves
fomentar, to foster, encourage
fonda, inn
fondo, depth(s), bottom, rear; **en el —**, at bottom
forastero, visitor, stranger
forcejear, to struggle
forcejeo, tussle
fornido, burly, strapping

fortaleza, strength
fosa, grave
fosco, dark, gloomy
frac, tailcoat
fracaso, failure
fragor, din
fragua, forge
fraile, friar
franco, clear, unmistakable
franquear, to cross
fraterno, between siblings
fregona, kitchenmaid, skivvy
frenesí, frenzy
frente, forehead
fresco, fresh food (typically fish)
frescor, freshness
fronda, foliage
frontera, boundary
frontis, façade
fruición, enjoyment, pleasure, delight
fruncir, to purse (lips), wrinkle (nose); — **el ceño**, frown
frustrado, frustrated, abortive
frutos, produce
fuente, fountain
fuerza, strength, force; **a — de**, by means of
fuga, flight
fulano, so-and-so
fulminante, sudden, violent (like lightning)
fumoso, smoky
fundamento, solid, substantial; **saber de —**, to know first hand
fundir, to melt (down)
fúnebre, funeral
funeraria, undertaker's

gacho, turned down; **con las orejas gachas**, 'with tail between one's legs'
gaje: —**s del oficio**, an occupational hazard
galardón, prize
galleta, biscuit
gallina, hen; coward, 'chicken'
gallito, bully boy
gallo, cock
ganado, cattle
gancho, hook
gangosidad, nasal twang
garganta, throat
*****garrapatear**, to scrawl (on)
garrote, club, cudgel
gasolina, petrol
gastar, to spend, use up; wear
gasto, expense
gatillo, trigger
gemebundo, moaning and groaning
gemelo, twin
gemido, groaning, creaking
gemiqueo, wailing
gemir, to groan
género, sort, kind
gestión: —**es**, negotiations
gesto (facial) expression, look
gimotear, to whimper
girar, to turn
gitano, gipsy
gitanón, rascal, scallywag
goce, enjoyment
golfante, scoundrel
golfo, rascal
gollería, extravagance, something fancy
golosina, sweet, treat
golpe, blow; — **de sangre**, rush of blood
golpear, to hit, beat up
goma, rubber
gordo, fat; **lo —**, the climax
gorgorito, warble, trill
gorjear, to sing, warble
gorjeo, warble
gorra, cap

193

gota, drop
goterón, big raindrop
gozarse en, to delight in
gozo, joy, pleasure
grabado, illustration
gracia, grace, charm; **de —**, for free
gracioso, gracious; comical
grada, step
*****graja**, rook (crow)
granizada, hailstorm
grano, pimple
granuja, rascal
gratis, free
grato, pleasant
grave, low(-pitched), grave,
seriously ill
gravitar sobre, to weigh down upon
graznar, to caw
grey flock
grieta, crack, chink
grillo, cricket
grito, shout, scream; **poner el — en
el cielo**, 'to go up the wall', wail
grueso, thickness; **—** (adj.), thick,
heavy
grulla, crane
gruñido, grunt
guapo, pretty, good-looking,
handsome
guarra, pig; punch on the snout
guiar, to guide; drive
guijarro, cobblestone
guijo, pebble
guindilla red pepper
guiño, wink
gusano, worm

habilidad, skill, talent
hachazo, axe blow, hack
halagos, fawning, adulation
hambriento, hungry
hartarse, to be satiated
haz, ray, beam

hazaña, exploit, feat
hebra, thread
hecho, fact; event
heder, to stink
hegemonía, dominance, supremacy
helado, icy; (noun) ice-cream
helecho, fern
hembra, female
henderse, to split asunder
hendidura, crevice
heno, hay
herencia, inheritance
herida, wound
herir, to wound, strike
hermético, tight-lipped, inscrutable
herrada, bucket
herrero, blacksmith
hervidero, seething mass
hielo, ice
hierbabuena, mint
hierbajo, weeds
hierro, iron: **—s**, metal parts
hígado, liver
hilo, thread
hilvanar, to string together,
concoct, devise
hincarse, to sink, bury, thrust
hipar, to sob (convulsively)
hipoteca, mortgage
hiriente rude, piercing
híspido, bristly
hocico, snout; (coll.) face
hogar, fireplace; household
holandés, Dutch, Friesian
holgazán, layabout
hombría, manliness
hombro, shoulder; **mirar por
encima del —**, to look down
one's nose at
homenaje, homage
hondo, deep; **lo —**, the bottom,
depth
hondonada, vale, valley floor

honra, honour
hornacina, niche
horno, oven
hosco, surly
hosquedad, surliness
hueco, opening, stairwell; — (adj.), hollow
huella, trace; footstep
huérfano, orphan; — **de**, devoid of, untouched by
huerta, orchard
huerto, vegetable garden
hueso, bone
huésped, guest
huesudo, bony
huidizo, fleeting
humedecerse, to moisten, fill with tears
humilde, humble
humillar, to humble, humiliate, lower
humo, smoke; **a — de pajas**, casually, lightly; **malos —s**, bad temper
humor, humour, mood
hundir, to submerge
hura, hole, burrow
hurgar, to poke about, rummage
hurtadillas: a —, on the sly
hurtar, to draw in
hurto, theft
husmear, to pry, sniff around

ignorar, not to know, be ignorant of
igual, same; — **que**, the same as, like
ilusión, excitement, anticipation; **hacerse —es**, to get ideas
imagen, image, icon
imbuir, to imbue with
impacientarse, to grow impatient
impalpable, imperceptible
impedir, to prevent
imperio, dominion, sway

impertérrito, unflinching, undaunted
impertinencia, presumptuous behaviour
implicar, to involve; imply
imponente, imposing
imprescindible, essential, indispensable
impresionante, impressive
imprimir, to imprint, impart, bestow
ímprobo, arduous, strenuous
improperio, insult
impropio de, unsuitable for
improviso: de —, suddenly
impuesto, tax
impulsar, to impel, prompt; propel
impulso, impulse, compulsion; **a —s de**, in response to, urged on by
impunemente, with impunity
inabarcable, unencompassable
inacabable, endless
*****inactualidad**, untopicality
inanimado, lifeless
inapreciable, incalculable
inasequibilidad, inaccessibility
inaudito, unheard of, unprecedented
incansable, tireless
incidencia, incident
incisivo, significant, knowing
incitante, inviting, enticing
incluso, even
incómodo, uncomfortable
inconfesado, unconfessed
inconsecuente, unaccountable
incontenible, uncontrollable
inconveniente, obstacle, drawback
incorporarse, to sit up
incrementar to increase
incrustar, to embed
indagar, to enquire

indeciso, uncertain, hesitant
indefectiblemente, without fail
indefenso, defenceless
independizar, to separate, cut off
indiano, Spaniard returned rich from America
indicación: hacer —es, to point things out
índice, forefinger
indicio, sign
indignarse, to become indignant
indiscutible, unquestionable
industria, business
ineluctable, inevitable
inesperado, unexpected
inestable, unstable
inexorable, implacable
inextricable, intricate
infamia, slander
infiel, infidel
inflar, to inflate
influir (en), to influence
informe, deformed, contorted
infundado, groundless
infundir, to infuse, inspire with
ingente, huge
ingenuidad, innocence, naïveté
ingle, groin
ingravidez, lightness, weightlessness
inigualable, unrivalled, unequalled
inmediaciones, vecinity
inmoderado, boundless
inoperante, impracticable, unfeasible
inopinado, unexpected
inquebrantable, unshakable, resolute
inquieto, restless
inquietar, to worry, disturb
inquina, dislike, grudge
inquisidor, inquisitorial
inscrito, registered
insensatamente, idiotically, insanely

insignia, crest, badge
insistencia, persistence
insistentemente, insistently
insobornable, incorruptible
insólito, unusual
inspiración, intake of breath, inhalation
integrar, to comprise
íntegro, whole
intempestivo, untimely, inconvenient
intención: sin —, thoughtless, not thought through
intencionado, meaningful, well considered
interlocutor, conversation partner
internarse en, to go inside, go into
interno, inside, inner
interponer, to place between; **—se**, place oneself between, stand between
introducir, to insert; deliver
*intransigente, uncompromising
intuir, to intuit, feel
inusitado, extraordinary, unusual
inutilizarse, to become useless
invernal (adj.), winter
inverosímil, improbable
inversa: a la inversa, vice versa
invitado, guest
ira, anger
irreductible, invincible
irreflexivo, involuntary
irrefrenable, uncontrollable
irreprimible, irrepressible
*irrisorio, derisory
islita, islet, small island
islote, islet, small island
iterativo, repeated, persistent
itinerario, route, journey
izar, to raise

jabón, soap

jadeo, panting
jaramugo, fish, small fry (for bait)
jaula, cage
jauría, troop (of lions)
jefe de puesto, noncommissioned officer in charge of a detachment
jerarquía, superiority
jergón, straw mattress
jilguero, goldfinch
júbilo, glee, joy
juego, game; set; **en —**, at stake
jueves: del otro —, out of the ordinary
juez, judge
jugar, to play, gamble
juicio, opinion, judgement; **— Final**, Last Judgement; **perder el —**, to go mad
junta, council, board
juntarse con to join, hang around with
jurar, to swear
jurídico, legal
justo, exact
juzgar, to judge, consider

labio, lip
labor, work, needlework
laborable, working (day)
labranza, farmland, ploughland
lacio, straight; lank
lacónico, laconic, brief
ladear, to tilt, put on one side
ladino, crafty
ladrar, to bark
ladrillo, brick
ladrón, thief
ladronzuelo, petty thief
lagartija, lizard
lágrima, teardrop
lamentar, to regret, bemoan
lamer, to lick
languidez, languor, lethargy

lanzar, to throw, cast
lápida, plaque
largarse, to leave, 'scamper off' (coll.)
largo, long; ¡—! get out!; **a la larga**, in the long run; **a lo — de**, throughout; in the course of
lástima, pity
lastimar, to injure, hurt
lastimero, forlorn, doleful
lata, tin
latigazo, lash, sudden rush
latín, Latin; **saber —**, to know a trick or two
latir, to beat
lavabo, wash basin
lavativa, enema
leal, loyal
lechero, milk, dairy
lecho, bed
légamo, slime
legua, league (distance); **a la —**, a mile away
lejano, distant, remote
lengüetazo, lick
lentitud, slowness
leñador, woodcutter
leonino, unjust, excessive
letanía, litany
letargo, inertia, inactivity
letra, initial; payment; handwriting
levantisco, uppish, uppity
leve, slight
ley, law; **en buena —**, rightfully
leyenda, inscription
libertinaje, licentiousness
liebre, hare
ligado, bound, tied
ligeramente, slightly
ligereza, sprightliness; faux pas
ligero, light; **a la ligera**, superficially
lila (masc.), twit, daft one
limpiar, to clean

limpio, clean, honest
lindar con, to be alongside, next to
linterna, lantern
liso, smooth
listo, clever
liviano, light
llama, flame
llanto, weeping
llanura, plain
llevar: — **a cabo**, to carry out; — **la contraria**, contradict, oppose
lloriquear, to weep, snivel
llorar, to cry, weep
lloviznar, to drizzle
lluvia, rain
lluvioso, rainy
lobo, wolf
lóbulo, lobe
local, venue, premises
localizar, to place, spot
lograr, to succeed, manage; acquire
losa, flagstone
lozano, luscious
luchar, to struggle, fight
lucir, to wear, sport
luctuoso, mournful
luego: — **de**, after; **desde** —, of course
lúgubre, dismal
lujo, luxury; abundance; **de** —, de luxe, high class
lumbre, fire
luna, moon; pane; — **de miel**, honeymoon
lunar, spot, mole
lupa, magnifying glass
luto, mourning
luz, light; **dar a** —, to give birth; **dar la** —, turn on the light

machamartillo: a —, staunch, out-and-out
macho, male

machorro, barren
macilento, pale, faint
macizo, clump (of plants)
macizo, massive, strapping
madrastra, stepmother
madrina de boda, chief bridesmaid
madrugada, early morning; **de** —, very early in the morning
madrugar, to get up early
madurar, to formulate, think through
maduro, ripe
maestra, schoolmaster's wife
maestro, schoolmaster
magro, thin, lean
magullado, bruised
maíz, maize
maizal, maize field
majuela, haw berry (from hawthorn)
mal, evil; — **menor**, lesser of two evils
maldito, damned
malear, to harm, spoil
maleducado, uncouth, ill-mannered
maleza, undergrowth, thicket
maliciosamente, mischievously
malvado, bad man; — (adj.), wicked
malvís, redwing
mamar, to suck
manantial, spring, source
manaza, big hand
mancha, patch
mancillar, to taint, sully
manco, one-handed
manejable, touchable
manejar, to manage, handle
manifestación, declaration
manifestar, to declare
manojo, bundle
manosear, to handle
manotazo, swipe
mantener: — **a raya**, to hold at bay;

—**selas tiesas con**, stand up to
mantilla, mantilla, lace headscarf
manzano, apple tree
maña, skill, cunning
maquinalmente, mechanically
maravillarse, to be amazed, marvel
marcar: — **el paso**, to keep in step
marchitarse, to wither
marco, frame
marearse, to feel dizzy
marica, sissy
mármol, marble
marrana, slut
martín pescador, kingfisher
más: como el que —, as well as the
    next; **sin más**, without more
    ado; **sus — y sus menos**, pros
    and cons
mascullar, to mumble
masticar, to chew
mástil, mast
mate, matt
materialmente, entirely, all over
matizado, nuanced
matizar, to elaborate
matón, thug, bully
matutino (adj.), morning
maullido, mew
mayor, greater; elder; **los —es**,
    grown-ups
mayoría, majority
mecido, swayed
medalla, medal
medallón, medal, medallion
medianejo, very mediocre
mediante, by means of
medida, measure; **a — que**, as
medio, half: **a medias** half (adverb)
medir, to measure
medula, marrow
mejilla, cheek
mejor, better; — **dicho**, rather,
    more exactly; **a lo —**, perhaps

melena, tresses, long hair
mellar, to dent, mark
mellizo, twin, one of twins
meloso, mellifluous, honeyed
membrudo, burly
mendigo, beggar
*****menear**, to shake
menor, youngest
menos, less, except; — **mal que**, it
    was a good job that, it was just as
    well that
menosprecio, scorn, contempt,
    belittling
mentar, to mention
mente, mind
mentir, to lie
mentira, lie; **parece —**, it's incred-
    ible
mentón, chin
menudo, small, slight; **a —**, often
mercado, market
mercancía, goods, merchandise
merecer, to deserve; **edad de —**,
    eligible, of a marriageable age
mermar, to eat away at
mesarse los cabellos, to tear out
    one's hair
metralla, shrapnel
mezcla, mixture
mezquino, stingy
miel, honey; **enturbiar las —es**, to
    spoil the pleasure
miembro, limb
mientes, mind
mierdica, coward
miga, crumb
milagro, miracle
milagroso, miraculous
milano, kite (bird)
millar, thousand
mimar, to pamper, cosset
mimbre, wicker
mínimo, least; **lo más —**, in the

very slightest

mira, aim, intention

mirada, glance

mirar: bien mirado, all things considered, properly speaking

mirlo, blackbird

misa, Mass; — **mayor**, High Mass

miseria: tener —, to have lice

misericordioso, merciful, compassionate

mitad, middle

mixto, slow train (for passengers and goods)

mochuelo (Little) owl

moco, snot, mucus; — **de pavo**, trifle, small thing; **llorar a — tendido**, to shed floods of tears

mocoso snotty-nosed kid

modales, manners

módico, modest, reasonable

mohín, pout, grimace

molestar, to bother

molesto, annoyed, bothered

molicie, pleasurable living

molino, mill

mollar, soft, tender

moneda, coin

montar, to set up, establish; mount

monte, mountain(s), hill(s); woodland

montículo, hump, hillock

montón, pile

moñiga = boñiga, piece of dung

moquita, snot; **sorber una** —, to sniff, snuffle

mora, blackberry

moral, morality

moralizador, moralizing

mórbido, sickly, delicate

morboso, morbid

mordaz, biting, sarcastic

morder, to bite

moreno, dark

moribundo, dying

moro, Moorish

moroso, slow

mortecino, dim, faint

mosca, fly

mostrador, counter

mote, nickname

motejar, to call names

motivo, cause, reason

moza, girl

mozo, lad, boy

mudez, long silence, muteness

mudo, mute

muebles, furniture

mueca, grimace

muelle, spring; dock, quay

muestra, sample; show, sign

mugido, lowing

mujerona, big woman

mujeruca, little woman

mulero, muleteer, mule driver

mullido, soft, pliant

muñón, stump

murmullo, whisper, murmur

mus, Spanish card game

músico, musician

musitar, to mutter

muslo, thigh

mutación, transformation

mutilado, cripple

nacimiento, Nativity scene; birth

nada: — más + infinitive, as soon as

nadar, to swim

nadería, trifle

nariz, **narices**, nose; **¡narices!** rubbish!

nata, cream

natural, temperament, disposition

naufrago, shipwrecked person

navaja, knife

Navidad, Christmas

nebuloso, vague, hazy

necesitar (de), to need
negar, to refuse
negocio, business
negrear, to turn black
negruzco, blackish
nena, 'honey'
nervio, sinew, nerve
nerviosismo, nervousness
nervioso, agitated, nervy, highly strung; distraught
nevada, snowfall
nicho, niche
nido, nest
nimio, small, minute
nivel, level
nobleza, nobility
Nochebuena, Christmas Eve
nombrar, to appoint, elect
nones, odd numbers
norma, standard, rule
nota, mark, grade (school), note
noticia, news
notorio, pronounced, evident, blatant
novia, fiancée, girlfriend
noviazgo, courtship
novio, fiancé, boyfriend
nube, cloud
nuca, nape of the neck
nuevamente, once again
nulo, void, worthless

obedecer, to obey
obrada, measure of land (approximately two-fifths of a hectare)
obrar, to act, go to work
obrero, workman
obsequiar con, to give as a present; give as a treat
obsequio, gift
obstante: no —, nevertheless; in spite of
obstinarse (en), to persist (in)

ocasión, opportunity, chance
ocultar, to hide
oculto, hidden, secret
ocurrencia, bright idea
odio, hatred
oficio, job
ofuscar, to confuse
¡ojo! look out!
olímpico, Olympian
olisquear, to sniff, scent
olivar, olive grove
olla, saucepan, pot
olor, odour smell
onda, wave
opacidad, darkness
opaco, dark, gloomy
oportuno, timely
oprimir, to squeeze
oprobio, ignominy, disgrace
opuesto, opposite
ordenar, to order; put in order, arrange
ordeñar, to milk
Ordinario, bishop
orgullo, pride
orgulloso, proud
orilla, bank
orinar, to urinate
orondo, plump
ortiga, nettle
osadamente, daringly
osadía, daring
osar, to dare
oscilar, to sway
oscurecerse, to grow dark
ostensible, visible
ostentar, to show, display
otear, to survey, look around
otero, isolated hill on a plain
oxidado, rusty

padecer, to suffer
pajar, hayloft

pajarero, bird fancier; — (adj.) (of) bird(s)

pajarraco, great big bird

palabrota, swear word

paladeo, tasting

palangana, washbasin

paliar, to lessen, soften

palmada, slap, pat

palmario, clear, evident

palmearse el polvo, to dust oneself down

palmetazo, slap

palmita: hacer —s, to clap one's hands

palpar, to feel

palo, pole; stick; **de tal — tal astilla**, like father like son

pamplina, rubbish, nonsense

pamplinera, fool, fusspot

pana, corduroy

panadero, baker

pandilla, gang

pantaloncillo, short trousers

pantalla, screen

panteón, mausoleum

pantera, panther

pantorrilla, calf (of leg)

panza, belly

paño, cloth

Papa, Pope

papirotazo, flick of the wrist

par, pair; **—es**, even numbers

parada, stop

paragolpes, bumper, buffer

paraguas, umbrella

parangonar, to compare

parar(se), to stop

parcela, plot of land

parcelado, divided into plots

pardo, dark grey, dun

parecerse, to be alike

parecer, opinion; **cambiar de —**, to change one's mind

parecido a, similar to

pareja, pair, couple

parir, to give birth

párpado, eyelid

párrafo, paragraph, passage

párroco, parish priest

parroquia, parish church

parroquial, of the parish

parsimonia: con — carefully, deliberately

particular, unusual, special

partida, game

partidario de, in favour of

partido, side

partido, split, torn

partirse, to split in two

parto, childbirth

pasajero, short-lived, brief

pasamano, handrail

pasear, to take for a walk, take round

pasillo, corridor

pasmado, 'dope', 'dummy'; — (adj.), stunned, astounded

paso step; passage; **— a nivel**, level crossing

pastar, to graze

pasto, pastureland

pastoso, mushy

pata, foot, leg (of animal)

patas arriba, topsy-turvy

patatazo: a —s, by throwing potatoes

patina, sideburn

patosamente, clumsily

patrocinio, support, backing

patrona, patron saint

paulatinamente, gradually

pausado, slow

pavo real, peacock

pavor, terror

peana, pedestal

peca, freckle

pecado, sin
pecador, sinner
pecaminoso, sinful
pecar, to sin
pececillo, pececito, little fish
pecho, chest; — **de tabla**, flat chest;
    a — descubierto, unarmed;
    tomar a —s, to take to heart
pechuga, breast (of fowl); (coll.)
    breast(s)
pecoso, freckled
pedrusco, rock
pegajoso, clammy
pegar, to stick; infect with; hit; **no
    — un ojo**, not sleep a wink
peinar(se), to comb (one's hair)
pelaje, fur
peldaño, step (of staircase)
pelea, fight
pelearse, to fight, come to blows
peliagudo, tricky, difficult
película, film
peligro, danger
peligroso, dangerous
pellejo, skin
pelo, hair; **no tener —s en la
    lengua**, not to mince one's
    words
pelotearse, to play catch
peludo, hairy
pena, grief; sorrow; — **de muerte**,
    death penalty; **a duras —s**, with
    great difficulty
penacho, plume
pender de, to hang on
pendiente, slope; — **abajo**,
    downhill
— de, hanging on
pendulear, to swing (like a
    pendulum)
penoso, sad-looking; gruelling
pensativo, pensive, thoughtful
penumbra, semidarkness

peña, rocky outcrop, crag
peón, pawn
pequeñuelo, toddler, small child
percance, mishap, incident
percatarse de, to realize
perder los estribos, to lose one's
    temper, fly off the handle; **—se**,
    waste, be spoiled
perdición, ruin
perdido, lost; 'waster', good-for-
    nothing; **perdida**, 'fallen'
    woman
perdigón, gun pellet; — **de cuarta**,
    heavy bird shot
perdigonada, volley of bird shot
perdiz, partridge
perdurar, to last long, be constant
perezoso, lazy
perennidad, everlastingness
perfil: de —, in profile
peripecia, turn of events
perita, small pear
*****perjudicial**, harmful
perla, pearl; **de —s**, splendid
permanecer, to remain
perola, pot
perorata (hum.) speech, disquisi-
    tion
perra chica, five-*céntimo* coin
perrería, prank
perruno, dog (paddle), doglike
perseguir, to follow, track
persignarse, to cross oneself
personal, personnel
perspectiva prospect: **en la —**, seen
    from a distance
pertenecer, to belong
pertinente, appropriate
perturbar, to disturb, interfere with
pesadilla, nightmare
pesado, heavy
pesadote, bloated, bulging
pesadumbre, sorrow

pésame, condolences

pesar, to weigh; — **lo suyo**, be rather heavy

pese a, in spite of

pescar, to fish

pescuezo, neck

pésimo, very bad, awful

peso, weight, burden

pestaña, eyelash

pestañear, to blink

pétreo, stony

pezón, teat

piadoso, pious; merciful

picante, pungent, prickly

picar, to dive (of aeroplane); — **piedra** break rocks

picor, itch

picotear, to peck

piececito, dainty foot

piedad, piety, devotion; mercy

piedra, stone, rock; — **de toque**, touchstone

piel, skin

pienso: ni por —, certainly not

pieza, quarry (in hunting)

pincel, paintbrush

pinchar, to sting, prick

pindonguear, to gad about

pingajo, rag, scrap of cloth

pintar, to paint; **ni pintado** (coll.), no way; **no — nada**, be out of place, have no business

pintiparado, fitting, apt

pintura, painting; **no poder ver ni en —**, not to be able to stand the sight of

pinza, claw

pique: a — de, on the verge of, in danger of

piropo, flirtatious comment

pisada, footstep

pisar, to tread (on), step (on)

piso, storey, floor

pitañoso, bleary

pitar, to whistle

pitido, cheeping, whistling

pitillo, cigarette

pizarra, slate

placer, pleasure

placer, to please

planchar, to iron

plano, plane, level

planta, sole of foot; — **baja**, ground floor

plante, protest

plañidera, mourner

plasmar, to form, shape

plegar, to fold, crease

plegaria, prayer

pleito, case, dispute

plenamente, fully

plenitud, fullness, abundance

pliegue, fold

plomizo, leaden

plomo, lead

poblar, to populate

poder, power

poderoso, powerful

polla de agua, moorhen

pollo, chicken, chick

polo, pole

polvillo, fine dust, haze

polvo, dust

pólvora, gunpowder

pomada, ointment

pompa, bubble

poner: — **verde a uno**, to insult, abuse; — **mala cara a**, receive unfavourably, take a dim view of

porche, porch, portico

pormenor, detail

portarse, to behave

portazo, slam of a door

portentoso, prodigious, wondrous

portezuela, door (of car)

portón, main gate, main door

porvenir, future
posaderas, backside
pos: en — de, in pursuit of, following
posar, to place, rest; **—se**, alight, rest
postergación, postponement, deferment
postizo, false
postre: a la —, in the end
postrero, final
postura, position, attitude
potente, powerful
potestad, power
potingue, concoction
poza, pool
pozo, well
pradera, meadow
prado, meadow
precavido, cautious
precio, price
precipitadamente, headlong, in a rush
precipitarse, to hurl oneself, dash, rush
precisar (de), to need; be precise
precocidad, precociousness
predilecto, favourite, preferred
pregonar, to proclaim, announce
premio, prize
premioso, slow, sluggish
prenda, garment
prepotencia, supremacy
presagio, omen, premonition
prescindir de, to do without
presbiterio, chancel
presentir, to foresee
presión, pressure; **hacer —**, to grip
prestar atención, to pay attention
presumido, conceited
presunto, expected
pretender, to endeavour
***pretentidamente**, allegedly

pretil, parapet
previamente, previously
previsible, foreseeable
previsto, anticipated
prieto, firm, taut
probar, to try
proceder, to be appropriate
procurar, to try (for), get, produce
prodigalidad, lavishness
prodigio, wonder, marvel
pródigo, prodigal; lavish
producirse, to happen
proeza, heroic deed, exploit
proferir, to utter
prójimo, neighbour
prole (hum.), progeny, offspring
prolegómenos, preliminaries
prolijo, protracted, detailed
propiamente dicho, properly speaking
propina, tip
propinar, to give
proponer, to suggest, propose; **—se**, intend
propósito, purpose, design; **a — de**, apropos
prorrumpir, to burst out
proseguir, to continue
provecho, benefit
proveedor, supplier
provenir de, to come from
próximo, near, nearby; next
proyecto, plan
prueba, test, screening, rehearsal
púa, thorn
puchero: hacer (cuatro) —s, to pout, screw up one's face
pudor, modesty
pudoroso, coy, shy
pudrirse, to rot
pueblerino (from/of a) small town, rustic
pujante, vigorous

pujanza, might, strength, vigour
pulso, steadiness (of hand); heart-beat; **tomar el — a**, to try out, experience for the first time
punta, tip, end, corner
puntilla: de —s, on tiptoe
puntilloso, fussy, finicky
punto, point; sight (of firearm); **en —**, on time
puntuación, score
punzada, sharp pain
punzante, pungent, shrill, sharp, piercing
punzón, bradawl
puño, fist; cuff; **meter en un —**, to have under one's thumb, have in the palm of one's hand

quebrantado, broken, smashed
quebrar, to break
quedar(se): —se con, to keep; **—se en el sobreparto**, not survive childbirth
quedo, quiet, soft
quehacer, activities, work
quejumbroso, groaning, creaky
quemar, to burn, fire (cartridge)
quesería, dairy
quesero, cheesemaker
quieto, still
quincena, fortnight
quinta, army draft
quitar, to take away, remove; **no quita para que**, does not prevent

rabia, rage, fury
rabioso, enraged, furious
racha, gust
racimo, bunch, cluster
radicar en, to stem from
raíz, root
rama, branch
rango, rank, position

rapaz, boy, lad; **— (adj.)**, predatory, rapacious
rápido, express (train)
rapto, ecstasy, rapture
raquítico, with rickets
rareza, eccentricity, strange fancy
raro, odd, rare, unusual
rasar, to graze
rascar, to scratch
rasgar, to tear
rasguño, scratch
ráspano, cranberry
rastro, trace
raudal, torrent
raudo, swift
rayano, adjoining, next to
reacio, resistant
real, coin worth 25 *céntimos*
realizar, to perform, accomplish, carry out
reanudar, to resume
reavivarse, to revive, reawaken
rebasar, to exceed, go beyond
rebote, ricochet
rebozo, disguise, pretext; **sin —**, openly, frankly
rebrillar, to gleam
recapacitación, recap
recargar, to refill, reload
recelar (de), to suspect, have doubts
recelo, suspicion, distrust
receptor, receiver
recetar, to prescribe
rechistar, to protest: **sin —**, without a word
rechoncho, chubby
recién, recently
recinto, enclosure, space
recio, strong, robust
recobrar, to get back, recover
recodo, bend
recoger, to collect, pick up
recogido, gathered together

recogimiento, seclusion, withdrawal
recoleto, secluded
recomendaciones del alma, prayers for the dying
recompuesto, carefully arranged
recóndito, hidden, mysterious
reconvención, reproach, reprimand, chiding
recorrer, to go along, go through, wander over
recorrido por, pervaded by
recortado, outlined
recortar, to cut out
recostarse, to lean back
recoveco, beating about the bush
recrearse, to amuse onself
recubierto, covered
recuerdo, memory
recursos, means
recusar, to reject
Redentor, Redeemer
redondear, to make round
redondo, round
redundar en, to contribute towards, be conducive to
reemplazo, army call-up, draft
referencia: de —s, at secondhand, by hearsay
refilón: de —, sidelong
reformar, to renovate, revamp
refractario a, resistant to, invulnerable to
refrescarse, to cool down
refresco, refreshments, reception
regalar, to present
regañar, to quarrel; scold
regañón, nagging
regar, to water
regatear, to quibble over
regazo, lap
regentar, to run, manage
régimen de vida, lifestyle

Registro, registry office
regletazo, blow with a ruler
regodeo, delight
regresar, to go back; **— sobre sus pasos**, retrace one's steps
regreso, return; **de —** (**de**), back (from), on the way back (from)
rehacerse, to recover
rehuir, to flee
reintegrar, to restore
relente, night dew
relevante, prominent, standing out
rellano, landing
reluciente, shining
relucir, to shine, glow; **salir a —**, come out on show
remachar, to repeat, confirm
remanga, fishing trap
remangado, upturned
remangar, to hitch up, turn up
remansarse, to become calm
remanso, haven
rematadamente, appallingly, hopelessly
rematar, to finish off, complete
remedio: sin —, irremediably
rememorar, to recall, remember
remendado, patched, darned
remilgo: hacer —, to be particular, fussy
remiso, reluctant, indolent
remojón, dousing
remontarse, to soar
rémora, hindrance, obstacle
remordimiento, remorse
remover, to stir up
remozado, renewed, rekindled
renacimiento, rebirth
rencor, grudge
rendajo = arrendajo, jay
rendido, tired out
rendija, crack, gap
rendimiento, return (financial)

rendir, to yield; **—se**, surrender
renegar de, to disown, renounce
renglón, line (of writing)
renovarse, to try something new
renquear, to limp
reojo: mirar de —, to look out of the corner of one's eye
reparar en, to notice
repente: de —, suddenly
repentino, sudden
repicar, to ring, peal
repiquetear, to tinkle, patter
reposado, quiet, still
reposo, rest, calm, stillness
representación, agency
reprimenda, reprimand
reprimir, to conceal, repress; **—se**, contain oneself
reprocharse, to reproach oneself (with)
repugnar, to disgust
requebrar, to woo, court
requesón, cottage cheese
requiebro, compliment, endearment
resbalar, to slip, slide, slide out
resbalón, slip
rescoldo, embers
reseco, bone dry
resentirse, to feel the effect, begin to tire
resistir, to bear (it), endure
resollar, to pant
resorte, spring; recourse, measure
respecto a, with regard to
resplandor, gleam
respuesta, reply
restallar, to (whip)crack, ring out, burst out
restar, to remain
restos, remains
restregar, to rub; **—selo por las narices**, rub it in

resumido: en resumidas cuentas, after all, in short
retahíla, string (of words), litany
retemblar, to shake, shudder
retintín, sarcastic tone
retirar, to brush aside; **—se**, withdraw
retorcer(se), to writhe, squirm
retorcido, twisted, gnarled
retraído, remote, out-of-the-way
retrasarse, to be late
retraso, delay; **traer —**, to be late
retumbar, to resound
reunirse, to gather together
reverter, to overflow
revestido, clothed, dressed, covered
revoloteo, fluttering
revolverse, to turn over (in bed)
revuelo, stir, commotion
revuelto, choppy, tossed
rezar, to pray
rezongar, to growl, grumble
ribera, bank
rienda, rein
riñón, kidney
risco, crag
risita, titter, snigger
risueño, smiling, pleasing
roce, rubbing, brushing
rocío, dew
rodar, to roll along
rodear, to surround
rodilla, knee
rojizo, reddish
rollizo, plump, sturdy
romería, gathering at a shrine on a saint's day followed by celebrations
rondar, to hang around
ronronear, to purr
rostro, face
rostritorcido, facially lopsided, wonky-faced

rotundo, complete, total
rozar, to rub, brush against
rubicundo, ruddy, rosy
rubio, fair(-haired)
rubor, blush
ruborizarse, to blush
rudo, coarse, hard
rueda, wheel
ruiseñor, nightingale
rumbo, course, direction
rumiar, to mull over
rumor, murmur
ruptura: — de hostilidades,
   outbreak of hostilities

sábana, sheet
saber: — latín, to know a trick or
   two; taste
sabio, wise
sabor, taste
sacar: — con bien, to rescue intact;
   no — nada en limpio, get
   nowhere
sacerdote, priest
saciarse, to be satisfied, have had
   enough
saciedad, fullness
sacrificio: Santo —, Mass
sacudir, to shake
sagacidad, good sense, wisdom
sagrado, sacred
sal, salt
salado, salty
salón, hall
salpicar, to splash, sprinkle
salsa, sauce
saltar, to jump (over), leap (in)
salud, health
saludable, healthy
salvaje, wild
salvar, to except; save
Salve, Hail Mary
salvo, except

sangrar, to bleed
santiguarse, to cross oneself
sapo, toad
sarta, string, litany
*saúco, elder (tree)
saya, skirt, slip
secar, to dry
seccionado, sliced off
seco, dried up, barren; sharp; **en —**,
   abruptly
secretario, secretary, town clerk
secundar, to back up
seda, silk
segar, to reap, mow
seglar, layman
seguidamente, after that, next
según, according to, as; 'it depends'
selecto, select, choice
semejante, such, similar
semejar, to look like
sencillez, simplicity
sencillo, simple
Sanctus, hymn forming a set part of
   the Mass
sendero, path
sendos, one each: **con — jardinillos**, each with its own little
   garden
sensato, sensible
sensible, considerable
sentar, to seat; suit
sentencia, verdict
sentido, sense; meaning
sentir, to feel; hear; be sorry
seña, sign, signal
señal, sign; scar
señalar, to point at, indicate
señoritilla (perjorative), young lady
séptimo, seventh
serenarse, to calm down
seriedad, seriousness, earnestness
servir, to be of use, serve (as)
sestear, to have a siesta

209

sidra de barril, draught cider
sien, temple (of head)
sigilo, stealth
siglo, century; **¡por los —s de los —s!**, Heavens above!
silbar, to whistle
silbido, whistle, whistling
silvestre, wild
sintonizar, to keep in tune
sinuoso, winding
sinvergüenza, rascal, good-for-nothing
siquiera, even; **ni (tan) —**, not even; **si —**, if only
siseo, hiss
sitio, place
sobaco, armpit
sobar, to prod, feel (up)
soberbio, proud
sobra: de —, only too well
sobrado, abundant, ample, more than enough
sobrar, to be more than enough; be unnecessary
sobre, envelope
sobrecogerse, to be filled with dread
sobreentenderse, to be understood
sobreparto, confinement after childbirth
sobrepasar, to go beyond; **—se**, go too far
sobrepelliz, surplice
sobresaliente, outstanding
sobresaltado, startled
sobrevenir, to occur, take place
sobrevolar, to fly over
sobrino, nephew
sobrio, sober, moderate
***socarronería**, sly humour
socavar, to undermine
socorrer, to help, aid
sofocado, stifled

sojuzgar, to subjugate
solas: a —, alone
soleado, sunny
solícito, solicitous, considerate
solidez, solidity, strength
soliviantar, to rouse, stir up
sollozo, sob
solomillo, sirloin
soltar, to let go, let out, let loose
sombra, shadow; shade (spirit)
sombreado, shaded
sombrío, sombre
someter, to submit; subdue
sonado, noted, much talked about
sonámbulo, sleepwalker
sonar, to sound; **—se la nariz**, blow one's nose
sonreír, to smile
soñar, to dream
soñoliento, sleepy, drowsy
sopapo, slap, blow
sopesar, to weigh up
soportar, to bear, endure, put up with
sorber, to suck
sórdido, base, sordid
sordina, mute (in music)
sordo, deaf; muffled; stubborn
sorprender, to surprise; overhear; discover
sortear, to avoid, sidestep
sospecha, suspicion
sostener, to sustain, maintain, hold up
sotana, cassock
suave, soft, gentle
suavizar, to soften
subestimar, to underestimate
subir, to go up; bring up
suboficial, noncommissioned officer
subrepticiamente, surreptitiously

suceder, to happen
sucesivo: en lo —, in the future,
     from then on
suceso, event
sucursal, branch
sudado, sweaty
sudar, to sweat
sudor, sweat
suegra, mother-in-law
sueldo, pay
suelto, free, at large
sueño, dream; sleep
suero, whey
suerte, fate
suficiencia, self-assurance
sufrimiento, suffering
sugerencia, suggestion
sugestionado, fascinated
sujetar, to hold
sulfurar, to infuriate; —se, become
     infuriated
sumar, to add up to, amount to
sumisión, submissivness
sumiso, meek, submissive
superar, to surpass
superficie, surface
superviviente, surviving
suplicante, imploring
suplicio, torture, torment
suponer, to suppose; consitute,
     represent
sur, south
surgir, to come forward, emerge,
     arise
susceptible de, likely to, capable of
suspicaz, distrustful, wary
suspirar, to sigh
sustituir, to replace
susto, fright
susurro, whisper
sutil, subtle, sophisticated

tabla, plank of wood

tablero, tabletop
tachonado de, studded with
taimado, crafty
talante, mood
talla, repute; carving
taller, workshop
tamaño, size
tambalearse, to stagger; sway
tamboril, small drum
tamborilear, to drum
tantear, to grope, fumble
tañer, to ring, chime, peal
tañido, peal (of bells)
tapia, wall
tardar en hacer algo, to take time
     to do sth.
tarea, task
tartamudear, to stammer
tartamudo, stammerer
tartana, two-wheeled, round-
     topped carriage
tasca, tavern
tazado, frayed
techo, ceiling; roof
tejado, roof
telaraña, cobweb
Teléfonos, telephone exchange
temblar, to tremble
tembloteante, flickering, doddery
     (person)
temer, to fear
temerario, rash
temporada, spell (of time), while,
     season (hunting)
temporal, storm, spell of persistent
     rain
tendero, shopkeeper
tendido, stretched out
tenebroso, dark, gloomy
tentar, to feel; tempt, arouse
     (curiosity)
tenue, faint
terco, stubborn

211

terne: tan —, very pleased with oneself

terneza, endearment, tender words

ternura, tenderness

terreno, terrain

terso, smooth

tertulia, conversation, gathering

tesón, tenacity, resolve

tesonero, tenacious, stubborn

testigo, witness

tétrico, dismal, cheerless

tibio, warm

tiento, caution, tact

tieso, straitlaced, rigid

timbre, bell

tinieblas, darkness

tintineo, clink, jingle

tinto, red wine

tiña, ringworm

tiple, treble

tipográfico, printed

tirachinas, catapult

tirar, to throw, throw away; shoot; **— de navaja**, to pull out a knife

tiro, shot

tísico, consumptive, tuberculous

tisis, consumption, TB

títere, puppet; **hacer —s**, to perform puppetry, acrobatics or circus tricks; **no dejar — con cabeza**, spare nobody

titubeo, wavering; **sin —s**, without hesitation

toalla, towel

tocar, to touch; play (music)

tomar, to take; **— a orgullo**, take pride; **—la con**, find fault with, pick on

tomillo, thyme

ton: sin — ni son, without rhyme or reason

tontería, stupidity, nonsense

tonto, stupid; **a —as y a locas**, willy-nilly, without knowing why

tonto de agua, water snake

toparse con, to come across, encounter, run into

topo, mole

toque, peal, ringing

torcer, to twist

tordo, thrush

tormenta, storm

torna, role

tornar a hacer algo, to do sth. again; **—se**, become

torno: en —, around

torpe, clumsy, dimwitted

torpeza, slowness, dimness, clumsiness

tórtolo, turtle-dove; courting couple

torvo, fierce, grim

toser, to cough

tostado, tanned, toasted

total, in short

tozudez, obstinacy

traer, to bring; **— de cabeza**, drive mad; **— sin cuidado**, not worry

tragar, to swallow; **— bilis**, bite one's tongue, grin and bear it

trago, drink, swig

traición, treachery; **a —**, treacherously

traje, dress; suit

trampa, trap

trance, moment of crisis

transcurrir, to elapse

transigir con, to tolerate, put up with

tránsito, transition

transpuesto, dozing

tranvía, local train

traqueteante, clattering

trascendencia, importance, significance

trascendental, important

trascender, to become known, leak out

trasera, back, rear

trasero, backside

traslado, official notification

trastada (coll.), prank

trastienda, back room (of shop)

trasto (coll.), 'load of rubbish'

trastorno, distress, troubled mind

tratar, to treat; — **de**, try to; —**se de**, be a question of

travesura, prank, misbehaviour

trayecto, journey

trazo, stroke (of pen)

trecho, short distance

tremendo, awful, dreadful, appalling

trémolo, wavering

trémulo, quavering

trenza (long) hair, tresses

trepar, to climb

trepidar, to tremble, shudder

treta, ruse

tricornio, three-cornered hat (worn by Guardia Civil)

trifulca (coll.), brawl, fracas

triturado, crushed, mangled

trompicón: a —es, lurching

tronar, to thunder

tronco, tree trunk

tropezar con, to bump into, stumble across

trozo, bit, piece

trucha, trout

truhán, rogue, fraud

truncar, to cut short

tufo (coll.), stink, pong

tumba, tomb, grave

tumbado, lying down

tumbar, to knock down; shoot down; —**se**, lie down

tumbo: dar —s, to turn

somersaults; **de — en —**, lurching, floundering

tumbona, *chaise longue*, recliner

tunante, rogue, rascal

tupido, thick, tightly woven

turbación, embarrassment

ubicado, located

ubre, udder

últimamente, lately, recently

ultraterreno, otherworldly, supernatural

unción, fervour; **Santa —**, Extreme Unction

unidad, unit

unirse a, to join

uña, fingernail; claw

urgir, to be urgent

*urraca, magpie

usar (de), to use, make use of

útiles, tools, implements

vacilar, to hesitate

vacío, void; — (adj.), empty

vacuo, empty, vacant

vago, layabout, idler; — (adj.), vague

vaharada, waft

vaho, whiff

valer, to be of use, be worth

vanagloriarse, to boast

vano, useless

vapulear, to beat up, thrash

varga, steepest part of a hill

varita, baton

varón, male

vecindad, proximity

vecino, neighbour; — (adj.), neighbouring; **hijo de —**, 'mother's son' (i.e., any normal person)

veda, closed season (hunting); **al abrirse la —**, at the end of the closed season

vejez, old age

vela, candle; **en —**, without sleeping

velado, veiled

veladura: sin —s, plainly

velar por, to keep an eye on, watch over; **— se**, become veiled, be eclipsed

vello, hair

velo, veil

veloz, swift

vencer, to overcome, conquer; **darse por —**, give in

ventaja, advantage

ventanuco, small window

ventoso, windy

veraneante, summer resident

*veranear, to spend the summer

veraniego, summer

veras: de — s, really

verderón, greenfinch

verdor, verdure, lush greenery

vergüenza, shame; disgrace; self-respect

verosímil, plausible

verter, to pour (out), shed (tears)

vertiente, slope

vestido, dress

vía (férrea), railway line, track

víbora, viper

vicio, vice, defect

vicioso, immoral

vidriado, glazed, lifeless (eyes)

vientre, belly, womb; **hacer de —**, to defecate

vigilar, to watch over

villorrio, rustic village

vínculo, link

violentarse, to do oneself violence, force oneself

vísceras, intestines, innards

víspera, day before, eve

vitalizar, to nourish

vítor, cheer

viuda, widow

viudo, widower

vivienda, dwelling, house

vocablo, word

vocear, to proclaim, shout out

volcar, to tip, turn over

voltereta, somersault, cartwheel

volumen, volume, mass, lump, space

voluntad, will, willpower, strength of purpose; goodwill

vuelta, turn; return; cuff; **a la — de**, after; **dar — a**, to turn, turn over, mull over

vulgar, ordinary, mundane

vulnerar, to infringe, violate

yema, fingertip

yermo, barren

yerto, stiff, rigid

zafarse de, to get rid of

zafío, coarse, uncouth

zaguán, entrance hall

zanjar, to settle, resolve

zapatero, cobbler

zarandear, to shake

zarzal, bramble patch

zarzamora, blackberry bush

¡zas!, bang!

zascandil (coll.) good-for-nothing

zueco, wooden shoe

zumbar, to buzz, drone